DISGRÂCE

J. M. COETZEE

DISGRÂCE

roman

TRADUIT DE L'ANGLAIS (AFRIQUE DU SUD)
PAR CATHERINE LAUGA DU PLESSIS

LE GRAND LIVRE DU MOIS

Ce livre est édité par Anne Freyer-Mauthner

Titre original : *Disgrace*
Éditeur original : Secker & Warburg, Londres
ISBN original : 0-436-20489-4

Un

POUR UN HOMME de son âge, cinquante-deux ans, divorcé, il a, lui semble-t-il, résolu la question de sa vie sexuelle de façon plutôt satisfaisante. Le jeudi après-midi il prend sa voiture pour se rendre à Green Point. A deux heures pile il appuie sur le bouton de la porte d'entrée de Windsor Mansions, il donne son nom et il entre. Il trouve Soraya qui l'attend sur le pas de la porte de l'appartement n° 113. Il va tout droit jusqu'à la chambre, plongée dans une lumière douce où flotte une odeur agréable, et il se déshabille. Soraya sort de la salle de bains, laisse tomber son peignoir et se glisse contre lui sous les draps. « Je t'ai manqué ? » demande-t-elle. « Tu me manques tout le temps », répond-il. Il caresse son corps ambré couleur de miel, qu'elle n'a pas exposé au soleil ; il lui écarte bras et jambes, lui embrasse les seins ; ils font l'amour.

Soraya est grande et mince ; elle a les cheveux longs, noirs, et des yeux sombres et limpides. Chronologiquement parlant, il a l'âge d'être son père ; mais si l'on va par là, on peut être père à l'âge de douze ans. Cela fait maintenant un an qu'il est un de ses clients réguliers ; elle lui donne toute satisfaction. Dans le désert aride qu'est la semaine, le jeudi est une oasis de *luxe et volupté.*

Au lit Soraya n'est guère démonstrative. Elle est en fait d'un tempérament placide, placide et docile. Les opinions qu'elle a partent d'un point de vue moral qui peut surprendre. Elle s'offusque de voir les touristes exhiber leurs seins (qu'elle qualifie de « mamelles ») sur nos plages ; elle trouve qu'on devrait ramasser les clochards qui traînent et leur faire balayer les rues. Il ne cherche pas à savoir comment elle fait cadrer ce genre d'opinions avec le métier qu'elle pratique.

Comme elle lui donne du plaisir, qu'elle ne manque jamais de lui donner du plaisir, il s'est peu à peu pris d'affection pour elle. Et il croit que, dans une certaine mesure, cette affection est réciproque. L'affection n'est pas l'amour, mais ces sentiments entretiennent une relation de cousinage. Vu les débuts peu prometteurs de leurs relations, ils ont eu de la chance, l'un comme l'autre : lui de tomber sur elle et elle sur lui.

Ses sentiments, il s'en rend compte, ne sont pas sans une certaine complaisance qui va même jusqu'à l'attachement d'un mari possessif pour sa femme. Néanmoins il ne cherche pas à s'en départir.

Pour l'heure et demie que dure la rencontre, il la paie quatre cents rands, dont la moitié va à l'agence Discreet Escorts qui emploie Soraya. Il est bien dommage que l'agence prenne un si gros bénéfice. Mais c'est l'agence qui est propriétaire de l'appartement 113, ainsi que d'autres dans l'immeuble ; en un sens Soraya leur appartient aussi, dans cet aspect de sa vie, dans la fonction qu'elle exerce.

Il s'est plu à envisager de lui demander de le voir à titre privé. Il aimerait passer une soirée avec elle, peut-être même toute une nuit. Mais pas se retrouver avec elle au réveil. Il se connaît assez pour ne pas lui infliger sa compagnie au matin d'une nuit passée ensemble : il sera froid, de mauvaise humeur, il lui tardera de se retrouver seul.

C'est une affaire de tempérament. Il est trop vieux, il ne va pas changer : le tempérament à son âge est bien établi, solidement figé. D'abord le crâne, ensuite le tempérament · les deux parties du corps les plus dures.

Suivre ce que dicte le tempérament. Ce n'est pas une philosophie, cela ne mérite pas un nom aussi noble. C'est une règle, comme la règle des bénédictins.

Il est en bonne santé, il a l'esprit clair. De métier il est, il a été, chercheur, et de temps à autre, au fond de lui-même, il sent encore un élan qui le porte à la recherche. Il vit dans les limites de ses revenus, de son tempérament, selon ses moyens, pour ses émotions et le reste. Est-il heureux ? A l'aune, quelle qu'elle soit, dont on mesure le bonheur, oui, il croit qu'il est heureux. Cependant il n'a pas oublié ce que chante le chœur à la fin d'*Œdipe* : Ne dis jamais qu'un homme est heureux avant sa mort.

Dans les rapports sexuels, son tempérament lui donne de l'ardeur, sans cependant faire de lui un amant passionné. S'il devait choisir un totem personnel, ce serait le serpent. Ses rapports avec Soraya, à ce qu'il imagine, doivent ressembler à la copulation des serpents : l'un et l'autre s'absorbent dans une rencontre prolongée, qui reste plutôt abstraite, sèche, même au comble de l'ardeur.

Est-ce que le serpent est aussi le totem personnel de Soraya ? Il est sûr qu'avec d'autres hommes c'est une femme différente : *la donna è mobile.* Pourtant, elle ne peut sûrement pas feindre l'affinité de tempérament qu'il y a entre eux.

Bien que de métier ce soit une femme légère, il lui fait confiance, jusqu'à un certain point. Au cours de leurs rencontres il lui parle assez librement, il lui arrive même de se livrer à elle. Elle connaît les détails de sa vie. Il a raconté l'histoire de ses deux mariages, elle sait qu'il a une fille, et que sa fille a des hauts et des bas. Elle connaît ses opinions sur beaucoup de choses.

De sa vie en dehors de Windsor Mansions, Soraya ne dévoile rien. Soraya n'est pas son vrai nom, cela est sûr. A certains signes on voit qu'elle a eu un enfant, ou plusieurs enfants. Il se peut que ce ne soit pas du tout une professionnelle, qu'elle travaille pour l'agence un ou deux après-midi par semaine ; le reste du temps elle mène une vie respectable en banlieue, à Rylands ou à Athlone. Ce serait inattendu de la part d'une musulmane, mais tout est possible de nos jours.

Il en dit peu sur son travail, il ne veut pas l'ennuyer. Il gagne sa vie à l'Université technique du Cap, qui faisait naguère partie du Collège universitaire du Cap, où il avait une chaire de langues modernes. Mais à la suite des mesures de rationalisation et de la fermeture du département de langues classiques et modernes, il se retrouve professeur associé en communications. Comme tous les enseignants touchés par la rationalisation, il lui est permis d'enseigner un cours par an dans sa spécialité, quel que soit le nombre des inscrits, parce qu'on a souci de soutenir le moral du corps enseignant. Cette année il a décidé de donner un cours sur les poètes romantiques. Le reste de son service se fait en première année de communications, cours 101 : « Techniques de communication », et deuxième année, cours 201, « Techniques de communication, niveau avancé ».

Bien qu'il consacre chaque jour des heures à sa nouvelle discipline, il trouve que le principe sur lequel elle repose, tel qu'il est exprimé dans la brochure de Communications 101, est ridicule : « La société humaine a créé le langage pour nous permettre de communiquer nos pensées, nos sentiments et nos intentions les uns aux autres. » A son avis, qu'il se garde bien d'exprimer en public, la parole trouve son origine dans le chant, et le chant est né du besoin de remplir de sons l'âme humaine, trop vaste et plutôt vide.

Au cours d'une carrière qui s'étend sur un quart de siècle, il a publié trois livres, qui sont tous passés inaperçus et n'ont fait aucun bruit dans le monde universitaire : le premier porte sur l'opéra *(Boïto et la Légende de Faust : la Genèse de Méphistophélès)* ; le deuxième est une étude de la vision comme principe érotique *(La Vision de Richard de Saint-Victor)* ; le troisième sur les rapports de Wordsworth avec l'histoire *(Wordsworth et le Fardeau du passé)*.

Au cours de ces dernières années, il a caressé le projet d'un ouvrage sur Byron. Il avait d'abord pensé que ce serait un livre de plus, une étude critique comme ses travaux antérieurs. Mais chaque fois qu'il s'est lancé dans la rédaction, son élan s'est enlisé dans l'ennui. La vérité est qu'il est las de l'activité critique, las de produire de la prose au mètre. Ce qu'il voudrait écrire, c'est de la musique : *Byron en Italie*, une méditation sur l'amour entre un homme et une femme sous forme d'un Kammeroper, un opéra de chambre.

Il lui passe par l'esprit, tandis qu'il fait ses cours de communications, des phrases, des airs, des fragments de chant qui auraient leur place dans l'ouvrage à écrire. Enseignant plutôt médiocre, il lui semble que dans cet établissement d'enseignement, dans sa nouvelle formule émasculée, il est moins à sa place que jamais. Mais c'est le cas de certains de ses collègues d'antan, encombrés de formations qui ne les ont pas préparés aux tâches qu'on leur confie ; autant de clercs, à l'époque postchrétienne que nous vivons.

Comme il n'a aucun respect pour ce qu'il doit enseigner, il laisse ses étudiants indifférents. Ils le regardent sans le voir quand il fait cours, ils ne savent pas son nom. Leur indifférence le blesse plus qu'il ne voudrait l'admettre. Il ne s'en acquitte pas moins à la lettre des obligations qu'il a envers eux, envers leurs parents et envers l'État. Au fil des mois de l'année universitaire, il donne des devoirs, il les ramasse, il les lit, il les annote, il corrige les fautes de ponctuation, d'orthographe, les impropriétés, souligne la faiblesse de l'argumentation, ajoute en bas de chaque copie un commentaire bref et bien pesé.

Il continue à enseigner parce que cela lui donne de quoi vivre ; et aussi parce que c'est une leçon d'humilité, cela lui fait comprendre la place qui est la sienne dans le monde. Ce qu'il y a là d'ironique ne lui échappe pas : c'est celui qui enseigne qui apprend la plus âpre des leçons, alors que ceux qui sont là pour apprendre quelque chose n'apprennent rien du tout. C'est une des caractéristiques de sa profession dont il ne parle pas à Soraya. Il doute qu'il y ait pareille ironie dans le métier qu'elle exerce.

Dans la cuisine de l'appartement de Green Point, il y a une bouilloire électrique, des tasses en plastique, un bocal de café en poudre, une coupe de sachets de sucre. Dans le réfrigérateur, des bouteilles d'eau minérale. Dans la salle de bains, on trouve du savon, une pile de serviettes, et des draps de rechange dans le placard. Soraya laisse ses produits de maquillage dans un petit sac de voyage. C'est un lieu de rendez-vous, ni plus ni moins, fonctionnel, propre, bien tenu.

La première fois que Soraya l'a accueilli, elle avait un rouge à lèvres vermillon et une grosse couche d'ombre à paupières. Ce maquillage poisseux lui a déplu et il lui a demandé de se démaquiller. Elle a obéi et ne s'est plus maquillée depuis. Prête à apprendre, docile, conciliante.

Il aime lui faire des cadeaux. Pour le Nouvel An il lui a offert un bracelet d'émail, et pour les fêtes de la fin du Ramadan un petit héron en malachite qui lui avait plu dans une boutique de souvenirs. Il se plaît à lui faire plaisir, et elle manifeste son plaisir sans affectation.

Il est surpris de voir qu'il lui suffit d'une heure et demie par semaine en compagnie d'une femme pour être heureux, lui qui croyait qu'il lui fallait une épouse, un foyer, le mariage. Ses besoins s'avèrent assez modestes, tout compte fait, modestes et éphémères, comme les besoins d'un papillon. Nulle émotion, si ce n'est l'émotion la plus profonde, la plus insoupçonnée : une basse continue exprimant le contentement, comme le bourdonnement sourd de la circulation qui berce le citadin, ou le silence de la nuit pour les paysans.

Il pense à Emma Bovary qui rentre chez elle assouvie, l'œil vitreux après un après-midi de baise effrénée. *C'est donc cela le bonheur !* dit Emma, émerveillée par l'image que lui renvoie son miroir. *C'est de ce bonheur que parlent les poètes !* Eh bien, si jamais le fantôme de cette pauvre Emma trouvait le moyen d'arriver jusqu'au Cap, il l'amènerait à Windsor Mansions un jeudi après-midi pour lui montrer ce que le bonheur peut être : le bonheur dans la modération, un bonheur modéré.

Et puis, un samedi matin, tout change. Il est en ville où il a des courses à faire ; comme il descend St George's Street, son regard tombe sur une silhouette mince devant lui dans la foule. C'est Soraya, il n'y a pas d'erreur, accompagnée de deux enfants, deux garçons. Ils portent des paquets ; ils ont fait des achats.

Il hésite un instant et se met à les suivre de loin. Ils disparaissent dans le restaurant Captain Dorego. Les garçons ont les cheveux brillants de Soraya et ses yeux sombres. Ils ne peuvent être que ses fils.

Il continue à marcher, fait demi-tour, repasse devant le restaurant. Ils sont tous les trois installés à une table à côté de la fenêtre. Le temps d'un bref instant, à travers la vitre, le regard de Soraya rencontre le sien.

Il a toujours été un homme de la ville, à l'aise dans le flot des corps qui circulent, où le désir est aux aguets et où les regards étincelants se décochent comme des flèches. Mais il regrette immédiatement le regard qu'il échange ce jour-là avec Soraya.

Lors de leur rendez-vous le jeudi suivant, ni l'un ni l'autre ne fait allusion à l'incident. Mais le souvenir qu'ils en ont pèse sur leur rencontre. Il n'a pas la moindre intention de mettre le désordre dans ce qui doit être pour Soraya une double vie précaire. Il est tout à fait pour les doubles vies, les vies triples, les vies parallèles, compartimentées. A dire vrai, il n'en éprouve que plus de tendresse pour elle. *Ton secret ne risque rien avec moi*, voilà ce qu'il aimerait lui dire.

Mais ni l'un ni l'autre ne peut faire comme si rien n'était arrivé. Les deux petits garçons deviennent des tiers présents entre eux, qui jouent comme des ombres dans un coin de la pièce où leur mère s'accouple avec un inconnu. Dans les bras de Soraya, fugitivement, il devient leur père nourricier, leur beau-père, leur père fantôme. Et après, lorsqu'il quitte le lit de Soraya, il sent qu'ils lui jettent à la dérobée des regards furtifs, curieux.

Il se met, malgré lui, à penser à l'autre père, le vrai. A-t-il la moindre idée de ce que trafique sa femme, ou a-t-il choisi de rester dans une ignorance bénie ?

Lui-même n'a pas de fils. Il a eu une enfance dans une famille de femmes. Au fur et à mesure que disparaissaient la mère, les tantes, les sœurs, elles étaient remplacées par des maîtresses, des épouses, une fille. La compagnie des femmes a fait de lui un homme qui aime les femmes et, dans une certaine mesure, un homme à femmes. Beau garçon, bien charpenté, le teint mat, les cheveux souples, tout cela lui donnait du charme et de l'assurance. Il lui suffisait de regarder une femme d'une certaine manière, d'un regard qui disait ses intentions, et elle lui retournerait son regard, il pouvait compter sur ce magnétisme. C'est ainsi qu'il avait vécu, pendant des années, des dizaines d'années, cela avait constitué l'essentiel de sa vie.

Et puis, un beau jour, tout cela prit fin. Sans le moindre signe avant-coureur, le pouvoir de son charme l'abandonna. Ces regards, qui naguère auraient répondu aux siens, glissaient sur lui, se portaient ailleurs, ne le voyaient plus. Du jour au lendemain, il ne fut plus qu'un fantôme. S'il voulait une femme, il devait apprendre à lui courir après ; et souvent, d'une manière ou d'une autre, l'acheter.

Son existence se résumait à rechercher fébrilement les occasions de coucheries. Il eut des aventures avec des femmes de collègues ; il levait des touristes dans les bars sur le front de mer ou au Club Italia ; il couchait avec des putains.

La première rencontre avec Soraya eut lieu dans le petit salon, chichement éclairé, qui donnait sur la réception de l'agence Discreet Escorts : stores vénitiens aux fenêtres, plantes vertes dans les coins de la pièce, odeur de tabac froid. Son nom apparaissait dans la liste de l'agence sous la rubrique « exotique ». Sur la photo elle avait une fleur de la passion rouge dans les cheveux et des rides à peine perceptibles au coin des yeux. A côté de son nom il était précisé :

« Après-midi seulement ». C'est ce détail qui l'avait décidé : la promesse de volets clos, de draps frais, d'heures volées.

Dès le début ce fut satisfaisant, exactement ce qu'il voulait. Il avait mis dans le mille. De toute l'année il n'avait pas eu besoin de retourner à l'agence.

Et puis il y eut cet accident dans St George's Street, et ensuite cette impression d'étrangeté. Bien que Soraya continue à être aux rendez-vous, il sent s'installer de semaine en semaine un peu plus de froideur, comme si elle se transformait en une autre femme et lui en un autre client.

Il se fait une assez bonne idée des propos que les prostituées échangent sur les hommes qui les fréquentent, les hommes d'un certain âge en particulier. Elles se racontent des histoires, elles rient, mais elles frissonnent aussi, comme on frissonne quand on trouve un cafard dans le lavabo au milieu de la nuit. Bientôt c'est sur son compte qu'on aura ce genre de petit frisson malicieux. Voilà le sort qui l'attend.

Le quatrième jeudi après l'incident, comme il quitte l'appartement, Soraya lui annonce ce qu'il redoutait : « Ma mère est malade. Je vais m'arrêter quelque temps pour m'occuper d'elle. Je ne serai pas là la semaine prochaine.

– Est-ce que tu seras là la semaine suivante ?

– Ce n'est pas sûr. Ça dépendra de son état. Il vaudra mieux téléphoner avant de venir.

– Je n'ai pas ton numéro.

– Appelle l'agence. Ils sauront si je suis là ou pas. »

Il laisse passer quelques jours, puis il téléphone à l'agence. « Soraya ? Soraya ne travaille plus pour nous, lui répond l'homme au bout du fil. Non, nous ne pouvons pas vous mettre en contact avec elle, c'est contre le règlement de la maison. Pouvons-nous vous présenter une autre de nos hôtesses ? Dans la catégorie "exotique", nous avons le choix : Malaises, Thaïlandaises, Chinoises, vous n'avez qu'à demander. »

Il passe une soirée avec une autre Soraya – Soraya, semble-t-il, est devenu un nom à la mode dans ce *commerce* – dans une chambre d'hôtel de Long Street. Celle-ci n'a pas plus de dix-huit ans, elle est inexpérimentée, il la trouve fruste. « Alors comme ça, qu'est-ce que tu fais dans la vie ? » demande-t-elle en se déshabillant. « Import-export », dit-il. « Ça alors ! » dit-elle.

Il y a une nouvelle secrétaire à son département. Il l'emmène déjeuner au restaurant, à distance respectable du campus, et, devant leur salade aux crevettes, il l'écoute se plaindre de l'école de ses fils. On leur vend de la drogue sur les terrains de sport, dit-elle, et la police ne fait rien. Ça fait trois ans qu'elle et son mari sont sur une liste d'attente du consulat de Nouvelle-Zélande pour émigrer là-bas. « Pour vous autres, c'était plus facile. Je veux dire, la situation était ce qu'elle était, avec ce qu'il y avait de bon et de mauvais, mais au moins vous saviez à quoi vous en tenir.

– Vous autres ? Qui ça, vous autres ?

– Je veux dire votre génération. De nos jours, les gens choisissent les lois qu'ils veulent bien respecter. C'est l'anarchie. Comment peut-on élever des enfants dans une anarchie pareille ? »

Elle s'appelle Dawn. La deuxième fois qu'il la sort, ils s'arrêtent chez lui et couchent ensemble. C'est raté. Elle se cabre, elle l'agrippe, pour arriver à mouiller et se mettre dans un état d'excitation qui en fin de compte lui répugne. Il lui prête un peigne et la ramène au campus.

Par la suite il l'évite, fait un détour pour ne pas passer devant le bureau où elle travaille. En retour elle lui jette des regards ulcérés, puis elle l'ignore.

Il devrait renoncer à ce jeu, abandonner la partie. A quel âge, se demande-t-il, Origène s'est-il châtré ? Ce n'est guère une solution élégante, mais il n'y a rien d'élégant à vieillir. Cela permettrait au moins de donner un bon coup de balai, de faire place nette et de se consacrer à ce qui reste à faire quand on est vieux : se préparer à mourir.

Ne pourrait-on pas demander à un médecin de procéder à la chose ? Cela doit être une opération assez simple : elle se pratique tous les jours sur les animaux, et les animaux survivent plutôt bien, si on n'attache pas d'importance à une certaine tristesse qui leur reste. On tranche, on ligature : avec une anesthésie locale, une main sûre et un minimum de sang-froid on pourrait même faire ça soi-même en suivant les instructions d'un manuel. Un homme assis sur une chaise, les ciseaux à la main pour couper ce qui dépasse : ce n'est guère un beau spectacle, mais d'une certaine manière, ce n'est pas plus affreux qu'un homme qui s'échine sur le corps d'une femme.

Et puis il reste Soraya. Il devrait tourner la page. Au lieu de cela, il a recours à une agence de détectives pour retrouver sa trace. Au bout de quelques jours, on lui fournit son nom, son adresse, son numéro de téléphone. Il appelle un matin à neuf heures, une fois le mari et les enfants partis. « Soraya ? dit-il. David à l'appareil. Comment vas-tu ? Quand est-ce qu'on se revoit ? »

Après un long silence, elle répond : « Je ne vous connais pas. Vous venez me harceler jusque chez moi. Je vous demande instamment de ne plus jamais me téléphoner ici, plus jamais. »

Demande instamment. C'est un ordre plutôt, un commandement, donné sur un ton aigu et crispé qui le surprend et que rien ne lui avait fait soupçonner dans le passé. Mais évidemment, c'est ce à quoi un prédateur doit s'attendre quand il se glisse dans le terrier de la renarde et menace les renardeaux.

Il repose le combiné. Il sent passer sur lui l'ombre de l'envie : il envie le mari qu'il n'a jamais vu.

Deux

SANS L'INTERLUDE du jeudi, la semaine est comme un désert dont rien ne brise la monotonie. Il y a des jours où, dans son désœuvrement, il ne sait que faire.

Il passe plus de temps qu'avant à la bibliothèque à lire tout ce qu'il trouve qui touche de près ou de loin à Byron, et les notes qu'il prend s'ajoutent à celles que contiennent deux gros dossiers. Il se plaît dans le calme qui règne dans la salle de lecture en fin d'après-midi, il aime rentrer chez lui à pied ensuite : l'air vif, l'humidité, le bitume qui luit.

Comme il rentre par le chemin des écoliers un vendredi soir, en passant par les anciens jardins de l'université, il aperçoit l'une de ses étudiantes dans l'allée, un peu devant lui. Elle s'appelle Mélanie Isaacs. Ce n'est pas une fille brillante mais elle n'est pas nulle non plus : pas bête, mais pas motivée.

Elle flâne et il a tôt fait de la rattraper. « Bonjour », dit-il.

Elle répond d'un sourire avec un petit mouvement de tête, un sourire entendu plutôt que timide. Elle est petite, menue, les cheveux très courts, des pommettes larges presque comme une Chinoise, de grands yeux bruns. Elle s'habille avec originalité. Aujourd'hui, elle porte une mini-jupe bordeaux et un pull moutarde avec des collants noirs ; les colifichets dorés de sa ceinture sont assortis aux boules dorées qui pendent à ses oreilles.

Elle lui plairait plutôt. Rien là d'extraordinaire : pas un trimestre ne se passe sans qu'il s'éprenne de l'une ou l'autre de ses étudiantes. La beauté, les beautés, ce n'est pas ce qui manque au Cap.

Est-ce qu'elle sait qu'elle lui a tapé dans l'œil ? C'est probable. Les femmes sentent cela d'instinct, elles sentent le poids des regards chargés de désir.

Il a plu ; des rigoles qui bordent l'allée monte le bruit de l'eau qui court.

« C'est ma saison préférée, c'est l'heure de la journée que je préfère, dit-il. Vous habitez dans le quartier ?

– De l'autre côté de la voie de chemin de fer.

– Vous êtes du Cap ?

– Non. Je viens de George.

– J'habite tout à côté. Est-ce que je peux vous offrir un pot ? »

Un moment de silence, prudent. « D'accord. Mais il faut que je rentre pour sept heures et demie. »

Ils quittent les jardins pour entrer dans l'enclave résidentielle calme où il habite depuis douze ans, d'abord avec Rosalind, et, depuis leur divorce, tout seul.

Il ouvre la grille de sécurité, ouvre la porte de la maison, il la fait entrer. Il allume les lampes, la débarrasse de son sac. Elle a des gouttes de pluie dans les cheveux. Il la regarde, sincèrement séduit. Elle baisse les yeux avec ce petit sourire fuyant, avec ce rien de coquetterie qu'elle a eu tout à l'heure.

Dans la cuisine il ouvre une bonne bouteille de Meerlust et prépare un plateau de fromages avec des biscuits salés. Quand il revient au salon il la trouve devant les étagères de livres, la tête inclinée sur le côté pour lire les titres. Il met de la musique : le quintet pour clarinette de Mozart.

Du vin, de la musique : ingrédients d'un rite qui se pratique entre les hommes et les femmes. Rien à redire aux rites : ils sont conçus pour vous aider dans les passes difficiles. Mais la fille qu'il vient d'amener chez lui n'a pas seulement trente ans de moins que lui : c'est une étudiante, une de ses étudiantes, sous sa tutelle pédagogique. Quoi qu'il arrive ce soir entre eux, il faudra bien que le prof et l'élève se retrouvent en classe. Est-ce qu'il pourra faire face à cette situation ?

« Le cours vous plaît ? demande-t-il.

– J'ai bien aimé Blake, et tout le truc sur le Wonderhorn, le Cor merveilleux, ça m'a bien plu.

– Le Wunderhorn.

– Mais Wordsworth, ça ne m'emballe pas.

– Ce n'est pas à moi qu'il faut dire ça. Wordsworth est l'un de mes maîtres. »

D'ailleurs, c'est bien vrai. Du plus loin qu'il se souvienne, il a vibré aux harmonies du *Prélude*.

« Peut-être qu'à la fin du cours j'apprécierai mieux sa poésie. Ça finira par me toucher.

– C'est possible. Mais si j'en crois mon expérience, la poésie vous touche d'emblée, du premier coup, ou pas du tout. Cela relève de la révélation fulgurante, et on réagit sur le coup. C'est comme la foudre. Comme quand on tombe amoureux. »

Comme quand on tombe amoureux. Est-ce que les jeunes d'aujourd'hui tombent encore amoureux, ou bien est-ce que c'est devenu un mécanisme hors d'usage, superflu, une bizarrerie, comme la machine à vapeur ? Il n'en sait plus rien, il n'est plus dans le coup. Tomber amoureux, c'est quelque chose qui a pu tomber en désuétude et revenir à la mode x fois sans qu'il n'en sache rien.

« Et vous, vous écrivez de la poésie ? demande-t-il.

– J'ai écrit des poèmes quand j'étais encore au lycée. C'était pas bien bon. Maintenant je n'ai plus de temps pour ça.

– Et des passions ? En littérature, vous avez des passions ? »

Ce mot étrange lui fait froncer les sourcils. « On a fait Adrienne Rich et Toni Morrison en deuxième année. Et Alice Walker. J'ai mordu à ça. Mais je n'irai pas jusqu'à parler de passion. »

Bon. Ce n'est pas une passionnée. Est-ce qu'elle n'essaie pas, par des chemins aussi détournés que possible, de le tenir à distance ?

« Je vais préparer quelque chose à manger, dit-il. Vous voulez dîner avec moi ? Ce sera tout ce qu'il y a de simple. »

Elle a l'air d'hésiter.

« Allez ! dit-il. Acceptez donc !

– D'accord. Mais il faut que je passe un coup de fil. »

La conversation au téléphone prend plus de temps qu'il n'aurait cru. De la cuisine, il entend des murmures, des silences.

Quand elle en a fini, il demande : « Qu'est-ce que vous avez l'intention de faire après vos études ?

– Les métiers du théâtre et le design. Je prépare un diplôme en art dramatique.

– Et pourquoi est-ce que vous avez pris un cours de poésie romantique ? »

Elle réfléchit en plissant le nez. « J'ai choisi de faire ça pour l'ambiance, dit-elle. J'avais pas envie de reprendre Shakespeare. J'ai fait Shakespeare l'année dernière. »

Ce qu'il prépare en guise de dîner est bien simple en effet : des tagliatelles avec une sauce aux champignons, garnie d'anchois. Il lui laisse les champignons à émincer. Le reste du temps, assise sur un tabouret, elle le regarde s'activer sur ses casseroles. Ils mangent dans la salle à manger, avec une deuxième bouteille de vin. Elle mange sans façons. Elle a un solide appétit pour une fille si menue.

« C'est vous qui vous faites la cuisine ?

– Je vis seul. Si je ne fais pas la cuisine, personne ne la fera pour moi.

– Je déteste ça, moi, faire la cuisine. Je devrais m'y mettre, j'imagine.

– Pourquoi donc ? Si vous n'aimez pas ça, vous épouserez un homme qui sait cuisiner. »

Tous les deux, ils voient le tableau : la jeune femme avec ses fringues tape-à-l'œil et ses colifichets voyants se pointe à la porte, elle hume ce qui vient de la cuisine, avec impatience ; le mari, l'homme idéal, tout ce qu'il y a de terne, enveloppé dans un tablier, est penché sur le fourneau dans la cuisine embuée. Renversement des rôles : recette obligée de la comédie bourgeoise.

« C'est tout ce qu'il y a, dit-il, une fois le plat vidé. Je n'ai pas de dessert, sauf si vous voulez du yaourt ou une pomme. Excusez-moi ; je ne savais pas que j'aurais une invitée à dîner.

– C'était bon », dit-elle en vidant son verre. Puis elle se lève de table. « Merci.

– Ne partez pas tout de suite. » Il lui prend la main, l'attire jusqu'au canapé. « Je voudrais vous montrer quelque chose. Vous aimez la danse ? Je ne dis pas : est-ce que vous aimez danser ? » Il glisse une cassette vidéo dans le magnétoscope. « C'est un film d'un type qui s'appelle Norman McLaren. C'est assez vieux. Je l'ai pris à la bibliothèque. Vous allez voir. »

Ils regardent le film, côte à côte sur le canapé. Les deux danseurs évoluent sur une scène sans décor. A la caméra stroboscopique, l'image désincarnée de leurs mouvements se déploie à l'arrière-plan comme un battement d'ailes. C'est un film qu'il a vu il y a vingt-cinq ans, mais qui continue de le fasciner : l'instant présent, le passé de cet instant, saisis dans leur évanescence, en un espace commun.

Il voudrait que la fille soit fascinée comme lui. Mais il sent bien qu'il n'en est rien.

Le film fini, elle va et vient dans la pièce. Elle ouvre le piano, joue un *do*. « Vous jouez ? demande-t-elle.

– Un peu.

– Du classique ou du jazz ?

– Pas de jazz, hélas.

– Vous ne voulez pas me jouer quelque chose ?

– Non, pas ce soir. Je suis rouillé. Une autre fois, quand on se connaîtra mieux. »

Elle jette un œil curieux vers son bureau. « Je peux aller voir ? demande-t-elle.

– Allumez pour y voir clair. »

Il met un autre disque : les sonates de Scarlatti, un chat qui court sur le clavier.

« Vous avez beaucoup de livres sur Byron, dit-elle en revenant dans la pièce. C'est votre poète préféré ?

– Je travaille sur Byron. Sur sa période italienne.

– Il est mort jeune, non ?

– A trente-six ans. Ils sont tous morts jeunes. Ou leur inspiration s'est tarie. Ou ils sont devenus fous et on les a enfermés. Mais Byron n'est pas mort en Italie. Il est mort en Grèce. Il est parti pour l'Italie pour échapper au scandale, et il s'y est fixé. C'est là qu'il s'est rangé. Il a eu en Italie sa dernière aventure sentimentale, son dernier amour. C'était la mode à l'époque pour les Anglais d'aller en Italie. Ils pensaient que les Italiens écoutaient encore leur nature. Qu'ils étaient moins prisonniers des conventions, qu'ils étaient plus passionnés. »

Elle fait de nouveau le tour de la pièce. « C'est votre femme ? demande-t-elle devant le cadre posé sur la table basse.

– C'est ma mère, quand elle était jeune.

– Vous êtes marié ?

– Je l'ai été. Deux fois. Mais je ne le suis plus. » Il n'ajoute pas : maintenant je me débrouille avec des putains. « Je vous offre un digestif ? »

Elle refuse le digestif, mais elle accepte un coup de whisky dans son café. Comme elle boit, à petites gorgées, il se penche vers elle et lui touche la joue. « Tu es très jolie, lui dit-il. Je vais te faire une proposition tout à fait déraisonnable. » Il la touche à nouveau. « Ne pars pas. Passe la nuit avec moi. »

Par-dessus le bord de la tasse elle le regarde fixement. « Pourquoi ?

– C'est ce que tu devrais faire.

– Et pourquoi est-ce que je devrais faire ça ?

– Pourquoi ? Parce que la beauté d'une femme ne lui appartient pas en propre. Cela fait partie de ce qu'elle apporte au monde, comme un don. Elle a le devoir de la partager. »

Sa main de nouveau se pose sur sa joue. Elle ne se détourne pas, mais elle ne se laisse pas aller non plus.

« Et si je partage déjà ? » Sa voix trahit une respiration plus rapide. C'est excitant, toujours excitant de se faire courtiser, cela fait plaisir.

« Eh bien, tu devrais partager plus généreusement. »

Belles paroles, depuis toujours les paroles de la séduction. Mais en les disant, il y croit. Elle ne s'appartient pas en propre. La beauté appartient à tous.

« Des êtres les plus beaux on veut qu'ils multiplient, dit-il, pour qu'ainsi de beauté ne meure le rosier. »

Fausse manœuvre. Son sourire perd ce qu'il avait de mutin, sa vivacité. Le pentamètre de Shakespeare, dont le rythme insinuant jadis portait en douceur les mots du serpent, n'a maintenant d'autre effet que mettre des distances. Le voilà redevenu le prof, l'homme du livre, le gardien du trésor, de la culture. Elle pose sa tasse. « Il faut que je parte. On m'attend. »

Les nuages se sont dissipés, les étoiles brillent au ciel. « Quelle belle nuit ! » dit-il en déverrouillant la porte du jardin. Elle ne lève pas les yeux. « Je te raccompagne jusque chez toi ?

– Non.

– Bon. Bonsoir. » Il tend les bras pour l'étreindre. Pendant un instant il sent ses petits seins contre lui. Puis elle échappe à son étreinte. Elle est partie.

Trois

IL DEVRAIT EN rester là. Mais il n'en fait rien. Le dimanche matin, il prend sa voiture pour aller jusqu'au campus déserté et il s'introduit au secrétariat du département. Du tiroir d'un classeur il sort la fiche d'inscription de Mélanie Isaacs et recopie les renseignements : adresse des parents, adresse au Cap, numéro de téléphone.

Il fait le numéro. Une voix de femme répond.

« Mélanie ?

– Je l'appelle. Qui est à l'appareil ?

– Dites-lui que c'est David Lurie. »

Mélanie – mélodie : rythme ternaire, envoûtant. Le nom ne lui va pas bien. Il faudrait l'accent sur la deuxième syllabe : [me'lani] : la brune.

« Allô ? »

A ce seul mot il la sent totalement incertaine. Trop jeune. Elle ne va pas savoir comment s'y prendre avec lui. Il devrait la laisser tranquille. Mais il est prisonnier de quelque chose. La rose de beauté : le poème fonce sur lui comme une flèche. Elle ne s'appartient pas ; il ne s'appartient peut-être pas en propre non plus.

« J'ai pensé que vous aimeriez peut-être sortir déjeuner, dit-il. Je passe vous prendre à, disons, midi. »

Elle a le temps de trouver un mensonge pour s'en sortir. Mais elle est désarçonnée et ne réagit pas assez vite.

Quand il arrive, elle l'attend sur le trottoir devant l'immeuble. Elle porte des collants noirs et un pull noir. Elle a les hanches étroites d'une gamine de douze ans.

Il l'emmène à Hout Bay, sur le port. Dans la voiture, il essaie de la mettre à l'aise. Il lui pose des questions sur les autres cours qu'elle suit. Elle a un rôle dans une pièce, dit-elle. Cela fait partie de ce qu'on leur demande pour le diplôme. Les répétitions lui prennent beaucoup de temps. Au restaurant, elle n'a pas faim, elle est renfrognée et garde les yeux fixés sur la mer.

« Il y a quelque chose qui ne va pas ? Vous voulez m'en parler ? »

Elle fait non de la tête.

« Quelque chose vous tracasse sur vous et moi ?

– Peut-être bien.

– Il ne faut pas. J'y veillerai. Je ne laisserai pas les choses aller trop loin. »

Trop loin. Qu'est-ce qui va loin, trop loin, dans ce genre de situation ? Est-ce que trop loin pour elle, c'est la même chose que trop loin pour lui ?

Il s'est mis à pleuvoir : un rideau de pluie frémit sur la baie déserte. « On s'en va ? » dit-il.

Il la ramène chez lui. Par terre, dans le salon, au bruit de la pluie qui tambourine sur les vitres, il lui fait l'amour. Son corps est sans surprise, simple, parfait à sa manière ; bien que du début à la fin elle reste passive, il y trouve du plaisir, tant de plaisir qu'il passe de l'orgasme à l'oubli total.

Quand il reprend ses esprits, la pluie a cessé. La fille est étendue sous lui, les yeux fermés, les mains jetées au-dessus de la tête, nonchalamment, un rien de crispation sur le visage. Ses mains à lui se sont glissées sous le pull rêche, immobilisées sur ses seins. Ses collants et son slip abandonnés sur la moquette ; lui a le pantalon aux chevilles. *Après la tempête*, se dit-il, tout droit sorti de Georg Grosz.

En évitant de le regarder, elle se dégage, rassemble ses affaires, quitte la pièce. Quelques minutes plus tard, elle revient, rhabillée. « Il faut que je parte », dit-elle dans un murmure. Il ne cherche pas à la retenir.

Le lendemain matin, il se réveille dans un état de profond

bien-être, dont il ne sort pas. Mélanie n'est pas au cours. De son bureau, il appelle un fleuriste. Des roses ? Peut-être pas des roses. Il commande des œillets. « Des rouges ou des blancs ? » demande la fleuriste. Rouges ? Blancs ? « Mettez une douzaine d'œillets roses.

– Je n'en ai pas douze. Je vous fais un mélange ?

– D'accord. Faites porter un mélange », dit-il.

Il pleut toute la journée du mardi, une pluie battante apportée par de gros nuages qui arrivent de l'ouest sur la ville. En traversant le hall du bâtiment qui abrite le département de Communications, il l'aperçoit au milieu d'un groupe d'étudiants qui attendent une accalmie pour sortir. Il s'approche d'elle par-derrière, lui pose la main sur l'épaule. « Attendez-moi ici, je vais vous ramener chez vous », dit-il.

Il revient avec un parapluie. Alors qu'ils traversent l'esplanade jusqu'au parking, il l'attire contre lui pour l'abriter. Une rafale retourne le parapluie ; tant bien que mal, ils arrivent en courant jusqu'à la voiture.

Elle porte un imperméable jaune, chic ; dans la voiture, elle baisse le capuchon. Elle a les joues rouges ; il perçoit le mouvement de sa respiration, sa poitrine qui se soulève et s'abaisse. D'un coup de langue elle efface une goutte de pluie sur sa lèvre supérieure. *Une gamine !* se dit-il. *Ce n'est qu'une gamine ! Qu'est-ce que je suis en train de faire ?* Mais son cœur frémit d'un élan de désir.

Ils se trouvent pris dans la circulation dense de la fin de journée. « Vous m'avez manqué hier, dit-il. Ça va ? »

Elle ne répond pas, elle suit des yeux le va-et-vient de l'essuie-glace.

A un feu rouge il prend sa main froide dans la sienne. « Mélanie ! » dit-il en s'efforçant de dire le nom d'un ton léger. Mais il ne sait plus roucouler. La voix qu'il entend est celle d'un père affectueux, pas celle d'un amant. Il s'arrête devant son immeuble. « Merci, dit-elle en ouvrant la portière.

– Vous ne m'invitez pas à monter ?
– Je crois que ma copine est là.
– Et ce soir ?
– Ce soir, j'ai une répétition.
– Alors, quand est-ce que je vous revois ? »

Elle ne répond pas. « Merci », répète-t-elle, et d'un mouvement souple elle descend de la voiture.

Le mercredi, elle est en classe, à sa place habituelle. Ils sont encore sur Wordsworth, au livre 6 du *Prélude* ; le poète est dans les Alpes.

« D'une crête dénudée, lit-il à haute voix,

> enfin nous vîmes se dévoiler
> Le sommet du mont Blanc, et restâmes attristés
> Que sur nos yeux se gravât une image sans âme
> Qui avait usurpé sur l'idée vivante à tout jamais
> Détruite.

« Ainsi, le pic majestueux et enneigé du mont Blanc s'avère être une déception. Pourquoi ? Commençons par regarder de plus près ce verbe surprenant : *usurper sur.* Est-ce que l'un d'entre vous a cherché le sens dans le dictionnaire ? »

Silence.

« Si vous aviez pris la peine de chercher, vous auriez vu que cette construction prépositionnelle veut dire empiéter, sur les droits d'autrui par exemple. Le verbe *usurper* employé transitivement, qui veut dire s'approprier, faire sien abusivement, exprime l'aspect perfectif du procès d'usurpation.

« Les nuages se sont dissipés, dit Wordsworth, dévoilant le pic, et ce spectacle nous a attristés. Étrange réaction de la part d'un voyageur dans les Alpes. Pourquoi s'attrister ? Parce que, dit-il, une image sans âme, une image sur la rétine a empiété sur ce qui était jusque-là une pensée vivante. Quelle était donc cette pensée vivante ? »

De nouveau, silence. Tandis qu'il parle, l'air reste inerte comme un drap qui pendrait mollement dans la salle. Ils ont envie de rouspéter : un homme regarde une montagne : pourquoi faut-il que ce soit si compliqué ? Que pourrait-il leur dire ? Qu'est-ce qu'il a dit à Mélanie, ce premier soir ? Que sans un éclair de révélation, il n'y a rien. Où est l'éclair de révélation dans cette salle ?

Il lui jette un regard rapide. Elle a la tête penchée sur le texte. Elle est absorbée, ou semble l'être.

« Ce même verbe *usurper* apparaît de nouveau quelques vers plus loin. L'usurpation est un des thèmes les plus profonds de la séquence sur les Alpes. Les grands archétypes de l'esprit, les idées pures sont usurpées par de simples images sensorielles.

« Et pourtant nous ne pouvons pas vivre nos vies quotidiennes dans le monde des idées pures, dans un cocon qui nous protégerait de l'expérience des sens. La question n'est pas : Comment préserver la pureté de l'imagination, à l'abri des assauts de la réalité. La question qu'il faut se poser, c'est : Pouvons-nous trouver le moyen de les faire coexister ?

« Regardez le vers 599. Wordsworth parle des limites de la perception sensorielle. C'est un thème que nous avons déjà abordé. Comme les organes sensoriels atteignent leurs limites, leur lumière commence à faiblir. Pourtant avant que d'expirer, cette lumière lance un dernier éclat, comme la flamme d'une chandelle, et nous laisse apercevoir l'invisible. Ce passage est difficile, peut-être même en contradiction avec le moment de la contemplation du mont Blanc. Wordsworth néanmoins semble avancer instinctivement vers un équilibre : non pas l'idée pure, enveloppée de nuages, ni l'image visuelle qui brûle sur la rétine, qui nous éblouit et nous déçoit par sa clarté sans mystère, mais l'image sensorielle, dont on protège autant que possible la fugacité, et qui est le moyen de réveiller, d'activer l'idée enfouie plus profondément dans le terreau de la mémoire. »

Il marque une pause. Incompréhension ahurie. Il est allé trop loin trop vite. Comment les amener jusqu'à lui ? Comment amener Mélanie à lui ?

« C'est comme être amoureux, dit-il. Si vous étiez aveugle, vous ne seriez pas tombé amoureux. Mais maintenant, voulez-vous vraiment voir la bien-aimée avec la précision glacée que nous donne le sens de la vue ? Vous auriez peut-être intérêt à voiler votre regard, pour la garder en vie sous sa forme archétypale de déesse. »

On ne trouverait guère cela dans Wordsworth, mais au moins cela les réveille.

Archétypes ? se disent-ils. *Déesses ? Qu'est-ce qu'il raconte ? Qu'est-ce que ce vieux chnoque sait de l'amour ?*

Un souvenir lui revient : le moment sur la moquette où il a brutalement relevé son pull et découvert ses petits seins pommés, parfaits. Pour la première fois, elle relève la tête et ses yeux rencontrent les siens, et en un éclair voient tout. Gênée, elle rebaisse les yeux.

« Wordsworth écrit sur les Alpes, dit-il. Nous n'avons rien comme les Alpes ici, mais nous avons les montagnes du Drakensberg, et sur une échelle plus modeste la montagne de la Table. Nous escaladons ces montagnes à la suite des poètes, en quête d'un de ces moments de révélation wordsworthiens dont nous avons tous entendu parler. » Maintenant il parle à vide, il noie le poisson. « Mais nous ne connaîtrons pas de moments pareils si notre œil ne se tourne pas à demi vers les grands archétypes de l'imagination que nous portons en nous. »

Assez ! Il ne supporte plus de s'entendre parler, et il est désolé pour elle, obligée d'entendre ces propos intimes à mots couverts. Il termine le cours et s'attarde un peu dans l'espoir d'échanger quelques mots avec elle. Mais elle se glisse hors de la salle, perdue parmi les autres.

Il y a une semaine, c'était un joli minois dans la classe. Maintenant, c'est une présence dans sa vie, une présence qui respire.

Le théâtre de l'Amicale des étudiants est plongé dans l'obscurité. Sans se faire remarquer, il prend place au dernier rang. En dehors d'un homme presque chauve vêtu de l'uniforme du personnel d'entretien quelques rangs devant lui, il est le seul spectateur dans la salle.

Le titre de la pièce qu'on répète est *Le soleil se couche au salon du Globe* : c'est une comédie sur la nouvelle Afrique du Sud qui se passe dans un salon de coiffure à Hillbrow, quartier de Johannesburg. Sur la scène, un coiffeur, un homosexuel exubérant, s'occupe de deux clientes, une Blanche et une Noire. On échange des galéjades : des plaisanteries, des insultes. Tout semble reposer sur un principe cathartique : tous les vieux préjugés les plus grossiers sont mis au grand jour et liquidés dans le déchaînement des rires.

Un quatrième personnage entre en scène, une fille qui a des chaussures aux semelles exagérément épaisses et une chevelure qui déferle en petites boucles. « Asseyez-vous, mon chou, je m'occupe de vous tout de suite », dit le coiffeur. « Je suis venue pour la place, répond-elle, l'annonce dans le journal. » Elle a un très fort accent du Cap ; c'est Mélanie. « *Ag*, alors prenez un balai et rendez-vous utile à quelque chose », dit le coiffeur.

Elle prend un balai et va et vient d'un pas mal assuré sur ses cothurnes en poussant le balai devant elle. Elle empêtre le balai dans un fil électrique. On est censé avoir un éclair, suivi de cris, de pas précipités, mais la synchronisation n'est pas au point. La fille qui dirige la pièce monte sur scène d'un air menaçant, suivie d'un jeune gars en veste de cuir qui commence à bricoler la prise. « Il faut que tout cela soit plus rapide, dit le metteur en scène. Il faut une ambiance à la Marx Brothers, avec plus de rythme. » Elle se tourne vers Mélanie. « Vu ? » Mélanie fait oui de la tête.

Devant lui, l'employé se lève et en soupirant quitte la salle. Il devrait partir aussi. Ce n'est pas bien catholique de se dissimuler dans le noir pour épier une fille (sans qu'il le cherche, le mot *salace* lui vient à l'esprit). Et pourtant, ces vieillards dont il est sur le point de rejoindre les rangs, semble-t-il, les clochards, les paumés, dans leurs impers pleins de taches, avec leurs fausses dents ébréchées et des touffes de poils dans les oreilles – tous, autant qu'ils sont, ont été jadis des enfants du bon Dieu, bien plantés, au regard clair. Faut-il leur en vouloir de s'accrocher coûte que coûte à leur place au banquet exquis des sens ?

Sur scène, l'action reprend. Mélanie pousse son balai. Une détonation, un éclair, des cris apeurés. « Ce n'est pas ma faute, dit Mélanie d'une voix étranglée. *My gats*, putain, pourquoi faut-il toujours que ce soit ma faute ? » Sans bruit il se lève et, à la suite de l'employé, il quitte la salle et plonge dans la nuit.

A quatre heures de l'après-midi le lendemain, il sonne à sa porte. Elle ouvre ; elle porte un T-shirt défraîchi, un short de cycliste et des pantoufles en forme d'animal de bande dessinée, d'écureuil, qu'il trouve ridicules, de mauvais goût.

Il ne l'a pas prévenue ; elle est trop surprise pour résister à cet intrus qui se jette sur elle. Quand il la prend dans ses bras, elle se désarticule comme une marionnette. Dans la conque délicate de son oreille, les mots qu'il prononce tombent comme des coups de bâton. « Non, pas maintenant, dit-elle en se débattant, ma cousine va rentrer. »

Mais rien ne pourra l'arrêter. Il la porte jusqu'à la chambre, d'un geste fait tomber les pantoufles idiotes, lui embrasse les pieds, étonné des sentiments qu'elle éveille. C'est lié à cette apparition sur scène : la perruque, le derrière qui se trémousse, la grossièreté du langage. Amour étrange ! Mais venu tout droit du carquois d'Aphrodite, déesse de l'écume et des vagues, cela ne fait aucun doute.

Elle ne résiste pas. Elle se contente de se détourner : elle détourne les lèvres, elle détourne les yeux. Elle le laisse l'étendre sur le lit et la déshabiller : elle lui vient même en aide en soulevant les bras et les hanches. Elle est parcourue de petits frissons de froid ; dès qu'elle est nue, elle se glisse sous la couette comme une taupe qui creuse la terre et lui tourne le dos.

Ce n'est pas un viol, pas tout à fait, mais sans désir, sans le moindre désir au plus profond de son être. Comme si elle avait décidé de n'être qu'une chiffe, de faire la morte au fin fond d'elle-même le temps que cela dure, comme un lapin lorsque les mâchoires du renard se referment sur son col. De sorte que tout ce qu'on lui fait se ferait, pour ainsi dire, loin d'elle.

« Pauline va être là d'une minute à l'autre, dit-elle quand c'est fini. Il faut que vous partiez, je vous en prie. »

Il obéit, mais lorsqu'il arrive à sa voiture un tel sentiment de découragement, de grisaille s'abat sur lui qu'il reste affalé sur le volant, incapable de faire un mouvement.

C'est une erreur, une erreur monumentale. A cet instant, il en est sûr, Mélanie est en train d'essayer de se purifier de tout ça, de se purifier de lui. Il la voit faisant couler un bain, enjambant le bord de la baignoire pour entrer dans l'eau, les yeux fermés comme une somnambule. Il voudrait lui aussi se glisser dans un bain.

Une femme aux jambes épaisses, vêtue d'un tailleur strict, passe à côté de la voiture et entre dans l'immeuble. Est-ce que c'est la cousine Pauline qui habite avec Mélanie, dont elle craint tant la désapprobation ? Il se secoue et démarre.

Le lendemain, elle n'est pas au cours. Le jour est mal choisi pour être absente puisqu'ils ont le contrôle de milieu de trimestre. Quand il remplit le registre plus tard, il la marque présente et lui met une note : quatorze. Au bas de la page, au crayon, il note, pour lui-même : « Résultat provisoire. » Quatorze : cela trahit l'indécision, pas très bon, mais pas mauvais non plus.

Elle est absente toute la semaine suivante. Il téléphone à maintes reprises, on ne répond pas. Et puis le dimanche soir, à minuit, on sonne à sa porte. C'est Mélanie, en noir, de la tête aux pieds, coiffée d'un petit bonnet de laine noir. Elle a les traits tirés ; il se prépare à se faire dire son fait avec colère, à une scène.

Mais il n'y a pas de scène. En fait, c'est elle qui est gênée. « Est-ce que je peux coucher ici ce soir ? dit-elle dans un murmure, évitant son regard.

– Bien sûr, bien sûr. » Il est envahi par le soulagement. Il tend les bras, l'étreint, la serre contre lui, toute crispée, transie. « Je vais faire du thé.

– Non, non, pas de thé. Rien. Je suis crevée. Tout ce que je veux, c'est dormir. »

Il fait le lit dans l'ancienne chambre de sa fille, lui dit bonsoir en l'embrassant, la laisse seule. Lorsqu'il revient une demi-heure plus tard, elle dort d'un sommeil de plomb, tout habillée. Il lui ôte ses chaussures, la recouvre.

A sept heures du matin, comme les premiers oiseaux commencent à babiller, il frappe à sa porte. Elle est réveillée, le drap tiré jusqu'au menton, l'air exténué.

« Comment ça va ? »

Elle hausse les épaules.

« Il y a quelque chose qui ne va pas ? Tu veux en parler ? »

Elle fait non de la tête, en silence.

Il s'assied sur le lit, l'attire à lui. Dans ses bras, elle se met à pleurer désespérément. Et malgré cela il est parcouru d'une onde de désir. « Allons, allons, dit-il doucement, essayant de la réconforter. Dis-moi ce qui ne va pas. » Il dit presque : *Raconte à Papa ce qui ne va pas*.

Elle se ressaisit et essaie de parler, mais elle a le nez bouché. Il lui trouve un Kleenex pour se moucher. « Est-ce que je peux rester ici quelque temps ?

– Rester ici ? » répète-t-il comme s'il réfléchissait. Elle ne pleure plus, mais elle est encore secouée de longs frissons de désespoir. « Est-ce que ce serait une bonne idée ? »

Elle ne dit pas si ce serait une bonne idée ou pas. Pour toute réponse, elle se serre contre lui ; il sent son visage chaud sur son ventre. Le drap glisse ; elle n'a sur elle qu'une chemise américaine et un slip.

Sait-elle ce qu'elle fait, à cet instant ?

Quand il a fait le premier pas dans les jardins de l'université, il envisageait une liaison brève qui ne tirerait pas à conséquence – vite fait, bien fait. Et la voilà maintenant chez lui, amenant avec elle des complications à n'en plus finir. Quel jeu joue-t-elle ? Il devrait être sur ses gardes, cela ne fait aucun doute. Mais il aurait dû être sur ses gardes dès le début.

Il s'étend sur le lit à côté d'elle. Il n'a vraiment pas besoin de ça, que Mélanie Isaacs vienne s'installer chez lui. Pourtant, sur le moment l'idée a quelque chose d'enivrant. Tous les soirs, elle sera là ; tous les soirs, il pourra se glisser dans son lit, comme il vient de le faire, se glisser en elle. Cela se saura, ça se sait toujours ce genre de chose ; on en parlera à voix basse, cela fera peut-être scandale. Mais qu'est-ce que ça peut faire ? La flamme du bon sens jette un dernier éclat avant de s'éteindre. Il repousse les draps et les couvertures, tend le bras, caresse ses seins, ses fesses. « Bien sûr, tu peux rester, murmure-t-il, bien sûr. »

Dans sa chambre, deux portes plus loin dans le couloir, le réveil sonne. Elle se détourne de lui, remonte les couvertures sur ses épaules.

« Je vais partir maintenant, dit-il, j'ai cours ce matin. Essaie de dormir encore un peu. Je reviendrai à midi, et on pourra parler. » Il lui caresse les cheveux, l'embrasse sur le front. Sa maîtresse ? Sa fille ? Au fond de son cœur, qu'essaie-t-elle d'être ? Qu'est-ce qu'elle lui offre ?

Quand il revient à midi, elle est installée à la table de la cuisine devant des toasts, du miel et du thé. Elle est parfaitement à l'aise, chez elle.

« Alors, dit-il, tu as meilleure mine.

– J'ai dormi une bonne partie de la matinée.

– Tu vas m'expliquer ce qui se passe ? »

Elle évite son regard. « Pas maintenant. Il faut que j'y aille. Je suis en retard. J'expliquerai plus tard.

– Et plus tard, ça veut dire quand ?

– Ce soir après la répétition. D'accord ?

– D'accord. »

Elle se lève, porte sa tasse et son assiette jusqu'à l'évier (mais ne les lave pas) et se retourne pour lui faire face. « Ça ne pose pas de problème, c'est sûr ? dit-elle.

– Tout à fait sûr.

– Je voulais dire : je sais que j'ai manqué beaucoup de cours, mais la pièce me prend tout mon temps.

– Je comprends. Tu me dis que ce que tu fais en art dramatique passe avant le reste. Tu aurais pu me dire cela plus tôt, cela aurait simplifié les choses. Tu seras au cours demain, j'espère.

– Oui, c'est promis. »

Elle promet, mais c'est une promesse qu'on ne peut la forcer à tenir. Il n'est pas content, il est agacé. Elle se conduit mal et, quoi qu'elle fasse, elle s'en tire ; elle apprend à profiter de lui, elle ne va sûrement pas s'en tenir là. Mais si elle s'en tire à bon compte, il s'en tire encore mieux ; elle se conduit mal, mais sa conduite à lui est encore plus répréhensible. Dans la mesure où ils sont embarqués ensemble dans cette histoire, si toutefois ils sont ensemble, c'est lui qui mène le jeu, qui l'entraîne ; elle suit. Qu'il ne perde pas cela de vue.

Quatre

Il lui fait l'amour, une fois de plus, sur le lit dans la chambre de sa fille. C'est bon, aussi bon que la première fois ; il commence à comprendre comment son corps se meut. Elle apprend vite, elle est curieuse de découvertes. S'il ne perçoit pas en elle un appétit foncièrement sexuel, c'est qu'elle est encore jeune. Il garde le souvenir d'un moment en particulier, où elle lui passe une jambe sur les fesses pour l'attirer plus près d'elle : en sentant le tendon à l'intérieur de sa cuisse se bander contre lui, il est envahi de joie et de désir. Qui sait, se dit-il, tout n'est peut-être pas perdu pour l'avenir.

« Tu fais souvent ce genre de chose ? demande-t-elle après.

– Quoi, ça ?

– Est-ce que tu couches souvent avec tes étudiantes ? Tu as couché avec Amanda ? »

Il ne répond pas. Amanda est une autre fille de la classe, une petite blonde aux cheveux fins. Elle ne l'intéresse pas du tout.

« Pourquoi est-ce que tu as divorcé ?

– J'ai divorcé deux fois. Marié deux fois, divorcé deux fois.

– Qu'est-ce qui s'est passé avec ta première femme ?

– C'est une longue histoire. Je te raconterai ça un autre jour.

– Tu as des photos ?

– Je ne fais pas collection de photos. Je ne fais pas collection de femmes.

– Je ne suis pas une pièce de plus dans ta collection ?

– Non, bien sûr que non. »

Elle se lève, va et vient dans la chambre pour rassembler ses vêtements sans plus de timidité que si elle était seule. Les femmes qu'il fréquente ont d'habitude plus de pudeur quand elles s'habillent ou se déshabillent. Mais les femmes qu'il fréquente ne sont pas aussi jeunes, n'ont pas des corps aussi parfaits.

Cet après-midi-là, on frappe à la porte de son bureau et un type jeune qu'il n'a jamais vu entre. Il s'assied sans y être invité, inspecte la pièce et, voyant les rayonnages de livres, a un hochement de tête de connaisseur.

Il est grand, dégingandé, il a un petit bouc et porte un anneau à l'oreille ; il est vêtu d'une veste et d'un pantalon de cuir noir. Il a l'air plus vieux que la plupart des étudiants, il a un air qui ne dit rien de bon.

« Alors, comme ça, c'est vous le professeur, dit-il. Le professeur David. Mélanie m'a parlé de vous.

– Ah bon. Et qu'est-ce qu'elle vous a dit ?

– Que vous la baisez. »

Long silence. Ainsi, pense-t-il, il récolte ce qu'il a semé. J'aurais dû m'en douter : une fille pareille ne vous tombe pas dans les bras libre comme l'air.

« Qui êtes-vous ? » demande-t-il.

Le visiteur ne prend pas la peine de répondre. « Vous vous croyez malin, poursuit-il, le chéri de ces dames, rien que ça ; vous n'aurez pas l'air si malin quand votre femme saura ce que vous fricotez, hein ?

– Ça suffit. Qu'est-ce que vous voulez ?

– C'est pas vous qui allez me dire que ça suffit. » Les mots sortent sur un rythme plus rapide, dans un crépitement menaçant. « Et n'allez pas vous imaginer que vous pouvez débarquer dans la vie des gens, et puis vous retirer quand ça vous arrange. » Dans ses yeux noirs sautillent des éclats de lumière. Il se penche en avant, de ses mains balaie, à droite à gauche, la surface du bureau, envoyant les papiers voltiger.

Il se lève. « Ça suffit ! Sortez ! Ça va comme ça !

– *Ça va comme ça !* » répète le gamin, en singeant le ton de son injonction. « D'accord. » Il se lève et d'un pas nonchalant gagne la porte. « Salut, vieux prof ! Vous ne perdez rien pour attendre ! » Et il est parti.

Un fripon, se dit-il. Elle est maquée avec un fripon, et me voilà embringué avec le fripon, moi aussi ! L'idée lui retourne l'estomac.

Il se couche très tard, passe la soirée à attendre Mélanie, mais elle ne vient pas. Par contre, sa voiture, garée dans la rue, est mise à sac : pneus crevés, colle dans les serrures, papier journal collé sur le pare-brise. Il faut faire changer les serrures ; ça lui coûte six cents rands.

« Vous avez une idée de celui qui a fait ça ? demande le serrurier.

– Pas la moindre idée », répond-il sèchement.

Après ce *coup de main* Mélanie ne se montre pas. Cela ne le surprend pas : si on lui a fait honte à lui, on lui a fait honte à elle aussi. Mais le lundi suivant, elle reparaît en classe ; et à côté d'elle, confortablement appuyé sur le dossier de sa chaise, les mains dans les poches, prenant ses aises d'un air arrogant, le gars en noir, le copain.

D'habitude, le bourdonnement des bavardages emplit la salle avant qu'il commence son cours. Aujourd'hui, silence total. Il ne peut croire qu'ils savent ce qui se prépare, mais il est clair qu'ils attendent de voir comment il va s'y prendre avec l'intrus.

En effet, comment va-t-il s'y prendre ? Ce qu'on a fait subir à sa voiture n'a évidemment pas suffi. Les choses évidemment n'en resteront pas là. Qu'est-ce qu'il peut faire ? Il va falloir payer, en grinçant des dents, il n'y a rien d'autre à faire, sans doute.

« Nous continuons avec Byron, dit-il le nez dans ses notes. Comme nous l'avons vu la semaine dernière, la notoriété et le scandale affectaient non seulement la vie de Byron, mais aussi l'accueil qu'on réservait à ses poèmes. Byron, l'homme, et ses créations poétiques, Harold, Manfred, et même Don Juan, aux yeux du public, ne faisaient qu'un. »

Le scandale. Il est dommage que ce soit le thème du cours, aujourd'hui justement. Mais il n'est pas en état d'improviser.

Il jette un coup d'œil à Mélanie. D'habitude, elle prend des notes abondantes. Aujourd'hui, elle a les traits tirés, l'air épuisé, elle est penchée, recroquevillée presque, sur son livre. Malgré lui, il a pour elle un élan de tendresse. Pauvre petit oiseau, se dit-il, que j'ai tenu contre mon cœur !

Il leur a demandé de lire « Lara ». Il a préparé des notes pour un cours sur « Lara ». Il n'y a pas moyen de ne pas aborder le poème. Il lit à haute voix :

> Étranger ici-bas parmi ceux qui respirent,
> Vagabond chu d'ailleurs, monstrueuse chose,
> Hantée de ténébreux fantasmes, rescapé
> Par hasard des périls par lui seul suscités.

« Qui veut bien me commenter ces vers ? Qui est ce "vagabond" ? Pourquoi dit-il qu'il est une "chose" ? Et de quel monde vient-il ? »

Il y a bien longtemps qu'il ne s'étonne plus de l'ignorance crasse de ses étudiants. Génération postchrétienne, posthistorique, postalphabète, ils pourraient aussi bien être sortis de leur œuf hier. Il n'attend pas d'eux qu'ils aient entendu parler des anges déchus, encore moins qu'ils sachent où Byron aurait pu les rencontrer dans ses lectures. Mais il attend d'eux qu'ils fassent un effort pour avancer des hypothèses à discuter ensemble en classe, de façon détendue, et à partir de là, avec un peu de chance, il pourra les amener à bon port. Mais aujourd'hui, c'est le silence, un silence obstiné qui s'agglutine autour de l'inconnu installé parmi eux. Ils refuseront de parler, ils refuseront de jouer le jeu qu'il leur propose tant qu'un inconnu sera là pour les écouter, les juger et rire d'eux.

« Lucifer, dit-il. L'ange précipité du paradis. Nous ne savons trop comment vivent les anges, mais nous pouvons supposer qu'ils n'ont pas besoin d'oxygène. Dans son monde, Lucifer, l'ange noir, n'a pas besoin de respirer. Et tout d'un coup il se trouve jeté dans notre monde étrange d'êtres qui respirent. "Vagabond" : c'est un être qui choisit sa voie, qui vit dangereusement, qui se met délibérément en danger. Continuons. »

Le garçon n'a pas jeté les yeux sur le texte une seule fois. En revanche, arborant un petit sourire, un sourire où il pourrait y avoir un rien de perplexité, il boit ses paroles.

Il lui arrivait
De renoncer à son bien pour le bien d'autrui,
Point par pitié, point par devoir
Mû par quelque étrange et perverse pensée
Qui l'animait en secret et le poussait
Par fierté à ce que nul autre n'eût tenté.
A l'occasion, cet élan impulsif
Dévoyait son esprit et le poussait au crime.

« Quelle sorte de créature est donc ce Lucifer ? »

Maintenant les étudiants doivent sûrement sentir le courant qui passe entre eux, entre lui et le garçon. C'est au garçon et à lui seul que la question s'adressait ; et comme un dormeur qui revient à la vie, le garçon répond. « Il fait ce qui lui plaît. Bien ou mal, il s'en fiche. Il fait ce qu'il a envie de faire.

– Exactement. Bien ou mal, il fait ce qu'il a envie de faire. Il n'agit pas selon un principe, il obéit à des impulsions, et l'origine de ses impulsions lui est obscure. Quelques vers plus loin, nous lisons : "Sa folie n'était pas folie de la tête mais folie du cœur." Un cœur fou. Qu'est-ce qu'un cœur fou ? »

Il en demande trop. Le garçon voudrait bien laisser son intuition l'entraîner plus loin, cela est clair. Il veut montrer que ce qu'il sait ne se limite pas aux motos et aux vêtements tape-à-l'œil. Et c'est bien possible. Peut-être pressent-il confusément ce que c'est que d'avoir un cœur fou. Mais, ici, dans cette classe devant ces étrangers, les mots ne lui viennent pas. Il secoue la tête.

« Cela ne fait rien. Vous remarquerez qu'on ne nous demande pas de condamner cet être au cœur fou, cet être congénitalement contrefait. Au contraire, on nous demande de comprendre, on fait appel à notre sympathie. Mais la sympathie a des limites. Car, même s'il vit parmi nous, il n'est pas des nôtres. Il est exactement ce qu'il dit qu'il est : une *chose*, c'est-à-dire un monstre. Et Byron, en fin de compte, nous donne à penser qu'il sera impossible de l'aimer, au sens le plus profond, le plus humain du terme. Il sera condamné à la solitude. »

Le nez sur leurs feuilles, ils griffonnent ce qu'il dit. Byron, Lucifer, Caïn, pour eux, c'est tout un.

Ils finissent l'étude de ce poème. Il leur donne les premiers chants de *Don Juan* à lire pour le cours suivant et les lâche avant l'heure. Au-dessus de leurs têtes, il s'adresse à elle : « Mélanie, est-ce que je peux vous dire un mot ? »

Le visage crispé, fatigué, elle se tient devant lui. De nouveau il sent un élan de tendresse. S'ils étaient seuls, il la serrerait dans ses bras, il essaierait de la réconforter. *Ma petite colombe*, lui dirait-il.

Mais au lieu de cela, il dit : « Allons dans mon bureau, si vous voulez bien. »

Suivis du petit ami quelques pas derrière eux, il la conduit jusqu'à son bureau, au premier étage. « Attendez dans le couloir », dit-il au garçon et il lui ferme la porte au nez.

Mélanie s'assied devant lui, tête basse. « Mon petit, lui dit-il, tu traverses une mauvaise passe. Je le sais et je ne veux pas te rendre les choses plus difficiles. Mais je dois te parler comme un prof. J'ai des obligations envers mes étudiants, envers tous mes étudiants. Ce que ton ami fait en dehors du campus le regarde. Mais je ne peux tolérer qu'il vienne mettre la pagaïe dans mes cours. Dis-le-lui de ma part. En ce qui te concerne, il va falloir consacrer un peu plus de temps à ton travail. Il va falloir assister aux cours plus régulièrement. Et il va falloir rattraper le devoir que tu as manqué. »

Elle le regarde d'un air de ne pas comprendre, en état de choc presque. *Vous m'avez coupée de tout le monde*, semble-t-elle vouloir dire. *Vous m'avez fait porter votre secret. Je ne suis plus une simple étudiante parmi les autres. Comment est-ce que vous pouvez me parler comme ça ?*

Sa voix, lorsqu'elle finit par parler, est si basse qu'il l'entend à peine : « Je ne peux pas rattraper le devoir, je n'ai pas fait les lectures. »

Ce qu'il veut dire ne peut pas être dit sans être inconvenant. Tout ce qu'il peut faire, c'est lui adresser des signaux en espérant qu'elle comprendra. « Tout ce que je te demande, Mélanie, c'est de faire l'exercice, comme tous les autres. Cela ne fait rien si tu n'es pas prête ; ce qui importe, c'est de t'en débarrasser. Fixons un jour. Lundi prochain, à l'heure du déjeuner, qu'en dis-tu ? Cela te laissera le temps de faire les lectures pendant le week-end. »

Elle relève le menton, le regarde dans les yeux d'un air de défi. Ou bien elle n'a pas compris, ou elle refuse l'occasion qu'il lui offre.

« Lundi, ici, dans mon bureau », répète-t-il.

Elle se lève, glisse la bandoulière de son sac sur son épaule.

« Mélanie, j'ai des responsabilités. Fais au moins semblant de jouer le jeu. Ne rends pas la situation plus compliquée qu'il ne faut. »

Des responsabilités : le mot ne mérite pas même une réponse.

Comme il rentre chez lui ce soir-là après un concert, il s'arrête à un feu rouge. Dans un vrombissement, une moto le dépasse, une Ducati couleur argent montée par deux silhouettes vêtues de noir. Ils ont des casques, mais il les reconnaît quand même. Mélanie, à l'arrière, a les genoux bien écartés, les reins arqués. Il est traversé d'un frisson de désir. *Je l'ai connue comme cela !* se dit-il. Puis la moto bondit en avant et l'emporte.

Cinq

LE LUNDI, ELLE ne se présente pas pour le contrôle. En revanche, dans sa boîte à lettres, au secrétariat, il trouve un formulaire de retrait : l'étudiante 771001 Ms M Isaacs n'est plus inscrite au cours COM 312 à dater de ce jour.

Une heure plus tard à peine, le standard lui passe une communication dans son bureau. « C'est bien le professeur Lurie ? Pouvez-vous me consacrer un instant ? Je m'appelle Isaacs. Je vous appelle de George. Ma fille suit votre cours, vous la connaissez, Mélanie.

– Tout à fait.

– Monsieur le professeur, je me demande si vous ne pourriez pas nous aider à sortir d'une situation difficile. Mélanie a jusqu'ici fait de bonnes études, et voilà qu'elle veut tout abandonner. Nous ne nous attendions pas à ça. C'est une nouvelle terrible. Nous sommes abasourdis.

– Je ne suis pas sûr de bien comprendre.

– Elle veut abandonner ses études et prendre un emploi. Cela semble du gâchis, après trois ans d'études où elle a si bien réussi, de laisser tomber avant de finir. Est-ce que je pourrais me permettre de vous demander de lui parler, de lui faire entendre raison ?

– Vous lui avez parlé ? Vous avez une idée de ce qui lui fait prendre cette décision ?

– Nous avons passé le week-end au téléphone avec elle, sa mère et moi, mais nous n'avons pas réussi à la raisonner. Elle a un rôle dans une pièce, cela lui prend beaucoup de temps, et il se peut qu'elle soit surmenée, vous savez, stressée. Elle prend toujours les choses à cœur, c'est sa nature de se donner à fond. Mais si vous pouvez lui parler, vous réussirez peut-être à la persuader de réfléchir. Elle a beaucoup de respect pour vous. Nous ne voudrions pas la voir gâcher toutes ces années. »

Ainsi donc Mélanie-Me'lani, avec ses colifichets de bazar, Mélanie qui ne pige pas grand-chose à Wordsworth, Mélanie prend les choses à cœur. Il ne s'en serait pas douté. Il se demande quelle surprise elle lui réserve après ça.

« Monsieur Isaacs, je ne suis pas sûr d'être le mieux placé pour parler à Mélanie.

– Mais si, mais si, monsieur le professeur. Comme je vous l'ai dit, elle a beaucoup de respect pour vous. »

Du respect ? Vous avez un train de retard, monsieur Isaacs. Il y a des semaines que votre fille a perdu tout le respect qu'elle avait pour moi, non sans raison. C'est ce qu'il devrait dire. En fait, il dit : « Je vais voir ce que je peux faire. »

Tu ne vas pas t'en tirer à si bon compte, se dit-il après avoir raccroché. Et papa Isaacs, à George, à des kilomètres de là, n'est pas près d'oublier cette conversation truffée de mensonges et de réponses évasives. *Je vais voir ce que je peux faire*. Pourquoi ne pas lâcher le morceau ? *Je suis le ver dans le fruit*, voilà ce qu'il aurait dû dire. *Comment pourrais-je vous être utile, alors que je suis à l'origine de vos maux ?*

Il appelle à l'appartement. C'est la cousine Pauline qui répond.

« Mélanie ne peut pas prendre votre appel, dit Pauline sur un ton glacial.

– Qu'est-ce que vous me racontez, elle ne peut pas prendre mon appel ?

– Ce que je veux dire, c'est qu'elle ne veut pas vous parler.

– Dites-lui qu'il s'agit de sa décision d'abandonner le cours. Dites-lui que ce n'est pas raisonnable. »

Le cours de mercredi se passe mal. Vendredi, c'est encore pire. Il y a beaucoup d'absents ; ceux qui sont là sont les plus dociles, les plus passifs, les béni-oui-oui. Une seule explication possible : l'affaire doit se savoir.

Il se trouve au secrétariat du département lorsqu'il entend une voix derrière lui : « Où est-ce que je pourrais trouver le professeur Lurie ?

– C'est moi », dit-il sans réfléchir.

L'homme qui a posé la question est petit, mince ; il a les épaules tombantes. Il porte un costume bleu, trop grand pour lui. Il sent la fumée de cigarette. « Professeur Lurie ? Nous avons eu une conversation au téléphone. Isaacs.

– En effet. Enchanté. Voulez-vous venir jusqu'à mon bureau ?

– Ce n'est pas nécessaire. » L'homme marque une pause, se ressaisit, respire profondément. « Professeur, dit-il en insistant pesamment sur le mot, vous êtes peut-être très instruit et tout ce qui s'ensuit, mais ce que vous avez fait n'est pas bien. » Il s'interrompt, secoue la tête. « Ce n'est pas bien du tout. »

Les deux secrétaires n'essaient même pas de cacher leur curiosité. Il y a aussi des étudiants dans le bureau, et en entendant le ton de l'inconnu monter, ils se taisent.

« Nous remettons nos enfants entre les mains de gens comme vous parce que nous croyons que nous pouvons vous faire confiance. Mais si on ne peut pas faire confiance aux universitaires, à qui est-ce qu'on peut faire confiance, je vous le demande ? Nous n'aurions jamais imaginé que nous envoyions nos filles au beau milieu d'un nœud de vipères. Non, non, professeur Lurie, vous êtes peut-être haut placé, puissant, vous êtes bardé de diplômes, mais à votre place, je ne serais pas fier de moi, je vous assure. Si je me mets le doigt dans l'œil, c'est l'occasion ou jamais de le dire, mais je ne crois pas, je vois bien à votre tête que je vois juste. »

C'est l'occasion ou jamais, certes, servie sur un plateau : que celui qui a quelque chose à dire s'avance et parle. Mais il reste muet, son pouls lui bat aux oreilles. Comment nier qu'il est le serpent caché sous des fleurs ?

« Je vous prie de m'excuser, dit-il à voix basse, j'ai des choses à faire. » Il tourne les talons, tout d'une pièce, et quitte le bureau.

Dans le couloir plein d'étudiants, Isaacs lui court après. « Professeur Lurie ! Professeur Lurie ! Vous ne pouvez pas vous sauver comme ça ! Ce n'est pas la fin de cette histoire, j'aime autant vous le dire tout de suite ! »

C'est comme ça que tout commence. Dès le lendemain matin, avec une promptitude qui a de quoi surprendre, lui parvient du bureau du recteur adjoint chargé des problèmes étudiants une note de service l'avisant qu'une plainte a été déposée contre lui, en vertu de l'article 3. 1 du Code moral en vigueur à l'université. On lui demande de prendre contact avec le bureau du recteur adjoint le plus tôt possible.

Cette notification, adressée sous pli confidentiel, est accompagnée d'une photocopie du Code. L'article 3 porte sur les abus ou le harcèlement des personnes pour des raisons de race, d'appartenance ethnique, de religion, de sexe, d'orientation sexuelle ou de handicap physique. L'alinéa 3. 1 porte sur la persécution ou le harcèlement des étudiants par les membres du corps enseignant.

L'enveloppe contient un second document qui décrit comment sont constituées les commissions d'enquête et quelles sont leurs compétences. Il le lit, avec des battements de cœur désagréables. Mais arrivé à la moitié, il n'arrive plus à se concentrer. Il se lève, verrouille la porte de son bureau, se rassied les feuillets à la main et essaie de se figurer ce qui s'est passé.

Mélanie n'aurait pas pris seule cette initiative, il en est persuadé. Elle est bien trop innocente pour ça, trop ignorante de son pouvoir. C'est lui, ce petit homme dans son costume mal ajusté, qui doit être derrière cette affaire, lui et la cousine Pauline, au physique sans intérêt, la duègne. A eux deux ils l'auront persuadée que c'était la chose à faire, ils seront venus à bout de sa résistance et auront fini par l'amener aux services administratifs.

« Nous voulons porter plainte, auront-ils dit.

– Porter plainte ? A quel sujet ?

– C'est personnel.

– Plainte pour harcèlement, aura lancé la cousine Pauline prenant le pas sur Mélanie décontenancée – contre un professeur.

– Bureau numéro tant. »

Au bureau numéro tant, Isaacs aura pris de l'assurance. « Nous voulons porter plainte contre l'un de vos enseignants.

– Vous avez bien réfléchi ? Vous êtes sûrs que vous voulez porter plainte ? auront-ils répondu comme l'exige la procédure.

– Oui, nous savons très bien ce que nous voulons faire », aura-t-il dit avec un coup d'œil à sa fille, la défiant de dire le contraire.

Il y a un formulaire à remplir. On place ce formulaire devant eux avec un stylo-bille. Une main prend le stylo, une main qu'il a embrassée, une main qu'il connaît intimement. D'abord le nom de la plaignante : MÉLANIE ISAACS, tracé avec application en majuscules. La main hésite en descendant la colonne de cases, cherchant laquelle cocher. *Là*, indique son père d'un doigt jauni de nicotine. La main ralentit, s'immobilise, trace le X, la croix du bon droit : *J'accuse*. Puis un espace à remplir avec le nom de l'accusé. DAVID LURIE, trace cette main, PROFESSEUR. Enfin, au bas de la page, la date et sa signature : l'arabesque du *M*, la boucle hardie du *L* majuscule, suivie de la rayure de haut en bas de la jambe du *I*, le *s* tarabiscoté en queue de parafe.

L'acte est accompli. Deux noms sur la page, côte à côte : son nom à lui et son nom à elle. Deux dans le même lit, qui ne sont plus amants désormais, mais ennemis.

Il passe un coup de fil au bureau du recteur adjoint. On lui donne un rendez-vous pour cinq heures, après les heures ouvrables.

A cinq heures, il attend dans le couloir. Aram Hakim, élégant et jeune d'allure, paraît et le fait entrer. Il y a déjà deux personnes dans la pièce : Elaine Winter, chef de son département, et Farodia Rassool, des Sciences sociales, présidente de la commission de l'université qui traite des questions de discrimination.

« Il est tard, David, et nous savons pourquoi nous sommes là, dit Hakim, inutile de se perdre en circonlocutions. Comment allons-nous aborder cette affaire du mieux possible ?

– Vous pouvez me donner des détails sur la plainte portée contre moi.

– Soit. Il s'agit d'une plainte déposée par Mlle Mélanie Isaacs. Il s'agit aussi – coup d'œil rapide en direction d'Elaine Winter – de certaines irrégularités antérieures dans lesquelles Mlle Isaacs semble être impliquée. Elaine ? »

Elaine Winter est prête à prendre la parole. Elle ne l'aime pas ; elle le considère comme un vestige du passé dont il faudrait se débarrasser : le plus tôt sera le mieux. « L'assiduité de Mlle Isaacs à vos cours, David, pose problème. Selon elle – je l'ai eue au téléphone –, elle n'a assisté qu'à deux cours le mois dernier. Si c'est le cas, ses absences auraient dû être signalées. Elle dit aussi qu'elle a manqué le contrôle de milieu de trimestre. Or – elle jette les yeux sur le dossier qu'elle a devant elle –, selon vos registres, elle n'a aucune absence et elle a quatorze au contrôle. » Elle lui lance un regard interrogateur. « Donc, à moins qu'il y ait deux Mélanie Isaacs...

– Il n'y en a qu'une, dit-il. Je n'ai rien à dire pour ma défense. »

Hakim intervient avec tact : « Mes amis, ce n'est ni l'heure ni le lieu d'aborder les questions au fond. Ce que nous devons faire – coup d'œil aux deux autres –, c'est expliquer clairement la procédure qui sera suivie. Je n'ai guère besoin de dire, David, que cette affaire sera traitée avec la plus grande discrétion, je puis vous l'assurer. Il ne sera pas fait état de votre nom, ni de celui de Mlle Isaacs. Une commission sera mise en place. Il lui appartiendra d'établir s'il y a lieu de procéder à une action disciplinaire. Vous-même ou votre avocat serez à même de mettre en question la composition de cette commission. Les audiences se tiendront à huis clos. La commission fera ses recommandations au recteur, qui décidera des mesures à prendre. D'ici là, tout continue comme d'habitude. Mlle Isaacs s'est officiellement retirée de votre cours, et il va de soi que vous vous abstiendrez de tout contact avec elle. Est-ce que j'ai oublié quelque chose, Farodia, Elaine ? »

Sans desserrer les lèvres, le docteur Rassool fait non de la tête.

« C'est toujours compliqué, ces histoires de harcèlement, David, compliqué et bien regrettable, mais nous pensons que nous avons à notre disposition des procédures satisfaisantes et équitables, que nous suivrons scrupuleusement, pas à pas ; nous jouerons le jeu à la lettre. Si j'ai un conseil à vous donner, c'est de vous familiariser avec ces procédures, et peut-être de consulter un avocat. »

Il est sur le point de répondre, mais Hakim l'arrête d'un geste de la main. « Réfléchissez, David. La nuit porte conseil », dit-il.

Il en a assez entendu. « Ne me dites pas ce que j'ai à faire, je ne suis pas un gamin. »

Il quitte la pièce en rage. Mais le bâtiment est déjà bouclé et le portier est parti. La sortie à l'arrière du bâtiment est fermée aussi. C'est Hakim qui doit ouvrir pour le laisser sortir.

Il pleut. « Profitez de mon parapluie », dit Hakim. Puis, arrivés à sa voiture : « A titre personnel, David, je tiens à vous exprimer toute ma sympathie. Franchement. Ça peut être l'enfer, ces histoires. »

Cela fait des années qu'il connaît Hakim ; du temps qu'il faisait du tennis, ils jouaient ensemble, mais à l'heure qu'il est, il n'est pas d'humeur à goûter cette camaraderie entre hommes. Il hausse les épaules, agacé, monte dans sa voiture.

L'affaire est censée rester confidentielle, mais évidemment il n'en est rien, évidemment les gens parlent. Sinon, pourquoi, quand il entre dans la salle des profs, les bavardages tout d'un coup s'arrêtent-ils ? Pourquoi cette jeune collègue, avec qui il a jusqu'alors eu des relations tout à fait cordiales, pose-t-elle sa tasse de thé et quitte-t-elle la pièce en faisant comme si elle ne le voyait pas quand elle passe devant lui ? Pourquoi n'y a-t-il que deux étudiants présents pour le premier cours sur Baudelaire ?

Le moulin à ragots, se dit-il, tourne jour et nuit et broie les réputations. La communauté des justes qui tient conciliabule dans les coins, au téléphone, derrière les portes closes, échange des rires étouffés. *Schadenfreude.* D'abord le verdict, ensuite le procès.

Dans les couloirs du bâtiment des Communications, il s'applique à garder la tête haute.

Il consulte l'avocat qui s'est occupé de son divorce. « Mettons les choses au point, dit-il. Qu'y a-t-il de vrai dans ces allégations ?

– Beaucoup de vrai. J'avais une liaison avec la fille.

– C'était sérieux ?

– Est-ce que cela rend les choses plus ou moins graves si c'est sérieux ? Quand on arrive à un certain âge, toutes les liaisons sont sérieuses. Comme les crises cardiaques.

– Bon, d'un point de vue stratégique, ce que je vous conseille c'est de prendre une femme pour vous représenter. » Il lui donne deux noms. « Essayez d'obtenir un arrangement à l'amiable. Prenez des engagements, quelque temps de congé peut-être, en contrepartie de quoi l'université persuade la fille ou ses parents de retirer leur plainte. C'est ce que vous pouvez espérer de mieux : un carton jaune comme au foot. Limitez les dégâts, laissez passer l'orage, le scandale.

– Quel genre d'engagements ?

– Cure de sensibilisation. Service communautaire. Consultez un psychosociologue. A vous de voir ce que vous pouvez négocier.

– Psychosociologue ? J'ai besoin d'un psychosociologue ?

– Comprenez-moi bien. Tout ce que je dis, c'est qu'une des options que vous avez, c'est de consulter un psy.

– Pour me remonter les bretelles ? Pour me guérir ? Pour me faire passer ces désirs de mauvais aloi ? »

L'avocat a un haussement d'épaules. « Peu importe. A vous de voir. »

Sur le campus, c'est la semaine de sensibilisation contre les abus sexuels. Semaine Anti-Viol. L'association des Femmes unies contre les abus sexuels, V. A. L. S. E., « Volez A Leur Secours », fait de la pub pour une veillée d'armes de vingt-quatre heures en solidarité avec « les dernières victimes ». Il trouve un tract glissé sous sa porte : « LES FEMMES OSENT PARLER. » Griffonné au crayon en bas de la feuille, on a ajouté : « TES JOURS DE GLOIRE SONT FINIS, CASANOVA. »

Il dîne avec Rosalind, son ex-femme. Ils sont séparés depuis huit ans ; mais peu à peu, avec prudence, ils rétablissent des liens qui ressemblent à de l'amitié. Des liens d'anciens combattants. Il trouve rassurant de penser que Rosalind habite encore dans le quartier : peut-être éprouve-t-elle les mêmes sentiments envers lui. Il y a quelqu'un sur qui on peut compter quand arrive la grosse tuile : chute dans la salle de bains, traces de sang dans les selles.

Ils parlent de Lucy, seule enfant née de son premier mariage, et qui habite dans une ferme de la province du Cap-Oriental. « Je vais peut-être la voir bientôt, dit-il. J'envisage de faire un petit voyage.

– En plein trimestre ?

On est en fin de trimestre. Encore deux semaines à tirer, et c'est fini.

– Est-ce que ce projet est lié à tes ennuis ? On me dit que tu as des ennuis.

– D'où tu tiens ça ?

– Les gens parlent, David. Tous sont au courant de tes dernières frasques et donnent des détails tout ce qu'il y a de croustillant. Personne ne voit quel intérêt il y a à étouffer l'affaire, sauf pour toi. Tu me permettras de te dire que tout ça est complètement idiot.

– Je te dispense de tes commentaires.

– Tu y auras droit quand même. C'est idiot et, en plus, c'est moche. Je ne sais pas comment tu te débrouilles de ta vie sexuelle et je ne veux pas le savoir. Mais ce n'est sûrement pas le bon moyen de t'y prendre. Tu as quoi ? Cinquante-deux ans, non ? Et tu t'imagines qu'une fille jeune trouve du plaisir à coucher avec un homme de ton âge ? Est-ce que tu crois que ça lui plaît de te voir en plein... Est-ce que tu t'es déjà posé la question ? »

Il ne répond pas.

« N'attends pas la moindre sympathie de ma part, David, ni de personne d'autre d'ailleurs. De nos jours, il ne faut compter sur la sympathie de personne, c'est un âge sans pardon. A ce jeu-là, tout le monde est contre toi. Pourquoi en serait-il autrement ? Franchement, comment t'es-tu mis dans un guêpier pareil ? »

Elle parle sur le ton qu'elle prenait autrefois, lors des dernières années de leur vie conjugale : un ton de récrimination farouche. Rosalind elle-même doit en être consciente. Mais il se peut aussi qu'elle n'ait pas tort. Peut-être les jeunes ont-ils le droit d'être protégés du spectacle qu'offrent leurs aînés en proie aux affres de la passion. C'est à ça que servent les putains, après tout : elles encaissent les extases des êtres disgracieux.

« Bon, quoi qu'il en soit, tu me dis que tu vas aller voir Lucy.

– Oui. J'avais pensé qu'une fois l'enquête terminée, j'irais passer quelque temps avec elle.

– L'enquête ?

– Une commission d'enquête va siéger la semaine prochaine.

– Ils ne perdent pas de temps. Et après ton séjour chez Lucy ?

– Je ne sais pas. Je ne suis pas sûr qu'on me laissera reprendre mon poste à la fac. D'ailleurs, je ne sais pas si j'aurais envie de revenir. »

Rosalind secoue la tête. « Pas brillant pour une fin de carrière, tu es d'accord ? Je ne vais pas te demander si le jeu avec cette gamine en valait la chandelle. Qu'est-ce que tu vas faire de tout ce temps libre ? Et ta retraite ?

– Ça va se négocier. Ils ne vont pas me balancer sans un sou.

– Pourquoi pas ? Je n'en serais pas si sûr à ta place. Quel âge a-t-elle, ta dulcinée ?

– Vingt ans. Elle est majeure. Elle a l'âge de savoir ce qu'elle veut.

– Le bruit court qu'elle a pris des somnifères. C'est vrai ?

– Je ne suis pas au courant. Les somnifères, ça me paraît être une invention pure et simple. Qui t'a parlé de somnifères ? »

Elle ne prend pas la peine de répondre. « Elle était amoureuse de toi ? Tu l'as plaquée ?

– Non. Ni l'un ni l'autre.

– Alors pourquoi elle porte plainte ?

– Qui sait ? Elle ne m'a pas confié ses mobiles. Il se passait quelque chose en coulisse, une bagarre, que sais-je, je n'étais pas dans le coup : un copain jaloux, des parents indignés. Elle a dû finir par caner et moi j'ai été pris par surprise, totalement.

– Tu aurais dû te méfier. Tu n'as plus l'âge de frayer avec les enfants des autres. Tu aurais dû t'attendre au pire. De toute façon, tout cela est très humiliant. Franchement.

– Tu ne me demandes pas si je l'aime ? Ce n'est pas une des questions que tu crois devoir poser aussi ?

– D'accord. Est-ce que tu es amoureux de cette jeune femme qui traîne ton nom dans la boue ?

– Ce n'est pas sa faute. Ce n'est pas elle qui est à blâmer.

– Ce n'est pas elle qui est à blâmer ! Mais qui défends-tu dans cette affaire ? Je te blâme, toi, et je la blâme aussi. C'est une honte, du début jusqu'à la fin. Une honte et d'une vulgarité affligeante, je ne me gêne pas pour te le dire. »

Autrefois, à ce point de la conversation, il se serait levé en rage et aurait pris la porte. Mais ce soir, il n'en fait rien. Ils se sont endurcis, Rosalind et lui, endurcis l'un envers l'autre.

Le lendemain, coup de téléphone de Rosalind. « David, tu as vu le journal aujourd'hui ?

– Non.

– Eh bien, serre les dents. Il y a un article sur toi.

– Qu'est-ce qu'on raconte ?

– Lis-le donc toi-même. »

L'article est en troisième page de *L'Argus*. Le titre : « Enseignant accusé de harcèlement sexuel. » Il parcourt les premières lignes. « ... doit comparaître devant une commission disciplinaire à la suite d'une accusation de harcèlement sexuel. L'Université se refuse à tout commentaire sur cette affaire qui fait suite à une série de scandales parmi lesquels des malversations concernant les bourses d'étude, et des allégations concernant un réseau de prostitution basé dans les résidences universitaires. Lurie, cinquante-trois ans, auteur d'un ouvrage sur le poète romantique anglais William Wordsworth, n'a pas pu être contacté pour s'exprimer sur l'affaire dans laquelle il est impliqué. »

William Wordsworth (1770-1850), poète romantique. David Lurie (1945- ?), critique et disciple déchu de William Wordsworth. Béni soit l'enfantelet. Point n'est banni. Béni soit le petit enfant.

Six

L'AUDIENCE SE TIENT dans une petite salle de réunion qui donne sur le bureau de Hakim. C'est Manas Mathabane lui-même, professeur d'études religieuses, chargé de présider aux travaux de la commission d'enquête, qui le fait entrer et l'invite à s'asseoir au bout de la table. A sa gauche, Hakim, sa secrétaire et une jeune femme, une étudiante semble-t-il ; à sa droite, les trois membres de la commission présidée par Mathabane.

Il n'a pas le trac. Au contraire, il se sent plutôt sûr de lui. Les battements de son cœur sont réguliers, il a bien dormi. Vanité, se dit-il, la vanité du joueur ; la vanité et la certitude d'être dans son bon droit. Ce n'est pas l'état d'esprit qu'il faudrait dans ces circonstances. Mais cela lui est égal.

De la tête il salue les membres de la commission. Il en connaît deux : Farodia Rassool et Desmond Swarts, le doyen d'ingénierie. La troisième, selon les documents placés devant lui, enseigne à l'École d'études commerciales.

« La commission ici réunie, professeur Lurie, dit Mathabane en ouvrant la séance, n'a aucun pouvoir. Son rôle est de faire des recommandations. De plus, vous avez le droit de récuser ses membres. Je vous pose donc la question : cette commission comporte-t-elle un ou des membres dont la présence pourrait, selon vous, vous porter préjudice ?

– Je n'ai personne à récuser, au sens légal du terme, répond-il. Les réserves que j'aurais à faire sont d'ordre philosophique, mais je suppose qu'elles ne sont pas de mise. »

Autour de la table chacun sur son siège passe d'une fesse sur l'autre, décroise et recroise les jambes. « Je crois que nous devrions nous en tenir au sens légal du terme, dit Mathabane. Vous ne récusez aucun des membres de cette commission. Voyez-vous une objection à la présence en tant qu'observateur d'une étudiante qui représente l'Union des étudiants contre la discrimination ?

– Je ne crains en rien cette commission. Je ne crains en rien la présence d'un observateur.

– Bon. Passons à l'affaire dont nous sommes saisis. La première plaignante est Mlle Mélanie Isaacs, étudiante inscrite en art dramatique, qui a fait une déclaration dont vous avez tous copie. Est-il nécessaire de résumer cette déclaration ? Professeur Lurie ?

– Dois-je comprendre, monsieur le président, que Mlle Isaacs ne se présentera pas ici en personne ?

– Mlle Isaacs a comparu devant cette commission hier. Je me permets de vous rappeler qu'il ne s'agit pas ici d'un procès mais d'une enquête. La procédure que nous avons à suivre n'est pas celle d'un tribunal. Est-ce que cela vous gêne ?

– Non.

– Un second chef d'accusation, lié au premier, poursuit Mathabane, émane du directeur des Études et des services de gestion des dossiers universitaires, et porte sur la validité de certains éléments du dossier de Mlle Isaacs. Mlle Isaacs n'a pas assisté à tous les cours, n'a pas remis tous les travaux écrits ni passé tous les examens pour lesquels vous lui avez attribué des notes. C'est bien tout ? Ce sont bien là les chefs d'accusation ?

– C'est bien cela. »

Il inspire profondément. « Je suis sûr que les membres de cette commission ont mieux à faire que de ressasser une histoire sur laquelle il n'y aura pas de contestation. Je plaide coupable, sur les deux chefs d'accusation. Donnez votre verdict et retournons à ce que nous avons à faire ailleurs. »

Hakim se penche en avant vers Mathabane. Ils échangent quelques mots à voix basse.

« Professeur Lurie, dit Hakim, je vous répète que vous êtes devant une commission d'enquête. Notre rôle est d'entendre les parties et de faire une recommandation. Nous ne sommes pas habilités à prendre de décision. Je vous pose de nouveau la question : ne vaudrait-il pas mieux vous faire représenter par quelqu'un qui soit au fait de notre procédure ?

– Je n'ai besoin de personne pour me représenter. Je puis parfaitement me représenter moi-même. Dois-je comprendre que, bien que je plaide coupable, nous devons poursuivre cette audience ?

– Nous voulons vous permettre de nous donner votre position sur cette affaire.

– Je vous ai dit ma position. Je suis coupable.

– Coupable de quoi ?

– De ce dont on m'accuse.

– Vous nous faites tourner en rond, professeur Lurie.

– De tout ce qu'allègue Mlle Isaacs et d'avoir falsifié les registres de présence et de notes. »

C'est au tour de Farodia Rassool d'intervenir. « Vous dites que vous acceptez la déclaration de Mlle Isaacs, professeur Lurie, mais l'avez-vous seulement lue, cette déclaration ?

– Je ne souhaite pas la lire. Je l'accepte telle qu'elle est. Je ne vois pas pourquoi Mlle Isaacs ferait une fausse déclaration.

– Mais ne serait-il pas prudent de lire cette déclaration avant de l'accepter ?

– Non. Il y a des choses plus importantes dans la vie que se montrer prudent. »

Farodia Rassool se recale sur son siège. « Tout cela est très chevaleresque, professeur Lurie, mais est-ce que vous pouvez vous offrir le luxe d'être chevaleresque ? Il me semble qu'il est de notre devoir de vous protéger de vous-même. » Elle adresse à Hakim un sourire affligé.

« Vous nous dites que vous n'avez pas consulté d'avocat. Avez-vous consulté quelqu'un d'autre – un prêtre, par exemple, un psychologue ? Seriez-vous prêt à accepter l'aide d'un psychologue ? »

C'est la jeune femme de l'école de commerce qui a posé la question. Il sent la moutarde lui monter au nez. « Non, je n'ai sollicité l'aide ou les conseils de personne, et n'ai nullement l'intention de le faire. Je suis un adulte. Je ne réagis pas à ce genre de traitement. Les conseils des spécialistes n'ont plus de prise sur moi. » Il se tourne vers Mathabane. « J'ai dit ce que j'avais à dire : je plaide coupable. Y a-t-il lieu de poursuivre cette discussion ? »

Mathabane et Hakim se consultent à voix basse.

« On me suggère une suspension d'audience, dit Mathabane, pour discuter la réponse du professeur Lurie aux accusations portées contre lui. »

Autour de la table chacun opine du chef.

« Professeur Lurie, je vous demande de quitter la salle pendant quelques minutes, ainsi que Mlle Van Wyk, pendant que nous délibérons. »

Lui et l'étudiante vont attendre dans le bureau de Hakim Ils n'échangent pas un mot ; il est clair que la fille est mal à l'aise. « TES JOURS DE GLOIRE SONT FINIS, CASANOVA. » Qu'est-ce qu'elle pense de Casanova maintenant qu'elle le voit face à face ?

On les fait revenir dans la salle d'audience. Il a le sentiment que l'ambiance n'est pas bonne, que cela a tourné à l'aigre.

« Donc, dit Mathabane, reprenons. Professeur Lurie, vous nous dites que vous ne contestez pas la vérité des accusations portées contre vous ?

– J'accepte toutes les allégations de Mlle Isaacs.

– Docteur Rassool, vous souhaitez dire quelque chose ?

– En effet. Je veux que soit notée mon objection aux réponses du professeur Lurie, que je considère au fond comme évasives. Le professeur Lurie dit qu'il ne conteste pas les accusations. Mais quand on essaie de lui faire dire ce qu'il accepte en fait, nous n'obtenons que des réponses empreintes de dérision voilée. Cette attitude me donne à penser qu'il n'accepte les accusations que pour la forme. Cette affaire a des connotations qui donnent à l'ensemble de notre collectivité le droit... »

Il ne peut laisser passer ça. « Cette affaire n'a aucune connotation, réplique-t-il d'un ton sec.

– L'ensemble de notre collectivité a le droit de savoir, continue-t-elle en haussant le ton avec une aisance acquise de longue expérience qui lui cloue le bec, ce que le professeur Lurie reconnaît et, partant, ce pour quoi il est blâmé. »

Mathabane : « S'il est blâmé.

– S'il est blâmé. Nous ne nous acquittons pas de notre mission si, à nos yeux, et dans les recommandations que nous ferons, ce qui vaut un blâme au professeur Lurie n'est pas absolument clair.

– Je crois que pour nous tout cela est parfaitement clair, docteur Rassool. Il reste à savoir si tout est clair pour le professeur Lurie.

– Tout à fait. Vos paroles expriment exactement ce que je voulais dire. »

Il serait sage de se taire, mais il ne se tait pas. « Ce qui se passe dans ma tête est mon affaire, pas la vôtre, Farodia, dit-il. Ce que vous voulez de moi, franchement, n'est pas une réponse aux accusations, mais des aveux. Eh bien ! je ne suis pas prêt à faire des aveux. Comme j'en ai le droit, je plaide ma cause, je plaide coupable de ce dont on m'accuse. C'est là ma défense. Je ne suis pas disposé à aller plus loin.

– Monsieur le président, je tiens à protester. Il ne s'agit pas ici simplement de procédure. Le professeur Lurie plaide coupable, mais la question que je me pose est : est-ce qu'il accepte sa culpabilité, ou est-ce qu'il fait semblant, dans l'espoir que l'affaire sera enterrée et oubliée comme un vieux grimoire ? S'il fait semblant de se prêter à notre enquête, pour la forme, je demande instamment à mes collègues d'appliquer la peine la plus sévère.

– Je vous rappelle une fois de plus, docteur Rassool, dit Mathabane, qu'il ne nous appartient pas d'appliquer des peines.

– Nous devons alors recommander la peine maximum : que le professeur Lurie soit démis de ses fonctions immédiatement et renonce à tous les avantages afférents à sa fonction.

– David ? » C'est la voix de Desmond Swarts, qui n'a rien dit jusqu'ici. « David, est-ce que vous êtes sûr que votre attitude dans cette situation est au mieux de vos intérêts ? » Swarts se tourne vers le président. « Monsieur le président, comme je l'ai dit alors que le professeur Lurie a été prié de quitter la salle, je crois fermement que, en tant que membres de la collectivité qu'est l'université, nous ne devrions pas nous conduire froidement envers un collègue en nous en tenant à la lettre de la procédure. David, êtes-vous sûr que vous ne voulez pas que nous repoussions la suite de l'enquête, afin de vous donner le temps de réfléchir et de prendre conseil ?

– Pourquoi ? A quoi devrais-je réfléchir ?

– A la situation dans laquelle vous vous trouvez ; je ne suis pas certain que vous mesurez bien la gravité de votre situation. Pour tout vous dire, vous risquez de perdre votre poste. Ce risque n'est pas à prendre à la légère par les temps qui courent.

– Alors, que me conseillez-vous de faire ? Supprimer ce que le docteur Rassool appelle la dérision voilée dans le ton de mes propos ? Verser des larmes de contrition ? Qu'est-ce qui suffira pour me sauver ?

– Vous aurez peut-être peine à croire, David, que tous autant que nous sommes autour de cette table, nous ne sommes pas vos ennemis. Nous avons tous nos moments de faiblesse, nous sommes humains, rien de plus. Votre cas n'a rien d'exceptionnel. Nous voudrions trouver le moyen de vous permettre de poursuivre votre carrière. »

Hakim n'a aucun mal à intervenir dans le même sens. « Nous ne demandons qu'à vous aider, David, à sortir de ce qui doit être un cauchemar. » Ils ne veulent pas le voir faire la manche dans les rues. Ils veulent le revoir dans une salle de cours.

« Dans le chœur de ceux qui me veulent du bien, je n'entends pas de voix de femmes. »

Pour toute réponse, le silence.

« Fort bien, dit-il. Passons aux aveux. L'histoire commence un soir, je ne sais plus quand exactement, mais il n'y a pas longtemps. Je traversais les anciens jardins de l'université, et il se trouve que la jeune personne en question, Mlle Isaacs, passait par là elle aussi. Nos chemins se sont croisés. Nous avons échangé quelques mots, et à ce moment-là, il s'est produit quelque chose que, n'étant pas poète, je n'essaierai pas de décrire. Qu'il me suffise de dire qu'Éros s'est trouvé là. Après cela, je n'ai plus été le même homme.

– Le même que quoi ? demande la femme de l'école de commerce, sur un ton prudent.

– Je n'étais plus moi-même. Je n'étais plus un divorcé de cinquante ans qui ne sait plus où il en est. Je suis devenu le serviteur d'Éros.

– Est-ce là ce que vous nous dites pour votre défense ? Une impulsion incontrôlable ?

– Je ne parle pas pour me défendre. Vous voulez des aveux. Je vous fais des aveux. Et pour ce qui est de mes impulsions, elles étaient loin d'être incontrôlables. J'ai maintes fois dans le passé contenu des impulsions semblables, j'ai honte de l'avouer.

– Ne pensez-vous pas, dit Swarts, que la vie universitaire, par sa nature même, doit nous imposer certains sacrifices ? Que, pour le bien de tous, nous devons nous refuser certaines satisfactions ?

– Vous voulez parler d'un interdit sur les rapports intimes entre les générations ?

– Non, pas nécessairement. Mais en tant qu'enseignants, nous nous trouvons dans des positions où nous avons du pouvoir. Peut-être un interdit sur les relations de pouvoir mêlées aux relations sexuelles. Ce qui me semble avoir été le cas dans cette affaire. Ou du moins la plus grande prudence. »

Farodia Rassool intervient. « Nous recommençons à tourner en rond, monsieur le président. Oui, dit-il, il est coupable ; mais quand nous essayons d'obtenir des précisions, tout d'un coup il ne nous avoue plus avoir abusé d'une jeune femme, mais avoir tout simplement obéi à une impulsion à laquelle il ne pouvait pas résister, sans rien dire des souffrances qu'il a infligées, sans rien dire de l'exploitation dont ce comportement relève, une exploitation qui historiquement remonte fort loin. C'est pour cela que je dis qu'il ne sert à rien de continuer à discuter avec le professeur Lurie. Entendons sa défense telle qu'il nous la donne et faisons nos recommandations en conséquence. »

Abuser : il attendait que soit dit ce mot-là. Prononcé d'une voix où vibre la vertu. Que voit-elle donc, quand elle le regarde, qui puisse nourrir sans relâche une telle colère ? Un requin au milieu des pauvres petits poissons ? Ou bien est-ce autre chose qu'elle voit : un grand mâle bien bâti qui se jette sur une gamine, étouffant ses cris d'une grosse main plaquée sur sa bouche ? Quelle absurdité ! C'est alors qu'il se rappelle qu'ils se sont réunis dans cette même salle hier, et qu'elle était là devant eux, Mélanie, qui lui arrive à peine à l'épaule. Forces inégales : comment pourrait-il le nier ?

« Je serais plutôt de l'avis du docteur Rassool, dit la femme de l'école de commerce. Si le professeur Lurie n'a rien à ajouter, je pense que nous devrions aller de l'avant et prendre une décision.

– Avant d'en venir là, monsieur le président, dit Swarts, je voudrais conjurer le professeur Lurie une dernière fois de réfléchir. Serait-il prêt à souscrire à une déclaration quelconque ?

– Pourquoi ? Pourquoi est-il si important de me faire souscrire à une déclaration ?

– Parce que cela permettrait d'apaiser les esprits qui se sont progressivement échauffés au cours de cette affaire. Nous aurions préféré arriver à une solution à l'abri de la curiosité des médias. Cela aurait été le mieux. Mais cela n'a pas été possible. Les médias se sont fortement intéressés à tout cela, et la situation a pris des connotations que nous ne contrôlons pas. Tous les yeux sont fixés sur l'université et on attend de voir comment nous allons nous y prendre. A vous entendre, David, j'ai l'impression que vous croyez que nous vous traitons de façon injuste. Vous vous trompez beaucoup. Nous, les membres de la commission, tous autant que nous sommes, considérons que nous essayons de trouver une solution de compromis qui vous permettra de garder votre poste. C'est pour cela que je vous demande si vous ne pourriez pas accepter de faire une déclaration publique dont le contenu nous permettrait de recommander quelque chose d'autre que la sanction la plus sévère, à savoir la révocation avec blâme.

– Vous voulez dire que je devrais m'abaisser à demander la clémence ? »

Swarts soupire. « David, cela ne sert à rien de rire de nos efforts. Acceptez au moins une suspension de nos travaux, qui vous permettra de réfléchir à votre situation.

– Que voulez-vous qu'il soit dit dans cette déclaration ?

– Que vous admettez que vous êtes dans votre tort.

– J'ai déjà admis mes torts. Sans y être contraint. Je suis coupable des accusations portées contre moi.

– Ne vous moquez pas de nous, David. Plaider coupable et admettre que l'on a tort n'est pas la même chose, et vous le savez très bien.

– Et cela vous satisfera si j'admets que j'ai eu tort ?

– Non, dit Farodia Rassool. C'est mettre la charrue avant les bœufs. Le professeur Lurie doit *d'abord* faire une déclaration. *Ensuite* nous pourrons considérer si cela permet d'invoquer des circonstances atténuantes. Nous ne commençons pas par négocier les termes de sa déclaration. La déclaration devrait venir de lui, à lui d'en donner la formulation. Ensuite, nous pourrons dire si les mots viennent du cœur.

– Et vous êtes sûre de vos pouvoirs de divination, sûre que vous pourrez lire les mots que j'emploie et savoir s'ils expriment le fond de mon cœur ?

– Nous jugerons de l'attitude que vos mots reflètent. Nous jugerons s'ils expriment votre contrition.

– Soit. J'ai profité de ma position d'enseignant à l'égard de Mlle Isaacs. J'ai eu tort. Je le regrette. Est-ce que cela vous suffit ?

– La question n'est pas de savoir si cela me suffit, professeur Lurie, la question est de savoir si cela est satisfaisant pour votre conscience. Est-ce que vos paroles expriment vos sentiments avec sincérité ? »

Il secoue la tête. « J'ai prononcé les paroles que vous me demandez ; maintenant il vous en faut davantage, il faut que je vous prouve que je suis sincère. C'est ridicule. Cela ne relève pas du droit. J'en ai assez. Faisons machine arrière et jouons le jeu à la lettre du droit. Je plaide coupable. Je n'irai pas plus loin.

– Bon, dit Mathabane de son fauteuil de président. Si vous n'avez plus de questions à poser au professeur Lurie, je le remercie et l'autorise à se retirer. »

D'abord, ils ne le reconnaissent pas. Il est déjà au milieu de l'escalier quand il entend crier : *C'est lui !* et le bruit de pas précipités.

Ils le rattrapent au pied de l'escalier ; l'un d'eux l'agrippe par son veston pour le ralentir.

« Est-ce qu'on peut vous parler un moment, professeur Lurie ? » dit une voix.

Il ne répond pas et continue vers le hall d'entrée plein de monde, où les gens se retournent pour reluquer cet homme de haute taille qui hâte le pas pour échapper à ses poursuivants.

Quelqu'un lui barre la route. « Ne bougez pas ! » dit-elle. Il détourne le visage, tend un bras en avant. Il y a un éclair de flash.

Une fille va et vient autour de lui. Sa chevelure, tout en tresses terminées par des perles d'ambre, lui tombe de part et d'autre du visage. Elle sourit, découvrant des dents blanches, régulières. « Est-ce qu'on peut prendre un moment pour parler ? dit-elle.

– De quoi ? »

On avance vivement un magnétophone devant lui. Il le repousse.

« Dites-nous comment c'était, dit la fille.

– Comment était quoi ? »

Nouvel éclair de flash.

« Vous savez bien, l'audience.

– Je ne peux rien dire là-dessus.

– D'accord, alors sur quoi est-ce que vous pouvez parler ?

– Je ne souhaite dire quoi que ce soit sur rien du tout. »

Les gens qui traînent là, les curieux commencent à s'attrouper autour d'eux. S'il veut s'échapper, il va falloir qu'il se force un passage dans cette foule.

« Est-ce que vous regrettez ? » dit la fille. On pousse le magnéto un peu plus près. « Est-ce que vous regrettez ce que vous avez fait ?

– Non, dit-il. C'était une expérience enrichissante. »

La fille ne se départit pas de son sourire. « Alors vous le referiez ?

– Je ne crois pas que j'en aurai l'occasion.

– Mais si vous en aviez l'occasion ?

– La question ne se pose pas. »

Elle veut lui en faire dire davantage, des mots de plus pour la petite machine vorace, mais pour l'instant elle ne sait plus comment s'y prendre pour le piéger et l'embourber davantage dans l'indiscrétion.

« Il dit que l'expérience était quoi ? entend-il dire *sotto voce.*

– Enrichissante. »

Petit rire.

« Demande-lui s'il a fait des excuses, crie quelqu'un à la fille.

– J'ai déjà posé la question. »

Des aveux, des excuses : pourquoi ont-ils une telle soif d'avilissement ? Le silence se fait autour de lui. Ils lui tournent autour comme des chasseurs qui ont acculé une bête bizarre et ne savent pas comment l'achever.

La photo est dans le journal des étudiants du lendemain, avec la légende : « Pour qui le bonnet d'âne maintenant ? » On le voit, les yeux levés vers les cieux, tendant une main maladroite vers l'appareil photo. L'attitude saisie est déjà ridicule, mais ce qui fait de cette photo quelque chose d'extraordinaire c'est la corbeille à papier qu'un jeune gars, le visage fendu d'un large sourire, tient à l'envers au-dessus de lui. Le jeu de la perspective fait croire que le panier est posé sur sa tête comme un bonnet d'âne. Contre une image pareille, a-t-il une chance de s'en tirer ?

Le titre de l'article : « La commission se refuse à parler du verdict. » « La commission disciplinaire chargée de l'enquête sur les accusations de harcèlement et de faute professionnelle portées contre le professeur de communications David Lurie s'est refusée hier à faire le moindre commentaire sur son verdict. Le président de la commission, Manas Mathabane, s'est borné à dire que les conclusions de la commission ont été transmises au recteur qui décidera des mesures à prendre.

« Dans un échange acerbe avec des militantes de V. A. L. S. E. après l'audience, Lurie, cinquante-trois ans, a dit que les expériences qu'il avait connues avec des étudiantes avaient été pour lui “enrichissantes”.

« La situation a pris un tour critique lorsque Lurie, spécialiste de poésie romantique, a été l'objet de plaintes portées par des étudiants inscrits à ses cours. »

Il a un appel téléphonique chez lui, de Mathabane. « La commission a transmis ses recommandations, David, et le recteur m'a demandé de prendre une dernière fois contact avec vous. Il est disposé à ne pas prendre de mesures extrêmes, dit-il, à condition que vous fassiez une déclaration à titre personnel qui sera satisfaisante du point de vue qui est le nôtre, comme du vôtre.

– Manas, on a déjà discuté de ça. Je...

– Attendez. Écoutez-moi jusqu'au bout. J'ai là une ébauche qui répondrait à nos exigences. C'est assez court. Me permettez-vous de vous la lire ?

– Allez-y. »

Mathabane lit : « Je reconnais sans réserve avoir violé les droits de la plaignante et avoir abusé de l'autorité dont je suis investi par l'université. Je présente mes excuses sincères à l'une et l'autre partie et accepte toute sanction que l'on jugera bon de m'imposer.

– "Toute sanction qu'on jugera bon de m'imposer" : qu'est-ce que ça veut dire ?

– A ce que je comprends, vous ne serez pas démis de vos fonctions. Selon toute probabilité, on exigera que vous preniez un congé. La reprise de vos charges d'enseignement dépendra de vous, et de ce que décideront votre doyen et votre chef de département.

– C'est là ce qu'on m'offre ?

– A ce que je comprends. Si vous indiquez que vous souscrivez à la déclaration que je viens de lire, qui sera comprise comme une demande de circonstances atténuantes, le recteur l'acceptera dans cet esprit.

– Dans quel esprit ?

– Dans un esprit de repentir.

– Manas, on a fait le tour de cette histoire de repentir hier. Je vous ai dit ce que j'en pensais. Je ne ferai pas cette déclaration. J'ai comparu devant un tribunal constitué en bonne et due forme, qui est le bras de la loi. Devant ce tribunal séculier et laïc, j'ai plaidé coupable, j'ai opposé ma défense en termes séculiers et laïcs. Cela devrait suffire. Le repentir n'a rien à voir là-dedans. Le repentir est d'un autre monde, d'un autre domaine du discours.

– Vous mélangez tout, David. On n'exige pas de vous le repentir. Ce qui se passe dans votre âme reste pour nous obscur, en tant que membres de la commission, sinon en tant qu'êtres humains, comme vous. Tout ce qu'on vous demande, c'est de faire une déclaration.

– On me demande d'exprimer des excuses sans nécessairement être sincère ?

– Le critère n'est pas votre sincérité. Cela regarde, comme je le disais à l'instant, votre conscience. Le critère pour nous est de savoir si vous êtes prêt à reconnaître publiquement votre faute et à prendre des mesures pour la réparer.

– Là, franchement, on coupe les cheveux en quatre. Vous m'avez accusé, j'ai plaidé coupable à vos accusations. C'est tout ce qu'il vous faut de moi.

– Non. Il nous faut quelque chose de plus. Pas grand-chose, mais un peu plus. J'espère que vous allez trouver le moyen de nous donner ce que nous vous demandons.

– Je regrette. Je ne peux pas.

– David, je ne peux plus vous protéger de vous-même. J'en ai assez et les autres dans la commission que je préside en ont assez aussi. Voulez-vous du temps pour réfléchir ?

– Non.

– Fort bien. Dans ce cas, tout ce que je peux vous dire, c'est que le recteur vous fera connaître sa décision. »

Sept

UNE FOIS QU'IL S'EST décidé à partir, il y a peu de chose pour retarder son départ : il vide le réfrigérateur, ferme la maison et à midi il est sur l'autoroute. Il passe la nuit à Oudtshoorn et repart au petit matin : dès le milieu de la matinée il est presque arrivé à destination, la petite ville de Salem sur la route qui va de Grahamstown à Kenton dans le Cap-Oriental.

La petite exploitation de sa fille se trouve au bout d'une piste qui serpente dans la campagne à quelques kilomètres de la ville : cinq hectares, de la terre arable pour la plupart, une éolienne, des étables, des dépendances et une maison d'habitation, une vaste bâtisse peinte en jaune, avec un toit de tôle galvanisée qui s'avance pour abriter le *stoep* sur le devant de la maison. Sur la bordure de la propriété court une clôture de fil de fer où grimpent par endroits des églantines et des géraniums ; de là une étendue de terre et de gravier arrive jusqu'au perron.

Il y a un vieux minibus dans l'allée ; il se gare derrière. De l'ombre du stoep il voit sortir Lucy dans le soleil. Il met un instant à la reconnaître. Un an a passé et elle a grossi. Ses hanches et ses seins ont pris des proportions (il cherche le mot qui convient) imposantes. Elle s'avance pieds nus, à l'aise sur le gravier, pour l'accueillir, les bras grands ouverts, elle l'étreint, l'embrasse sur la joue.

Quelle gentille fille, se dit-il, comme c'est bon d'être accueilli ainsi après un long voyage !

La maison, qui est vaste, sombre et, même à midi, froide,

remonte au temps des familles nombreuses, au temps où les invités arrivaient par chariots entiers. Lucy s'y est installée il y a six ans comme membre d'une commune, une tribu de jeunes qui vendaient dans les rues de Grahamstown des articles de cuir et de la poterie cuite au soleil, et qui cultivaient de la dagga, du chanvre indien, entre les pieds de maïs. Lorsque la commune s'est désintégrée, certains sont partis pour New Bethesda, et Lucy est restée sur la propriété avec son amie Helen. Elle adorait cet endroit, avait-elle dit, et elle voulait exploiter la terre convenablement. Il l'avait aidée à acheter la propriété. Et la voici aujourd'hui en robe à fleurs, pieds nus et tout, dans une maison où flotte l'odeur du pain qui cuit ; ce n'est plus une enfant qui joue à la fermière mais une solide paysanne, une *boervrou*.

« Je vais t'installer dans la chambre d'Helen, dit-elle. Elle a le soleil du matin. Les matins ont été très froids cet hiver, tu n'as pas idée.

– Comment va Helen ? » demande-t-il. Helen est une femme corpulente, à l'air triste ; elle a une voix grave et des boutons sur le visage, elle est plus vieille que Lucy. Il n'a jamais compris ce que Lucy lui trouve ; en secret, il voudrait bien que Lucy se trouve quelqu'un de mieux, ou que quelqu'un de mieux trouve Lucy à son goût.

« Helen est retournée à Johannesburg en avril. Je suis seule depuis, en dehors de l'employé.

– Tu ne m'avais pas dit ça. Tu n'as pas peur, toute seule ici ? »

Lucy hausse les épaules. « Il y a les chiens. Les chiens, ça compte encore. Plus il y a de chiens, plus grande est la force de dissuasion. De toute façon, si des malfaiteurs devaient s'introduire ici, je ne vois pas comment deux personnes seraient mieux à même de résister qu'une seule.

– Tu es philosophe.

– Oui, en dernier recours, il n'y a plus qu'à être philosophe.

– Mais tu as une arme ?

– J'ai un fusil. Je te le montrerai. Je l'ai acheté à un voisin. Je ne m'en suis jamais servie, mais je l'ai.

– Bien. Une philosophe armée. Tu as mon approbation. »

Des chiens, un fusil ; du pain au four et, en terre, des récoltes à venir. C'est curieux que lui et la mère de Lucy, l'un et l'autre citadins, intellectuels, aient produit cette survivante de l'espèce des jeunes colons solides. Mais peut-être n'est-ce pas eux, sa mère et lui, qui ont produit Lucy : elle est peut-être surtout un produit des circonstances historiques.

Elle lui offre le thé. Il a faim et il dévore deux énormes tranches de pain avec de la confiture de figue de Barbarie, faite maison aussi. Il sent les yeux de Lucy fixés sur lui pendant qu'il mange. Il faut qu'il fasse attention : rien ne dégoûte plus un enfant que de voir fonctionner le corps de son père ou de sa mère.

Quant à elle, elle n'a pas les ongles bien propres. La crasse de la terre, c'est une crasse honorable, sans doute.

Il défait sa valise dans la chambre d'Helen. Les tiroirs sont vides ; dans l'énorme vieille armoire, il n'y a qu'un bleu de travail. Si Helen est partie, ce n'est pas pour une brève absence.

Lucy lui fait faire le tour de la maison. Elle lui rappelle qu'il ne faut pas gaspiller l'eau et ne rien jeter qui puisse contaminer la fosse septique. Il sait par cœur les précautions à prendre, mais il écoute les instructions attentivement. Ensuite elle l'emmène voir les chenils où elle héberge les chiens qu'on lui confie. Lors de sa dernière visite, il n'y avait qu'un seul enclos. Il y en a maintenant cinq, solidement construits, avec un sol en ciment, des poteaux et des montants galvanisés qui maintiennent un épais grillage, protégés du soleil par de jeunes arbres à gomme. Les chiens s'excitent en la voyant : dobermans, bergers allemands, ridgebacks, bull-terriers, rottweilers. « Ce sont tous des chiens de garde, dit-elle, des chiens de travail qu'on me laisse en pension pour des périodes limitées : deux semaines, une semaine, parfois un week-end seulement. Les chiens de compagnie viennent plutôt pendant les vacances d'été.

– Et les chats ? Tu prends aussi des chats ?

– Ne ris pas ! J'envisage de me diversifier et de prendre aussi des chats. Mais je ne suis pas encore équipée pour les chats.

– Tu as toujours ton étal au marché ?

– Oui, le samedi matin. Je t'emmènerai. »

C'est comme cela qu'elle gagne sa vie : les chenils, et les fleurs et produits maraîchers qu'elle vend au marché. C'est tout ce qu'il y a de simple.

« Les chiens ne s'ennuient pas ? » Il en montre un, une chienne bouledogue à la robe fauve, seule dans une cage, le museau entre les pattes, qui les regarde d'un air morose, sans même prendre la peine de se lever.

« Katy ? C'est une chienne abandonnée. Ses maîtres ont disparu en laissant une ardoise de plusieurs mois. Je ne sais pas ce que je vais faire d'elle. Je suppose qu'il va falloir essayer de lui trouver d'autres maîtres. Elle boude, mais autrement elle va bien. On la sort tous les jours pour lui donner de l'exercice, moi ou Petrus. Cela fait partie du contrat quand on les prend en pension.

– Petrus ?

– Tu vas faire sa connaissance. C'est mon nouvel assistant, depuis mars, mon copropriétaire en fait. C'est quelqu'un, tu verras. »

Ils vont ensemble faire un tour le long du mur de retenue en boue séchée du barrage où une cane et ses canetons vont et viennent paisiblement, ils passent devant les ruches, traversent le jardin : massifs de fleurs, jardin potager avec des légumes d'hiver – choux-fleurs, pommes de terre, betteraves, blettes, oignons. Ils vont voir l'éolienne, l'étang de retenue à l'autre bout de la propriété. Les pluies ont été abondantes ces deux dernières années, et le niveau de la nappe phréatique a monté.

Elle parle de tout cela facilement. Fermière moderne, sur la frontière de la colonie. Jadis, c'était le maïs et le bétail. Aujourd'hui, les chiens et les jonquilles. Plus ça change, et plus c'est la même chose. L'histoire se répète sur un mode mineur. L'histoire a peut-être appris quelque chose.

Ils reviennent en longeant un canal d'irrigation. Les orteils de Lucy s'enfoncent dans le sol rouge, laissent des empreintes bien distinctes. C'est une femme solide, bien ancrée dans la nouvelle vie qu'elle a choisie. Bien ! Si c'est cela qu'il laisse derrière lui – cette femme, sa fille –, il n'y a pas de honte à avoir.

« Ne te crois pas obligée de me distraire, dit-il une fois qu'ils sont rentrés. J'ai apporté mes livres. Tout ce qu'il me faut, c'est une table et une chaise.

– Tu travailles sur quelque chose de précis ? » demande-t-elle sur un ton prudent. Son travail n'est guère un sujet qu'ils discutent souvent.

« J'ai un projet. Quelque chose sur les dernières années de la vie de Byron. Pas un livre, ou en tout cas pas le genre de livre que j'ai écrit jusqu'ici. Quelque chose pour la scène, plutôt. Du texte et de la musique. Des personnages qui parlent et qui chantent.

– Je ne savais pas que tu avais encore des ambitions dans ce domaine.

– J'ai pensé que je pouvais m'offrir ce plaisir. Mais ça va plus loin. On veut laisser quelque chose après soi. Ou du moins un homme veut laisser quelque chose après lui. C'est plus facile pour une femme.

– Pourquoi est-ce que c'est plus facile pour une femme ?

– Je veux dire que c'est plus facile de produire quelque chose qui a sa vie propre.

– Être père, ça ne compte pas ?

– Être père... Je ne peux m'empêcher d'avoir le sentiment qu'en comparaison de ce que c'est que d'être mère, être père est quelque chose de plutôt abstrait. Mais attendons. Laissons venir. Si quelque chose se matérialise, tu seras la première à le savoir. La première, et probablement la dernière.

– Tu vas composer la musique toi-même ?

– Je vais la prendre à d'autres, pour la plupart. Ça ne me gêne pas le moins du monde d'emprunter à d'autres. Au début, j'avais pensé que c'était un sujet qui demandait une ample orchestration. Mais maintenant, j'ai tendance à penser le contraire, je verrais plutôt un accompagnement très réduit – un violon, un violoncelle, un hautbois ou peut-être un basson. Mais tout ça n'est encore qu'à l'état d'ébauche. Je n'ai pas encore écrit une seule note – j'ai eu d'autres préoccupations. Tu as dû avoir vent de mes ennuis.

– Roz a fait une allusion à quelque chose comme ça au téléphone.

– Bon. Mais on ne va pas parler de ça maintenant. On verra plus tard.

– Tu as quitté l'université pour de bon ?

– J'ai donné ma démission. On m'a demandé de donner ma démission.

– Ça va te manquer ?

– Est-ce que ça va me manquer ? Je n'en sais rien. Comme prof, je ne cassais rien. J'avais de moins en moins le contact avec mes étudiants. Ce que j'avais à leur dire ne les intéressait pas. Alors, l'enseignement ne va peut-être pas me manquer. Je vais peut-être apprécier d'en être libéré. »

Un homme paraît dans l'embrasure de la porte, un homme grand, en bleu de travail, bottes de caoutchouc et bonnet de laine.

« Entrez, Petrus, je vais vous présenter mon père », dit Lucy.

Petrus essuie la semelle de ses bottes. Ils se serrent la main. Un visage marqué, buriné ; de petits yeux plissés. Quarante ? Quarante-cinq ans ?

Petrus se tourne vers Lucy. « Le traitement à vaporiser. Je suis venu chercher le traitement à vaporiser.

– C'est dans la voiture. Attendez-moi ici. Je vais le chercher. »

Il se retrouve seul avec Petrus. « Vous vous occupez des chiens ? dit-il pour rompre le silence.

– Je m'occupe des chiens et je travaille au jardin. Oui. » Petrus lui adresse un large sourire. « Je suis le jardinier, et l'homme aux chiens. » Il réfléchit un instant. « L'homme aux chiens, répète-t-il, content de sa formule.

– Je viens d'arriver du Cap. Par moments, je m'inquiète de savoir ma fille toute seule ici. C'est un endroit très isolé.

– Oui, dit Petrus, c'est dangereux. » Il marque une pause. « Tout est dangereux de nos jours. Mais ici, ça va, je crois. » Et il lui adresse de nouveau un sourire.

Lucy revient avec un flacon. « Vous connaissez les proportions : une cuillère à café pour dix litres d'eau.

– Je sais. » Et Petrus baisse légèrement la tête pour passer sous le linteau de la porte.

« Petrus a l'air d'un gars bien, dit-il.

– Il sait ce qu'il fait.

– Il habite sur la propriété ?

– Lui et sa femme sont installés dans l'ancienne étable. J'ai fait mettre l'électricité. C'est assez confortable. Il a une autre femme à Adélaïde, et des enfants ; certains sont déjà grands. Il va de temps à autre passer quelques jours avec eux. »

Il laisse Lucy à ce qu'elle a à faire et va se promener jusqu'à la route de Kenton. C'est une journée d'hiver froide, et le soleil se couche déjà sur les collines rouges parsemées ici et là de plaques d'herbe rare, décolorée. Une terre pauvre, un sol pauvre, se dit-il. Épuisé. Bon seulement pour les chèvres. Est-ce que Lucy a vraiment l'intention de faire sa vie ici ? Il espère bien que cette idée lui passera.

Il croise un groupe d'enfants qui rentrent de l'école. Il les salue et ils lui répondent. Les habitudes de la campagne. Le Cap déjà s'enfonce dans le passé.

Et puis tout d'un coup lui revient un souvenir de la fille :

de ses petits seins ronds aux pointes dressées, de son ventre plat et lisse. Il est parcouru d'une onde de désir. Il est clair que ce qu'il éprouvait pour elle n'est pas encore passé.

Il retourne à la maison et finit de défaire ses bagages. Cela fait longtemps qu'il ne vit plus avec une femme. Il va falloir qu'il se montre bien élevé, qu'il tienne ses affaires en ordre.

Imposante, c'est un mot plutôt flatteur pour décrire Lucy. Bientôt elle sera tout bonnement trop grosse, elle se laissera aller, comme on le fait quand on se retire du champ de l'amour. *Que sont devenus ce front poli, ces cheveux blonds, sourcils arqués ?*

Ils dînent simplement : de la soupe, du pain, des patates douces. D'habitude, il n'aime pas les patates douces, mais Lucy les accommode avec un zeste de citron, du beurre et des épices qui leur donnent une saveur agréable, plus qu'agréable.

« Tu vas rester quelque temps ?

– Une semaine ? Disons une semaine ? Est-ce que tu pourras me supporter aussi longtemps que ça ?

– Tu peux rester aussi longtemps que tu veux. Mais j'ai peur que tu t'ennuies.

– Je ne vais pas m'ennuyer.

– Et après ta semaine ici, où vas-tu aller ?

– Je ne sais pas encore. Je partirai faire une balade au hasard, une longue balade.

– Bon. Mais tu peux rester si tu veux.

– C'est gentil à toi de m'inviter, ma chérie, mais je tiens à ce que nous restions bons amis. Les visites prolongées ne valent rien à l'amitié.

– Et si on disait que tu n'es pas en visite ? Si on disait que tu es venu chercher refuge ici ? Est-ce que tu accepterais ce refuge sans fixer de date limite ?

– C'est un asile que tu m'offres ? Je n'en suis pas là. Je ne suis pas en fuite.

– Roz dit qu'on t'a fait passer un mauvais moment.

– Je l'ai cherché. On m'a offert un compromis, que je n'ai pas voulu accepter.

– Quel genre de compromis ?

– Rééducation. Retour dans le droit chemin. Je devais m'engager à *me faire conseiller.*

– Et tu es si parfait que tu n'as que faire des conseils ?

– Cela me rappelle trop la Chine de Mao : rétractation, autocritique, excuses publiques. Je suis vieux jeu, je préférerais tout simplement passer devant le peloton d'exécution et qu'on en finisse.

– Le peloton d'exécution, rien que ça ? Pour avoir couché avec une étudiante ? C'est un peu exagéré, David, tu ne crois pas ? Ça doit se produire tout le temps, ce genre de chose. C'était courant du temps que j'étais étudiante. Si chaque cas donnait lieu à un procès, la profession enseignante serait décimée. »

Il hausse les épaules. « Nous vivons une époque de puritanisme. La vie privée des uns est l'affaire de tous. La luxure est respectable, la luxure et la sentimentalité. Ils voulaient du spectacle : que je batte ma coulpe, des remords, des larmes si possible. Un programme de télé, en somme. Je ne leur ai pas donné ce plaisir. »

Il était sur le point d'ajouter « la vérité est qu'ils voulaient me voir châtré », mais il n'arrive pas à prononcer ces mots, pas en parlant à sa fille. En fait, maintenant qu'il l'entend par les oreilles de quelqu'un d'autre, toute sa tirade a l'air mélo, boursouflée.

« Donc vous êtes restés sur vos positions, les uns et les autres. C'est ça ?

– Plus ou moins.

– Tu ne devrais pas être aussi intransigeant, David. Il n'y a rien d'héroïque à se montrer intransigeant. Est-il temps de revenir sur ta position ?

– Non, le jugement est définitif.

– Sans appel ?

– Sans appel. Je ne me plains pas. On ne peut pas plaider

coupable à des accusations de turpitude et attendre des marques de sympathie en retour. Pas après un certain âge. Après un certain âge, on n'a tout simplement plus de charme, il faut s'y faire. Il ne reste qu'à serrer les dents et vivre ce qu'il reste à vivre. Faire son temps.

– Eh bien, c'est dommage. Tu peux rester ici aussi longtemps que tu veux, dans les conditions qui te conviennent. »

Il va se coucher de bonne heure. Au milieu de la nuit, il est réveillé par les aboiements de plusieurs chiens. L'un d'eux en particulier aboie sans relâche, machinalement, obstinément ; les autres s'y mettent aussi, se taisent, puis ne voulant pas être de reste recommencent à faire chorus.

« C'est comme ça toutes les nuits ? demande-t-il à Lucy le lendemain matin.

– On s'y habitue. Je suis navrée. »

Il secoue la tête.

Huit

Il avait oublié combien les matinées d'hiver peuvent être froides sur les hautes terres du Cap-Oriental. Il n'a pas mis dans ses bagages le vestiaire qui convient à ces températures. Il lui faut emprunter un pull à Lucy.

Les mains dans les poches, il se promène entre les massifs de fleurs. Au loin, sur la route de Kenton, il entend le vrombissement d'une voiture qui se prolonge dans l'air immobile. Haut dans le ciel passe un vol d'oies sauvages. Que va-t-il faire de son temps ?

« Ça te dit d'aller faire un tour ? » dit Lucy derrière lui.

Ils emmènent avec eux trois des chiens : deux jeunes dobermans que Lucy tient en laisse, et la chienne bouledogue, la chienne abandonnée.

Rabattant les oreilles en arrière, la chienne essaie de déféquer. Sans résultat.

« Elle a des difficultés, dit Lucy. Il va falloir lui donner un laxatif. »

La chienne poursuit ses efforts, tirant la langue, le regard fuyant comme si elle avait honte d'être observée.

Ils quittent la route, s'engagent sur un terrain de broussailles, arrivent dans une forêt de pins clairsemés.

« Cette fille avec qui tu as eu une liaison, dit Lucy, c'était sérieux ?

– Rosalind ne t'a pas tout raconté ?

– Elle n'a pas donné de détails.

– Elle était de cette région. De George. Elle suivait l'un de mes cours. Une étudiante moyenne, mais très jolie. Est-ce que c'était sérieux ? Je n'en sais rien. Mais cela a eu des conséquences sérieuses, c'est sûr.

– Mais c'est fini maintenant ? Tu ne la désires plus ? »

Est-ce que c'est fini ? Brûle-t-il encore de désir ? « Nous n'avons plus de contacts, dit-il.

– Pourquoi t'a-t-elle dénoncé ?

– Elle ne l'a pas dit. Je n'ai pas eu l'occasion de le lui demander. Elle se trouvait dans une situation difficile. Il y avait un jeune type, un amant, ou un ex-amant, qui la tarabustait. Les cours étaient des moments pénibles, elle était tendue. Et puis ses parents ont appris la chose et ont rappliqué au Cap. Les pressions sont devenues trop fortes, j'imagine.

– Et puis, il y avait toi.

– Oui, il y avait moi. Je suppose que je n'étais pas facile. »

Ils arrivent à une barrière avec un écriteau où on lit « Compagnie SAPPI – défense d'entrer sous peine de poursuites judiciaires. » Ils font demi-tour.

« Eh bien ! dit Lucy, cela t'a coûté cher. Mais peut-être, par la suite, elle ne pensera pas trop de mal de toi. Les femmes ont une faculté surprenante pour pardonner. »

Le silence tombe entre eux. Est-ce que Lucy, sa fille, se permet de lui faire la leçon sur les femmes ?

« Est-ce que tu as jamais envisagé de te remarier ? demande-t-elle.

– Tu veux dire avec quelqu'un de mon âge ? Je ne suis pas fait pour le mariage, Lucy. Tu l'as bien vu.

– Oui, mais…

– Mais quoi ? Mais il est de mauvais aloi de s'obstiner à s'en prendre à des gamines ?

– Ce n'est pas ce que je voulais dire. Mais tu vas trouver que c'est de plus en plus difficile, plutôt que l'inverse, avec le temps qui passe. »

Lucy et lui n'ont jamais parlé de sa vie intime. Cela ne s'avère pas facile. Mais s'il n'en parle pas avec elle, avec qui peut-il en parler ?

« Tu te souviens de Blake ? dit-il. “Mieux vaut tuer un enfant au berceau que nourrir des désirs qu'on réprime.”

– Pourquoi est-ce que tu me cites ça ?

– Les désirs qu'on réprime peuvent devenir aussi hideux chez les vieux que chez les jeunes.

– Et alors ?

– Chacune des femmes dont j'ai été proche m'a appris quelque chose sur moi-même. Dans cette mesure elles ont fait de moi quelqu'un de meilleur.

– J'espère que tu ne prétends pas que l'inverse est vrai aussi, qu'à te connaître tes femmes sont devenues des êtres meilleurs. »

Il lui jette un regard perçant. Elle sourit. « Je plaisantais », dit-elle.

Ils rentrent par la route goudronnée. A l'embranchement qui mène à la propriété, il y a un écriteau qu'il n'avait pas remarqué jusque-là qui porte l'inscription tracée au pinceau : « FLEURS COUPÉES. CYCAS » et une flèche : « 1 km ».

« Des cycas ? dit-il. Je croyais que la vente des cycas était interdite.

– Il est interdit de les arracher à l'état sauvage. Je les plante et les cultive. Je te montrerai. »

Ils continuent vers la maison, avec les jeunes chiens qui tirent sur leurs laisses, et la chienne qui les suit en haletant.

« Et toi ? C'est ça que tu veux dans la vie ? » Il fait un geste montrant le jardin, la maison dont le toit scintille au soleil.

« Cela fera l'affaire. »

C'est samedi, jour de marché. Lucy le réveille à cinq heures, comme convenu, avec une tasse de café. Bien emmitouflés pour se protéger du froid, ils rejoignent Petrus au jardin, où il est déjà en train de couper des fleurs à la lumière d'une lampe halogène.

Il propose à Petrus de continuer à sa place, mais il a bientôt les doigts si gourds qu'il ne peut plus lier les bouquets. Il redonne la ficelle à Petrus et s'occupe d'emballer ce qu'ils emportent et de charger le minibus.

A sept heures, alors que l'aurore illumine les collines et que les chiens commencent à bouger, ils en ont fini. Le minibus est plein de cartons de fleurs, de sacs de pommes de terre, d'oignons, de choux. C'est Lucy qui conduit. Petrus reste à l'arrière. Le chauffage ne marche pas ; Lucy, qui a du mal à voir à travers le pare-brise embué, prend la route de Grahamstown. Il est assis à côté d'elle et mange les sandwiches qu'elle a préparés. Il a la goutte au nez et espère qu'elle ne le remarquera pas.

Ainsi, voilà une nouvelle aventure. C'est sa fille, qu'autrefois il conduisait à l'école et aux cours de danse, au cirque et à la patinoire, qui le sort, qui lui fait voir la vie, cet autre monde, inconnu.

Sur la place Donkin les marchands montent des tables sur des tréteaux et étalent leurs produits. Il y a une odeur de viande qui grille. Un brouillard froid recouvre la ville ; les gens se frottent les mains, tapent des pieds, jurent. A son soulagement, Lucy se tient à l'écart de la bonhomie qui règne.

Leur étal semble être dans la partie du marché réservée aux produits maraîchers. A leur gauche trois Africaines vendent du lait, du *masa*, du beurre ; ainsi que des os pour la soupe, stockés dans un seau recouvert d'un chiffon humide. A leur droite, c'est un vieux couple d'Afrikaners, que Lucy salue en les appelant Tante Miems et Oncle Koos, aidé par un garçon coiffé d'un passe-montagne et qui n'a guère plus de dix ans. Comme Lucy, ils vendent des pommes de terre et des oignons, des pots de confiture, des conserves, des fruits secs, des paquets de plantes à infusion, *buchu* et autres, des herbes aromatiques.

Lucy a apporté deux pliants de toile et une Thermos de café. Ils en boivent une tasse en attendant les premiers clients.

Il y a deux semaines, il était dans une salle de cours en

train d'expliquer la différence entre le perfectif et l'imperfectif, le perfectif indiquant que le procès a été mené à son terme – brûlait / brûlé. Comme tout cela semble loin ! Je vis / j'ai vécu / je vécus.

Les pommes de terre de Lucy ont été lavées dans un gros panier. Celles de Koos et de Miems sont encore tachées de terre. Dans le cours de la matinée, Lucy encaisse près de cinq cents rands. Ses fleurs se vendent bien ; à onze heures, elle baisse ses prix et tout ce qui reste part. Les ventes vont bon train aussi à l'étal de viande et de lait ; mais le vieux couple, assis côte à côte, raide et austère, ne fait pas d'aussi bonnes affaires.

Beaucoup de clientes de Lucy l'appellent par son nom : des femmes qui ne sont déjà plus jeunes pour la plupart la traitent comme l'une des leurs, comme si sa réussite était aussi la leur. A chacune, elle le présente : « Mon père, David Lurie, qui est venu me voir du Cap. » « Vous devez être fier de votre fille, monsieur Lurie », disent-elles. « Ça oui, répond-il, je suis très fier d'elle. »

« Bev s'occupe du refuge pour les animaux abandonnés, dit Lucy après l'avoir présenté à l'une de ses clientes. Je vais lui donner un coup de main de temps en temps. On s'arrêtera chez elle en rentrant, si tu n'y vois pas d'inconvénient. »

Bev Shaw ne lui a guère plu, une petite femme affairée, rondelette, avec des grains de beauté noirs, des cheveux drus, coupés très court, et pas de cou. Il n'aime pas les femmes qui ne se donnent pas la peine d'être séduisantes. Il a déjà éprouvé ce genre de réticence envers les amies de Lucy. Il n'y a pas de quoi être fier de ça : c'est un préjugé qu'il a dans sa façon de voir, un préjugé solidement ancré dans sa tête. Sa tête est devenue le refuge de vieilles idées, qui flottent là, stériles, indigentes, n'ayant nulle part où aller. Il devrait les chasser, faire le ménage. Mais peu lui importe de passer le balai là-dessus, ou du moins cela ne lui paraît pas assez important pour s'en donner la peine.

La Société pour la Protection des Animaux, jadis organisme caritatif florissant à Grahamstown, a dû cesser ses activités. Cependant une poignée de bénévoles sous la houlette de Bev Shaw utilise encore les anciens locaux pour soigner les bêtes.

Il n'a rien contre les amis des animaux ; Lucy a fréquenté ces gens-là aussi loin qu'il se souvienne. Sans eux, le monde n'en serait sans doute que plus cruel. Ainsi, lorsque Bev Shaw leur ouvre sa porte, il fait bonne figure, alors qu'en fait les odeurs de pipi de chat, de chiens galeux et de désinfectant lui soulèvent le cœur.

La maison est telle qu'il se l'imaginait : un mobilier moche, encombré de bibelots (bergères en porcelaine, cloches de vache, un tue-mouches en plumes d'autruche), une radio qui grésille, des oiseaux qui gazouillent dans leur cage, et partout des chats qui vous passent entre les jambes. Il n'y a pas que Bev Shaw, il y a aussi Bill Shaw, tout aussi trapu que sa femme, attablé à la cuisine devant une tasse de thé, le visage rouge comme une betterave, chevelure argentée, dans un col roulé déformé. « Asseyez-vous, asseyez-vous donc, Dave, dit Bill, prenez une tasse de thé, faites comme chez vous. »

La matinée a été longue, il est fatigué et il n'a pas la moindre envie de tailler une bavette avec ces gens-là. Il jette un regard à Lucy. « Nous ne faisons que passer, Bill, dit-elle. Je veux seulement prendre des médicaments. »

Par une fenêtre, il aperçoit le jardin derrière la maison des Shaw : un pommier qui perd ses fruits mangés par les vers, des mauvaises herbes, un enclos fermé avec des plaques de tôle, des planches, de vieux pneus, où des poulets grattent le sol et où une bête qui a tout l'air d'une petite antilope dort dans un coin.

« Alors, quelle est ton impression ? lui demande Lucy quand ils se retrouvent dans le minibus.

– Je ne veux pas être désagréable. C'est une sous-culture en soi, je n'en doute pas. Ils n'ont pas d'enfants ?

– Non, pas d'enfants. Ne sous-estime pas Bev. Ce n'est pas une idiote. Elle fait du bon boulot, beaucoup de bien. Cela fait des années qu'elle travaille dans le Village D, d'abord pour la SPA, maintenant à titre personnel.

– Ça doit être une bataille perdue d'avance.

– En effet. Il n'y a plus de financement. Parmi les priorités nationales, les animaux sont en bas de liste.

– Ça doit la démoraliser. Et toi aussi.

– Oui. Non. Qu'est-ce que ça peut faire ? Les animaux dont elle s'occupe ne sont pas démoralisés. Ils sont extrêmement soulagés de leurs misères.

– Alors, c'est merveilleux. Je regrette, ma petite, mais j'ai du mal à m'intéresser à ce sujet. C'est admirable, ce que tu fais, ce qu'elle fait, mais pour moi les gens qui s'occupent de la protection des animaux sont un peu comme certains chrétiens. Tout ce monde est plein d'enthousiasme, de bonnes intentions ; au bout d'un moment, on a envie de partir voir ailleurs et de s'offrir un viol ou de faire le vandale. Ou de balancer un coup de pied à un chat. »

Sa véhémence soudaine le surprend. Il n'est pas de mauvaise humeur ; pas du tout.

« Tu penses que je devrais me consacrer à des choses plus importantes », dit Lucy. Ils sont sur la grand-route ; elle conduit sans le regarder. « Tu penses que, parce que je suis ta fille, je devrais faire quelque chose de mieux de ma vie. »

Déjà il est en train de faire non de la tête. « Mais non... Mais non... C'est pas ça, murmure-t-il.

– Tu penses que je devrais peindre des natures mortes ou apprendre le russe toute seule avec un manuel. Mes amis, comme Bev et Bill, ne sont pas de ton goût parce qu'ils ne sont pas le genre à me faire accéder à un niveau plus élevé.

– Ce n'est pas vrai, Lucy.

– Mais si, c'est vrai. Ils ne vont pas me faire accéder à une vie d'un ordre supérieur, pour la bonne raison qu'il n'y a pas de vie d'un ordre supérieur. Cette vie-ci est la seule que nous ayons. Et c'est la vie que nous partageons avec les animaux. Voilà l'exemple que les gens comme Bev nous donnent. Et voilà l'exemple que j'essaie de suivre : partager certains des privilèges qu'ont les hommes avec les bêtes. Je ne veux pas revenir dans une autre existence comme un chien, ou un porc, et connaître la vie que nous imposons aux chiens et aux porcs.

– Ma petite chérie, ne te mets pas en colère. Oui, j'en suis bien d'accord, il n'y a pas d'autre vie que celle que nous connaissons. Pour ce qui est des animaux, bien sûr que nous devons être bons pour eux. Mais ne perdons pas le sens des perspectives. Dans la création, nous appartenons à un autre ordre que les animaux. Pas un ordre supérieur, nécessairement, mais un ordre différent. Donc si nous devons être bons pour les animaux, que ce soit par simple générosité, et pas parce que nous nous sentons coupables ou parce que nous craignons le châtiment. »

Lucy respire un grand coup. On dirait qu'elle va répondre à son homélie, mais n'en fait rien. Ils arrivent à la maison en silence.

Neuf

Il est dans la pièce de devant en train de regarder un match de foot à la télévision. Zéro à zéro ; ni l'une ni l'autre des équipes ne semble avoir envie de gagner.

Le reportage passe du sotho au xhosa, langues dont il ne comprend pas un traître mot. Il baisse le son, jusqu'à ne plus entendre qu'un murmure. Samedi après-midi en Afrique du Sud : c'est le moment consacré aux hommes et à leurs plaisirs. Il s'assoupit.

Quand il se réveille, Petrus est assis à côté de lui sur le canapé, une canette de bière à la main. Il a monté le volume.

« Les Bushbucks, dit Petrus. Je suis pour eux. Les Bushbucks contre Sundowns. »

Les Sundowns tirent un corner. On se bouscule devant les buts. Petrus gémit et se prend la tête entre les mains. Quand on y voit clair, le gardien de but des Bushbucks est à plat ventre, couché sur le ballon. « Il est bon ! Vraiment bon ! dit Petrus. Champion, ce goal. Il faut qu'ils le gardent. »

Match nul. Petrus change de chaîne. Boxe : deux hommes, tout petits, si petits qu'ils arrivent à peine au-dessous du menton de l'arbitre, tournent en rond, sautillent, se flanquent des coups de poing.

Il se lève, va jusqu'à l'arrière de la maison. Lucy est allongée sur son lit, en train de lire. « Qu'est-ce que tu lis ? » dit-il. Elle le regarde d'un air de ne pas comprendre, puis enlève ses boules Quiès. « Qu'est-ce que tu lis ? » répète-t-il. Puis : « Ça ne marche pas, hein ? Est-ce que je fais ma valise ? »

Elle sourit, pose son livre. *Le Mystère d'Edwin Drood.* Il ne s'attendait pas à la voir lire du Dickens. « Assieds-toi », dit-elle.

Il s'assied sur le lit. Il se prend à caresser son pied nu : un pied solide, un joli pied. Bonne ossature, comme sa mère. C'est une femme à la fleur de l'âge, séduisante malgré son poids, malgré les vêtements peu flatteurs.

« De mon point de vue, David, ça marche très bien. Je suis contente de t'avoir ici. Ça prend quelque temps de se faire au rythme de la vie à la campagne. Mais dès que tu auras trouvé à t'occuper, tu ne t'ennuieras plus autant. »

Il hoche la tête machinalement. Séduisante, certes, se dit-il, mais cause perdue pour les hommes. Devrait-il se faire des reproches, ou est-ce que cela aurait tourné comme ça de toute façon ? Du jour où elle est née, il n'a éprouvé pour sa fille qu'un amour absolu, spontané, total. Impossible qu'elle ne l'ait pas senti. Était-ce trop, cet amour ? Est-ce qu'il lui a pesé, comme un fardeau à porter ? Y a-t-elle vu quelque chose de plus obscur, de plus trouble ?

Il se demande comment c'est pour Lucy avec ses amantes, et pour ses amantes avec Lucy. Il n'a jamais eu peur de poursuivre une pensée dans ses méandres les plus compliqués, cela ne lui fait toujours pas peur. Est-il le père d'une femme passionnée ? Pour ce qui est des sens, quelles sont ses ressources, qu'est-ce qui reste hors de sa portée ? Est-ce qu'elle et lui sont capables de parler de cela aussi ? Lucy n'a pas eu une vie protégée des réalités. Pourquoi ne pourraient-ils pas parler ensemble à cœur ouvert, pourquoi faudrait-il respecter des tabous, à une époque où personne ne se soucie des tabous ?

« Quand j'aurai trouvé à m'occuper, dit-il, reprenant le fil de la conversation après s'être laissé aller à ses divagations. Qu'est-ce que tu me vois faire ?

– Tu pourrais nous aider avec les chiens. Tu pourrais découper leur viande. C'est quelque chose que je n'ai jamais aimé faire. Et puis il y a Petrus. Petrus a beaucoup à faire avec ses terres, qu'il doit préparer pour les cultiver. Tu pourrais lui donner un coup de main.

– Donner un coup de main à Petrus. Ça me plaît, cette idée. Ça ne manque pas de piquant, d'un point de vue historique. Et tu crois qu'il me paiera des gages ?

– Demande-lui. Je suis sûre qu'il te paiera. Il y a quelque temps il a reçu une subvention du ministère du Remembrement, il a pu acheter un hectare et un autre lopin que je lui ai vendu. Je ne te l'ai pas dit ? La limite de ses terres et des miennes passe au milieu du barrage. Le barrage est en copropriété. Toute la terre de là jusqu'à la clôture est à lui. Il a une vache qui vêlera au printemps. Il a deux femmes, ou plutôt une femme et une copine. S'il a bien joué ses cartes, il pourrait recevoir une autre subvention pour construire une maison ; il pourra alors quitter l'étable. Dans notre province du Cap-Oriental, Petrus n'est pas n'importe qui. Demande-lui qu'il te paie. Il a les moyens. Moi, je ne suis pas sûre d'avoir encore les moyens de l'employer.

– D'accord, je m'occuperai de la viande des chiens, je vais proposer mes services à Petrus. Quoi d'autre ?

– Tu peux les aider au centre, avec les animaux. Ils cherchent désespérément des bénévoles.

– Tu veux dire, aider Bev Shaw ?

– Oui.

– Je ne crois pas qu'elle et moi ferons bon ménage.

– Tu n'as pas besoin de faire bon ménage avec elle. Il suffit de l'aider. Mais n'attends pas de rémunération. C'est quelque chose que tu devras faire par pure bonté d'âme.

– J'ai des doutes là-dessus, Lucy. Ça ressemble trop au service d'intérêt public. Cela fait de moi quelqu'un qui essaie de racheter ses fautes passées. C'est suspect.

– Tes mobiles, David, les animaux qu'on amène au centre ne te les demanderont pas, je peux te l'assurer. Ils ne les demanderont pas et ils s'en fichent.

– D'accord. J'irai au centre. Mais seulement si on ne me demande pas de devenir quelqu'un de meilleur. Je ne suis pas prêt à me faire remettre dans le droit chemin. Je tiens à rester moi-même. J'aiderai au centre à ces conditions. » Sa main est toujours posée sur le pied de Lucy ; maintenant ses doigts se serrent sur sa cheville. « Compris ? »

Elle lui adresse ce qu'il ne saurait appeler qu'un gentil petit sourire. « Alors, tu es bien décidé à rester mauvais. Fou, mauvais et dangereux à fréquenter ; je te promets que personne ne te demandera de changer. »

Elle le taquine comme le faisait autrefois sa mère. Mais elle a sans doute plus d'esprit. Il a toujours été attiré par les femmes d'esprit. Il recherche l'esprit et la beauté. Avec la meilleure volonté du monde, il n'a pas trouvé une once d'esprit chez Mélanie, accent tonique sur la deuxième syllabe. Mais de la beauté à revendre.

Et de nouveau il se sent parcouru de ce léger frisson de volupté. Il sent que Lucy l'observe. On dirait qu'il est incapable de cacher son émoi. Intéressant.

Il se lève, sort dans la cour. Les jeunes chiens sont ravis de le voir : ils vont et viennent au trot dans leurs cages, avec des petits gémissements d'impatience. Mais la vieille chienne bouledogue bouge à peine.

Il entre dans sa cage, referme la porte derrière lui. Elle soulève la tête, le considère un instant et laisse retomber sa tête. Ses vieilles mamelles flasques pendent sous elle.

Il s'accroupit, la chatouille derrière les oreilles. « Alors, comme ça, on est abandonnée », murmure-t-il.

Il s'étend de tout son long sur le ciment nu. Au-dessus de lui, le ciel bleu pâle. Ses membres se détendent.

C'est dans cette position que Lucy le trouve. Il a dû s'endormir : ce qu'il voit d'abord, c'est Lucy dans la cage avec le bidon d'eau, et la chienne sur ses pattes qui lui renifle les pieds.

« On devient amis ? dit Lucy.

– Ce n'est pas facile de devenir son ami.

– Pauvre vieille Katy. Elle est en deuil. Personne ne veut d'elle, et elle le sait bien. L'ironie est qu'il doit exister des enfants dans toute la région qui seraient très contents de l'avoir avec eux. Mais il n'est pas en leur pouvoir de l'inviter à partager leur vie. Ils font partie du mobilier, du système de sécurité. Ils nous font l'honneur de nous traiter comme des dieux et en retour on les traite comme des objets. »

Ils sortent de la cage. La chienne s'affaisse, ferme les yeux.

« Les Pères de l'Église eurent un long débat à leur sujet et décidèrent qu'ils n'ont pas vraiment d'âme, dit-il. Leurs âmes sont attachées à leurs corps et meurent avec leurs corps. »

Lucy hausse les épaules. « Je ne suis pas sûre d'avoir une âme. Si on me mettait une âme sous le nez, je ne saurais pas ce que c'est.

– Ce n'est pas vrai. Tu es une âme. Nous sommes tous des âmes. Nous sommes des âmes avant même de naître. »

Elle le regarde d'un air bizarre.

« Qu'est-ce que tu vas faire d'elle ? demande-t-il.

– De Katy ? Je vais la garder si je ne trouve pas d'autre solution.

– Vous ne piquez jamais les animaux ?

– Non, pas moi. Bev, oui. C'est quelque chose que personne d'autre ne veut faire. Alors elle s'en est chargée. Mais c'est un crève-cœur terrible pour elle. Tu la sous-estimes. C'est quelqu'un de plus intéressant que tu crois. Même selon tes critères. »

Que sont-ils, ses critères ? Que les petites femmes boulottes avec une vilaine voix ne méritent que d'être ignorées ? Il sent tomber sur lui l'ombre du chagrin : pour Katy, toute seule dans sa cage, pour lui-même, pour tout le monde. Il lâche un gros soupir, qu'il ne cherche pas à étouffer. « Pardonne-moi, Lucy, dit-il.

– Te pardonner ? Pour quoi donc ? » Elle sourit d'un air mutin, moqueur.

« D'être l'un des deux mortels désignés pour te montrer la voie dans ce monde et de ne pas être un meilleur guide en fin de compte. Mais j'irai aider Bev. A condition de ne pas avoir à l'appeler Bev. C'est idiot de se faire appeler comme ça. Ça me fait penser à une vache. Quand est-ce que je commence ?

– Je vais lui passer un coup de fil. »

Dix

SUR LE PANNEAU devant le centre on lit : SOCIÉTÉ POUR LA PROTECTION DES ANIMAUX – Société d'intérêt public n° 1529. En dessous, la ligne qui indique les heures d'ouverture a été masquée par du ruban adhésif. Devant la porte, des gens font la queue, certains ont des bêtes avec eux. Dès qu'il sort de sa voiture, il est entouré d'une bande d'enfants, qui mendient ou simplement le reluquent. Il se fraie un passage dans cette bousculade et dans la cacophonie qui se déclenche tout d'un coup quand deux chiens, tenus en laisse par leurs maîtres, se mettent à grogner et à aboyer.

La petite salle d'attente, aux murs nus, est pleine. Il lui faut enjamber les pieds de quelqu'un pour entrer.

« Mme Shaw ? » demande-t-il.

De la tête une vieille femme lui montre l'embrasure d'une porte fermée par un rideau de plastique. La femme retient une chèvre par un petit bout de corde ; l'animal a des yeux apeurés, regarde les chiens, ses sabots font un bruit sec en heurtant le sol dur.

Dans la pièce derrière le rideau, où l'odeur d'urine prend à la gorge, Bev Shaw est penchée sur une table basse avec un dessus d'acier inoxydable. Avec une petite torche électrique, elle examine la gorge d'un jeune chien qui a l'air d'un croisement entre un ridgeback et un chacal. A genoux sur la table, un gamin pieds nus, de toute évidence le propriétaire du chien, maintient fermement la tête du chien sous son bras et s'efforce de lui garder la gueule ouverte. Un léger gargouillement hargneux lui sort de la gorge ; les muscles de la croupe puissante se tendent. Maladroitement, il vient à la rescousse pour maîtriser l'animal, pressant les pattes arrière l'une contre l'autre pour forcer le chien à s'asseoir.

« Merci », dit Bev Shaw. Elle est toute rouge. « Il a une dent barrée qui a fait abcès. Nous n'avons pas d'antibiotiques, alors tiens-le bien, *boytjie !* La seule chose à faire est d'ouvrir l'abcès et d'espérer que tout se passera bien. »

Elle fouille la gueule du chien avec une lancette. Le chien a un énorme sursaut, lui échappe, échappe presque au gamin. Il l'empoigne comme il se débat pour sauter de la table ; pendant un instant ses yeux pleins de rage et de terreur se fixent sur les siens.

« Mettons-le sur le flanc, comme ça », dit Bev Shaw. Avec des petits bruits pour amadouer l'animal, d'un geste expert elle lui fait perdre l'équilibre et le met sur le flanc. « La ceinture », dit-elle. Il passe une ceinture autour du corps du chien et elle l'assure dans la boucle. « Allons-y, dit Bev Shaw. Pensez à des choses réconfortantes, à des choses qui donnent de la force. Ils sentent ce que vous pensez. »

Il appuie de tout son poids sur le chien. Délicatement, d'une main enveloppée d'un vieux chiffon, le gamin desserre de nouveau les mâchoires du chien. Ils sentent ce que vous pensez : quelle ânerie ! « Là, là ! » murmure-t-il. De nouveau Bev Shaw plonge la lancette dans la gueule de l'animal. Le chien a un haut-le-cœur, se raidit, puis se détend.

« Bon, dit-elle, il n'y a plus qu'à laisser faire la nature. » Elle dégrafe la ceinture, s'adresse à l'enfant dans ce qui semble être un xhosa hésitant. Le chien, sur ses pattes, se cache sous la table, dont la surface est éclaboussée de bave et de sang ; elle l'essuie. Le gamin persuade le chien de le suivre et sort.

« Merci, monsieur Lurie. Vous avez une bonne présence. Je sens que vous aimez les animaux.

– Est-ce que j'aime les animaux ? Je les mange, c'est que je dois les aimer, certains morceaux du moins. »

Sa chevelure est toute bouclée. Est-ce que c'est elle qui se fait ces petites boucles, au fer à friser ? C'est peu probable : ça lui prendrait des heures tous les matins. Cela doit être naturel. Il n'a jamais vu une toison pareille d'aussi près. En filigrane, les veines sur ses oreilles forment un réseau rouge et violet bien visible. Les veines sur son nez aussi. Et puis un menton qui s'avance directement au-dessus du torse, comme un pigeon. Le tout forme un ensemble singulièrement dépourvu de charme.

Elle réfléchit à ce qu'il vient de lui dire ; le ton sur lequel il a prononcé ses mots semble lui avoir échappé.

« C'est vrai, nous mangeons beaucoup d'animaux dans ce pays, dit-elle. Cela ne semble guère nous faire grand bien. Je sais pas trop comment nous justifierons ces habitudes à leurs yeux. » Puis elle ajoute : « On passe au suivant ? »

Justifier ces habitudes ? Quand ? Au jour du Jugement Dernier ? Il aimerait en entendre davantage, mais ce n'est pas le moment.

La chèvre, un bouc adulte en fait, peut à peine marcher. L'une des bourses, jaune et violacée, est enflée, gonflée comme un ballon ; l'autre n'est qu'un paquet de sang séché et de saleté. « C'est des chiens qui l'ont mis dans cet état », dit la femme. Mais l'animal n'a pas trop l'air mal en point, il est encore vif, combatif. Pendant que Bev Shaw l'examine, il laisse échapper un chapelet de crottes. Devant lui, le maintenant par les cornes, la femme fait semblant de le gronder.

Bev Shaw touche les testicules avec une compresse. Le bouc rue. « Est-ce que vous pouvez lui immobiliser les pattes ? » demande-t-elle, et elle lui indique comment faire. Il entrave la patte arrière droite à la patte avant droite. Le bouc essaie à nouveau de ruer, chancelle. Elle essuie la blessure, avec douceur. Le bouc tremble, bêle un peu : c'est un son horrible, bas, rauque.

Une fois la plaie nettoyée, il se rend compte qu'elle grouille de vers blancs qui dressent et balancent leurs têtes aveugles. Il est secoué d'un frisson. « Des mouches bleues, dit Bev Shaw. L'infection remonte à une semaine au moins. » Elle pince les lèvres. « Il y a longtemps que vous auriez dû l'amener, dit-elle à la femme.

– Oui, dit la femme. Les chiens viennent l'attaquer toutes les nuits. C'est vraiment terrible. Et un mâle comme ça, ça coûte cinq cents rands. »

Bev Shaw se redresse. « Je ne sais pas ce qu'on peut faire. Je n'ai pas assez d'expérience pour pratiquer une ablation. Elle peut attendre jeudi pour voir le docteur Oosthuizen, mais la pauvre bête restera stérile, et est-ce que c'est ça qu'elle veut ? Et puis il y a le problème des antibiotiques. Est-ce qu'elle est disposée à payer les antibiotiques ? »

Elle s'agenouille à nouveau à côté du bouc, frotte son nez sur le col de l'animal, frotte sa chevelure de haut en bas contre le pelage. Le bouc tremble mais reste tranquille. Elle fait signe à la femme de lâcher les cornes. La femme s'exécute. Le bouc ne bouge pas.

Elle parle tout bas. « Qu'est-ce que tu en dis, mon ami ? l'entend-il dire. Qu'est-ce que tu en dis, tu en as assez, hein ? »

Le bouc garde une immobilité complète, comme hypnotisé. Bev Shaw continue à le caresser de la tête. On dirait qu'elle-même est tombée en transe.

Elle se ressaisit et se relève. « C'est trop tard, j'en ai peur, dit-elle à la femme. Je ne peux pas le guérir. Vous pouvez attendre jusqu'à jeudi pour voir le vétérinaire ou vous pouvez me le laisser. Je peux lui donner une mort paisible. Il me laissera faire ça pour lui. On fait ça ? Je le garde ici ? »

La femme hésite, puis fait non de la tête. Elle commence à entraîner l'animal vers la porte.

« On vous le rendra après, dit Bev Shaw. Mais je vais l'aider à sauter le pas, c'est tout. » Bien qu'elle essaie de garder un ton posé, il perçoit dans sa voix les accents de la défaite. Le bouc les entend aussi : il se débat pour se libérer de l'entrave, il se cabre, essaie de foncer, et la grosseur obscène entre ses pattes arrière tremblote. La femme dégage l'animal, jette l'entrave par terre. L'une et l'autre s'en vont.

« Qu'est-ce que tout ça veut dire ? » demande-t-il.

Bev Shaw se cache le visage, se mouche. « Ce n'est rien. Je garde toujours de quoi faire la dernière piqûre, si c'est nécessaire. Mais on ne peut pas forcer les propriétaires des bêtes. L'animal est à eux. Ils préfèrent les abattre selon leurs méthodes à eux. Quel dommage ! Une brave bête, un bon vieux compagnon, courageux, franc, confiant. »

La dernière piqûre : c'est le nom du produit ? Les compagnies pharmaceutiques sont bien capables d'utiliser un euphémisme pareil. Dose létale, les ténèbres soudaines qui montent des eaux du Léthé.

« Il comprend peut-être plus que vous ne croyez », dit-il. A sa surprise, il essaie de la réconforter. « Il est peut-être déjà passé par là. Né avec prescience, pour ainsi dire. On est en Afrique après tout. Il y a des chèvres et des boucs depuis la nuit des temps. On n'a pas besoin de leur expliquer à quoi sert l'acier ou le feu. Ils savent comment meurent les boucs. Ils sont déjà prêts en venant au monde.

– Vous croyez ? dit-elle. Moi, je n'en suis pas sûre. Je ne crois pas que nous soyons prêts à mourir, aucun de nous, et pas sans qu'on nous accompagne. »

Les choses se mettent en place. Il commence à avoir une vague idée de la tâche que cette horrible petite femme s'est assignée. Cette bâtisse lugubre n'est pas pour prodiguer des soins – Bev n'est qu'un amateur en matière de soins vétérinaires –, c'est un dernier recours. Il se rappelle l'histoire – qui était-ce ? Saint Hubert ? – de celui qui donna refuge à un cerf arrivé en faisant sonner les dalles de la chapelle, haletant, aux abois, fuyant les chiens de la meute. Bev Shaw, pas une vétérinaire, une prêtresse plutôt, intoxiquée par les salades du New Age, et qui s'efforce de façon absurde d'alléger le fardeau des bêtes d'Afrique qui souffrent. Lucy pensait qu'il la trouverait intéressante. Mais Lucy se trompe. Intéressante n'est pas le mot qui convient.

Il passe tout l'après-midi au centre, à aider de son mieux. Quand ils en ont fini du dernier cas à traiter, Bev lui fait visiter les lieux. Dans la cage à oiseaux, il n'y a qu'un volatile, un jeune aigle pêcheur qui a une aile sur une attelle. Pour le reste, ce sont des chiens : pas les chiens de race de Lucy, bien entretenus, mais une meute de bâtards efflanqués, entassés dans deux enclos pleins à craquer, et qui aboient, jappent, gémissent, sautent d'énervement.

Il l'aide à distribuer un aliment de farine et à remplir les auges. Ils vident deux sacs de dix kilos.

« Où est-ce que vous trouvez l'argent pour payer ça ? demande-t-il.

– On l'achète en gros. On fait des quêtes dans la rue. Nous recevons des dons. Nous offrons un service gratuit pour châtrer les chiens, ce qui nous permet d'obtenir une subvention.

– Qui fait l'opération ?

– Le docteur Oosthuizen. C'est notre vétérinaire. Mais il ne vient qu'un après-midi par semaine. »

Il regarde les chiens manger. Il est surpris de voir qu'ils se battent si peu. Les plus petits, les plus faibles, se tiennent en retrait, acceptent leur sort, attendent leur tour.

« Le problème, c'est qu'il y en a trop, ils sont tout simplement trop nombreux, dit Bev Shaw. Ils ne comprennent pas ça bien sûr, et nous n'avons pas le moyen de le leur faire comprendre. Ils sont trop nombreux selon nos critères, pas selon les leurs. Ils ne feraient que croître et multiplier si on les laissait faire, et ils peupleraient la terre entière. Ils ne pensent pas que ce soit une mauvaise chose d'avoir une progéniture nombreuse. Plus on est de fous, plus on s'amuse. C'est pareil pour les chats.

– Et les rats.

– Et les rats. Ça me fait penser : vérifiez que vous n'avez pas de puces quand vous rentrerez chez vous. »

L'un des chiens, repu, les yeux brillants de bien-être, le renifle, lui lèche les doigts à travers le grillage.

« Ils ont un comportement très égalitaire, non ? observe-t-il. Pas de classe. Aucun d'entre eux ne se croit trop haut placé pour ne pas lécher le cul de l'autre. » Il s'accroupit, laisse le chien lui sentir le visage, flairer son haleine. Il lui trouve un air intelligent, mais ce n'est probablement pas le cas. « Ils vont tous mourir ?

– Ceux dont personne ne veut. On les pique.

– C'est vous qui vous chargez de ça ?

– Oui.

– Ça ne vous dérange pas ?

– Oh que si ! Ça me dérange beaucoup. Mais je ne voudrais pas que ce soit fait par quelqu'un que ça ne dérange pas. Et vous ? »

Il se tait. Et puis : « Vous savez pourquoi ma fille m'a envoyé auprès de vous ici ?

– Elle m'a dit que vous aviez des ennuis.

– Pas seulement des ennuis. Je suis, on pourrait dire, tombé en disgrâce, je suppose. »

Il observe attentivement sa réaction. Elle a l'air mal à l'aise, mais c'est peut-être une idée qu'il se fait.

« Sachant cela sur mon compte, est-ce que vous voyez encore comment m'utiliser ? dit-il.

– Si vous êtes prêt... » Elle ouvre les mains, les serre l'une contre l'autre, les ouvre à nouveau. Elle ne sait quoi dire, et il ne lui vient pas en aide.

Dans le passé, il n'a fait que de brefs séjours chez sa fille. Maintenant, il partage sa maison, sa vie. Il faut qu'il prenne garde à ne pas laisser les vieilles habitudes se réinstaller subrepticement, ses habitudes de père : changer le rouleau de papier hygiénique, éteindre la lumière dans une pièce où il n'y a personne, chasser le chat du canapé. Entraîne-toi pour tes vieux jours, se dit-il sur le ton de l'avertissement. Entraîne-toi à t'adapter. Entraîne-toi en vue de la maison de vieux.

Il prétexte qu'il est fatigué, et après le dîner se retire dans sa chambre, où lui parviennent assourdis les bruits qui accompagnent la vie de Lucy : des tiroirs qu'on ouvre et qu'on ferme, la radio, les chuchotements d'une conversation téléphonique. Est-ce qu'elle appelle Johannesburg ? Est-ce qu'elle parle à Helen ? Est-ce que sa présence chez sa fille les tient éloignées l'une de l'autre ? Est-ce qu'elles coucheraient dans le même lit, avec lui sous le même toit ? Si le lit faisait des craquements dans la nuit seraient-elles gênées ? Assez gênées pour s'arrêter ? Mais que sait-il de ce que les femmes font ensemble dans un lit ? Peut-être rien qui fasse gémir le sommier. Et que sait-il de ces deux femmes en particulier, Lucy et Helen ? Peut-être dorment-elles ensemble comme des enfants qui se câlinent, se touchent, étouffent des rires, retrouvant leur enfance de fillettes – comme des sœurs plutôt que des amantes. On partage un lit, un bain, on fait cuire des biscuits au gingembre, on échange des vêtements. L'amour saphique : une excuse pour prendre du poids.

La vérité est que cela ne lui plaît pas d'imaginer sa fille dans des étreintes passionnées avec une autre femme, et une femme moche qui plus est. Mais serait-il plus content si c'était un amant ? Que souhaite-t-il au fond pour Lucy ? Non pas qu'elle reste pour toujours une enfant, pour toujours innocente, pour toujours à lui – certainement pas. Mais il est père, c'est son lot, et en vieillissant un père se tourne de plus en plus – c'est inévitable – vers sa fille. Elle devient son deuxième salut, la fiancée de sa jeunesse revenue au monde. Il n'est pas étonnant que dans les contes de fées les reines s'acharnent sur leurs filles jusqu'à ce que mort s'en suive.

Il soupire. Pauvre Lucy ! Pauvres filles ! Quelle destinée, quel fardeau à porter ! Et les fils aussi doivent avoir leurs tribulations, mais il en sait moins sur ce qui concerne les fils.

Il voudrait bien dormir. Mais il a froid et il n'a pas du tout sommeil.

Il se lève, se jette une veste sur les épaules, se recouche. Il est en train de lire les lettres de Byron de 1820. A trente-deux ans, déjà gros, déjà à l'âge mûr, Byron habite avec les Guiccioli à Ravenne ; avec Teresa, sa maîtresse, pleine d'assurance, aux jambes courtes, et son mari onctueux et méchant. Été, grosses chaleurs, ragots de province échangés autour du thé en fin d'après-midi, on retient à peine les bâillements. « Les femmes papotent assises en rond et les hommes font d'assommantes parties de pharaon », écrit Byron. Dans l'adultère, on redécouvre tout l'ennui du mariage. « J'ai toujours considéré la trentaine comme la barrière qui nous coupe de la réalité ou de la violence des délices que nous trouvons dans les passions. »

Il soupire de nouveau. Comme l'été est court, avant que vienne l'automne, et puis l'hiver ! Il lit jusqu'à minuit, mais ne parvient pas à s'endormir.

Onze

C'EST MERCREDI. Il se lève de bonne heure, mais Lucy est déjà levée. Il la trouve en train de regarder les oies sauvages sur le barrage.

« Comme elles sont belles, dit-elle. Elles reviennent tous les ans. Les trois mêmes. J'ai de la chance qu'elles viennent me rendre visite, de la chance d'être celle qu'elles ont choisie. »

Trois. Ça serait peut-être une solution. Lui, Lucy et Mélanie. Ou lui, Mélanie et Soraya.

Ils prennent le petit déjeuner ensemble, puis vont promener les deux dobermans.

« Tu crois que tu pourrais vivre ici, dans ce coin du monde ? demande-t-elle à brûle-pourpoint.

– Pourquoi, tu as besoin de remplacer l'homme aux chiens ?

– Non, ce n'est pas à ça que je pensais. Mais sans doute tu pourrais trouver un poste à l'université de Rhodes – tu dois y connaître des gens – ou à Port Elizabeth.

– Je ne pense pas, Lucy. Je ne peux plus me recaser. Le scandale me suivra, me collera à la peau. Non, si je reprenais un emploi, il faudrait que ce soit comme un obscur préposé aux écritures dans un bureau, si on emploie encore des gens comme ça, ou comme employé dans un chenil.

– Mais si tu veux arrêter le scandale, est-ce que tu ne devrais pas tenir bon, tenir tête ? Est-ce que les ragots ne se répandent pas davantage si on lâche pied et si on se sauve ? »

Lucy avait été une enfant qui parlait peu, effacée, qui l'observait, mais autant qu'il le savait, ne le jugeait jamais. Et maintenant, à vingt-cinq ans, elle commence à prendre ses distances. Les chiens, le jardin, les livres d'astrologie, les vêtements unisexes ; il voit dans chacun de ces choix une déclaration d'indépendance, délibérée, dans un but précis. Elle s'est détournée des hommes dans le même esprit. Elle se fait une vie à elle. Elle sort de son ombre. Bien ! Il l'approuve.

« C'est ça que tu crois que j'ai fait ? Que je me suis sauvé, que j'ai fui le lieu du crime ?

– Enfin, tu t'es retiré. D'un point de vue pratique, ça revient au même, non ?

– Tu ne comprends pas, ma chérie. La défense que tu voudrais me voir opposer n'est plus possible, *basta*. Plus de nos jours. Si j'essayais de me défendre, je ne serais pas entendu.

– Ce n'est pas vrai. Même si tu es comme tu le dis, un dinosaure pour ce qui est de la morale, les gens sont curieux d'entendre un dinosaure s'exprimer. Moi, par exemple, je suis curieuse. Quelle est donc ta défense, explique-toi. »

Il hésite. Est-ce qu'elle souhaite vraiment l'entendre déballer d'autres détails sur sa vie intime ?

« Ce que j'ai à dire pour ma défense repose sur les droits du désir, dit-il. Sur le dieu qui fait trembler même les petits oiseaux. »

Il se revoit dans l'appartement de la fille, dans sa chambre, avec la pluie qui tombait à verse dehors et le radiateur dans le coin qui dégageait une odeur de pétrole, s'agenouillant au-dessus d'elle, la dépouillant de ses vêtements, tandis qu'elle laisse retomber ses bras comme une morte. *J'étais au service d'Éros :* voilà ce qu'il veut dire, mais a-t-il le front de dire cela ? *C'est un dieu qui agissait à travers moi*. Quelle vanité ! Pourtant ce n'est pas un mensonge, pas tout à fait. Dans toute cette maudite histoire, il y avait quelque chose de généreux qui cherchait à fleurir. Si seulement il avait su que le temps serait si court !

Il essaie de reprendre son explication. « Quand tu étais petite, et que nous habitions encore à Kenilworth, les voisins avaient un chien, un labrador doré. Je ne sais pas si tu te rappelles.

– Vaguement.

– C'était un mâle. Dès qu'il y avait une chienne dans le voisinage, il s'excitait, on ne pouvait plus le tenir, et ses maîtres, avec une régularité digne de Pavlov, le battaient. Ce scénario a continué jusqu'à ce que le pauvre chien ne sache plus comment se comporter. Dès qu'il flairait une chienne, il se mettait à courir en rond dans le jardin, l'oreille basse et la queue entre les jambes, il poussait des gémissements et essayait de se cacher. »

Il marque une pose.

« Je ne vois pas ce que tu cherches à démontrer », dit Lucy. Et en vérité, que cherche-t-il à démontrer ?

« Ce spectacle avait un côté ignoble qui me plongeait dans le désespoir. On peut punir un chien, me semble-t-il, s'il désobéit ou, par exemple, se fait les dents sur une pantoufle. Un chien verra la justice de la punition : il mange une pantoufle, on le bat. Mais le désir, c'est une autre histoire. Aucun animal ne verra de justice à se faire punir pour obéir à ses instincts.

– Alors il faut permettre aux mâles d'obéir à leurs instincts sans les contenir. C'est ça la morale ?

– Non, ce n'est pas ça la morale. Ce qu'il y avait d'ignoble dans le spectacle de Kenilworth, c'est que le pauvre chien s'était mis à haïr sa propre nature. Il n'était plus nécessaire de le battre. Il était prêt à se punir lui-même. A ce stade, il aurait mieux valu l'abattre.

– Ou le faire couper.

– Peut-être. Mais, au fond, je crois qu'il aurait peut-être préféré qu'on l'abatte. Il aurait peut-être préféré cela à ce qu'on lui offrait : d'une part renier sa nature, d'autre part passer le restant de ses jours à tourner dans le living, à soupirer et à flairer le chat, et à faire du lard.

– Tu as toujours pensé comme cela, David ?

– Non. Pas toujours. Quelquefois j'ai eu des sentiments tout à fait opposés, j'ai pensé que le désir est un fardeau dont on aimerait se passer.

– Je dois dire, dit Lucy, que je serais plutôt de cet avis. »

Il attend qu'elle continue, mais elle n'en fait rien. « De toute façon, dit-elle, pour revenir à ce que nous disions, on t'a mis dehors ; tes collègues sont en sécurité, ils peuvent respirer à l'aise de nouveau, pendant que le bouc émissaire erre dans le désert. »

C'est une affirmation ? Une question ? Croit-elle qu'il n'est rien d'autre qu'un bouc émissaire ?

« Je ne pense pas que le concept du bouc émissaire soit celui qui convienne le mieux, dit-il prudemment. La pratique du bouc émissaire a marché tant qu'elle avait le soutien du pouvoir religieux. On mettait les péchés de la cité sur le dos du bouc : on le mettait hors les murs, et la cité se trouvait purifiée. Cela marchait parce que chacun savait décoder le rite, y compris les dieux. Et puis, les dieux sont morts, et tout d'un coup il a fallu purifier la cité sans l'aide des dieux. Il fallait des actes, pas du symbolisme. C'est alors qu'est né le censeur, au sens que les Romains donnaient au terme. Le mot d'ordre devint alors la surveillance – la surveillance de chacun par tous. La purge a remplacé la purgation. »

Il se laisse emporter par le sujet ; il lui fait un cours. « De toute façon, conclut-il, ayant fait mes adieux à la ville, qu'est-ce que je fais dans le désert ? Je soigne les chiens. Je me retrouve le bras droit d'une femme qui se spécialise dans la stérilisation et l'euthanasie. »

Lucy rit. « Bev ? Tu penses que Bev fait partie du système répressif ? Mais Bev, tu l'impressionnes ! Tu es professeur. Elle n'avait jamais vu de professeur comme on les faisait autrefois. Elle a peur de faire des fautes de grammaire devant toi. »

Trois hommes s'avancent vers eux sur le chemin, ou plutôt deux hommes et un jeune garçon. Ils marchent vite, à grandes enjambées comme les paysans. Le chien que Lucy tient en laisse ralentit, hérisse le poil.

« Il y a lieu de s'inquiéter ? dit-il à voix basse.

– Je ne sais pas. »

Elle raccourcit les laisses des dobermans. Les hommes arrivent à leur hauteur. Signe de tête, salut, ils les ont croisés.

« Qui sont-ils ? demande-t-il.

– Je ne les ai jamais vus. »

Ils arrivent à la limite de la plantation et font demi-tour. Les inconnus ont disparu.

Comme ils approchent de la maison, ils entendent les chiens qui se déchaînent dans leurs cages. Lucy hâte le pas.

Les trois types sont là, qui les attendent. Les deux hommes se tiennent à l'écart, tandis que le plus jeune, près des cages, jette des sifflements vers les chiens et fait des gestes brusques, menaçants. Les chiens, furieux, aboient, claquent des mâchoires. Le chien que Lucy tient en laisse tire pour se libérer. Même la vieille chienne bouledogue, qu'il semble avoir adoptée comme sa chienne à lui, grogne doucement.

« Petrus ! » crie Lucy. Mais pas trace de Petrus. « Éloigne-toi des chiens ! crie-t-elle. *Hamba !* »

Le garçon s'éloigne nonchalamment et rejoint ses compagnons. Il a un visage aplati, sans expression, de petits yeux porcins ; il porte une chemise à fleurs, un petit chapeau jaune. Ses deux compagnons sont en bleu de travail. Le plus grand est beau garçon, un physique exceptionnel, le front haut, des pommettes bien découpées, les narines larges, bien ouvertes.

A l'approche de Lucy, les chiens se calment. Elle ouvre la troisième cage et y fait entrer les deux dobermans libérés de leur laisse. Geste courageux, se dit-il ; mais est-ce bien sage ?

Elle s'adresse aux hommes : « Qu'est-ce que vous voulez ? »

C'est le jeune qui parle. « Il faut qu'on téléphone.

– Pourquoi faut-il que vous téléphoniez ?

– C'est sa sœur – il fait un geste vague vers l'arrière – qu'a eu un accident.

– Un accident ?

– Oui, c'est très grave.

– Quel genre d'accident ?

– Un bébé.

– Sa sœur est en train d'avoir un bébé ?

– Oui.

– D'où êtes-vous ?

– D'Erasmuskraal. »

Lui et Lucy se regardent. Erasmuskraal, au milieu de la concession forestière, est un hameau sans électricité ni téléphone. Leur histoire tient debout.

« Pourquoi est-ce que vous n'avez pas téléphoné du centre forestier ?

– Y'a personne.

– Tu restes là », lui dit Lucy à voix basse ; puis elle s'adresse au garçon. « Lequel d'entre vous veut téléphoner ? »

Il montre le grand, le beau gars.

« Entrez », dit-elle. Elle déverrouille la porte de derrière et entre. Le grand la suit. Après quelques instants, le deuxième le bouscule et entre à son tour dans la maison.

Il se passe quelque chose de pas normal, il le sent immédiatement. « Lucy, sors, viens ici ! » crie-t-il, ne sachant trop pour l'instant s'il faut le suivre ou rester dehors et surveiller le jeune.

De la maison ne lui parvient que le silence. « Lucy ! » appelle-t-il à nouveau, et il est sur le point d'entrer lorsqu'il entend le bruit métallique du verrou qui se ferme.

« Petrus ! » crie-t-il à tue-tête.

Le jeune tourne les talons et fonce vers la porte de devant. Il lâche la laisse du bouledogue. « Attrape-le ! » crie-t-il. La chienne s'élance lourdement aux trousses du garçon.

Devant la maison, il les rattrape. Le garçon s'est emparé d'un tuteur à haricots pour tenir la chienne à distance. « Ksi... ksi... ksi ! » siffle-t-il hors d'haleine en agitant le bâton. Avec de petits grognements, la chienne lui tourne autour.

Il les laisse là et retourne quatre à quatre à la porte de la cuisine. Le battant inférieur n'est pas verrouillé : quelques bons coups de pied et il s'ouvre. Il se baisse et entre à quatre pattes dans la cuisine.

Il prend un coup sur le sommet du crâne. Il a le temps de se dire : *Si je suis encore conscient, ça va,* et puis ses jambes se dérobent sous lui et il s'affale.

Il sent qu'on le traîne par terre vers l'autre bout de la cuisine. Puis il perd conscience.

Il est à plat ventre, le visage sur le carrelage froid. Il essaie de se relever mais quelque chose l'empêche de bouger les jambes. Il referme les yeux.

Il se trouve dans les WC, les WC de la maison de Lucy. En chancelant il se met debout. La porte est fermée à clé, la clé n'est pas dans la serrure.

Il s'assied sur le siège et essaie de récupérer. Aucun mouvement dans la maison ; les chiens aboient, mais plus par devoir que parce qu'ils s'affolent.

« Lucy ! » dit-il d'une voix rauque, et puis plus fort : « Lucy ! »

Il essaie de donner des coups de pied dans la porte, mais il est sonné, et il n'y a pas de place, pas de recul et la porte est ancienne, massive.

Nous y voilà, au jour J. Sans crier gare, sans tambours ni trompettes, on y est, et il est en plein dedans. Dans sa poitrine son cœur bat à tout rompre, si fort qu'il doit savoir confusément qu'on en est là. Comment vont-ils tenir le coup devant l'épreuve, son cœur et lui ?

Son enfant est entre les mains d'étrangers. Dans une minute, dans une heure, il sera trop tard ; ce qui est en train de lui arriver sera gravé dans la pierre, sera déjà du passé.

Mais *maintenant* il n'est pas trop tard. *Maintenant* il faut qu'il fasse quelque chose.

Il a beau dresser l'oreille, aucun bruit ne lui parvient du reste de la maison. Si son enfant appelait à l'aide, même à mi-voix, sûrement il l'entendrait !

Il cogne contre la porte. « Lucy ! crie-t-il. Parle-moi ! »

La porte s'ouvre brusquement, lui faisant perdre l'équilibre. Il se trouve face à face avec le deuxième type, le plus petit, qui tient à la main par le goulot une bouteille d'un litre, vide. « Les clés, dit l'homme.

– Non. »

L'homme le pousse. Il trébuche en reculant, tombe lourdement assis. L'homme lève la bouteille. Son visage est impassible, sans le moindre signe de colère. Il s'acquitte d'une tâche : il faut obtenir que quelqu'un lui remette ce qu'il demande. Si, pour y arriver, il faut le frapper avec la bouteille, il le frappera, autant de fois qu'il le faudra, et s'il le faut il cassera aussi la bouteille.

« Prenez les clés, dit-il. Prenez tout ce que vous voulez, mais ne touchez pas à ma fille. »

Sans un mot, l'homme prend les clés et le renferme dans les WC.

Il frissonne. Un trio dangereux. Pourquoi ne s'en est-il pas aperçu à temps ? Mais ils ne le malmènent pas, pas encore. Se peut-il que ce qu'il y a à prendre dans la maison leur suffise ? Se peut-il qu'ils ne fassent pas de mal à Lucy non plus ?

De l'arrière de la maison lui parviennent des bruits de voix. Les chiens aboient plus fort de nouveau, s'excitent. Il monte sur le siège des WC et regarde à travers les barreaux de la fenêtre.

Le fusil de Lucy à la main, ainsi qu'un gros sac-poubelle plein à craquer, le deuxième homme disparaît derrière le coin de la maison. Une portière claque. Il reconnaît le bruit : c'est sa voiture. L'homme reparaît, les mains vides. L'espace d'un instant, les deux hommes se regardent droit dans les yeux. « Salut ! » dit l'homme avec un sourire sinistre, et il crie quelque chose. Il y a un éclat de rire. Un instant plus tard, le jeune le rejoint, et ils s'attardent sous la fenêtre des WC à reluquer leur prisonnier et à discuter de son sort.

Il parle l'italien, il parle le français, mais ni l'italien ni le français n'assureront son salut ici, au fin fond le plus obscur de l'Afrique. Il est désemparé, comme un personnage de bande dessinée, un missionnaire en soutane coiffé de sa calotte qui se tient les mains croisées, les yeux au ciel, tandis que les sauvages déblatèrent dans leur jargon, occupés aux préparatifs qui le mèneront au chaudron d'eau bouillante. L'évangélisme : que reste-t-il de cette grande entreprise destinée à élever les âmes ? Rien, à ce qu'il peut en voir.

Maintenant le plus grand apparaît venant du devant de la maison, le fusil à la main. D'un geste expert, il engage une cartouche dans la culasse et passe le canon à travers le grillage de la cage des chiens. Le plus gros des bergers allemands, bavant de rage, mord le métal. On entend une forte détonation; du sang et de la cervelle giclent dans la cage. Les aboiements cessent un instant. L'homme tire encore deux coups. L'un des chiens atteint en pleine poitrine meurt sur-le-champ ; un autre a une blessure béante à la gorge ; il se laisse tomber lourdement sur son arrière-train, rabat les oreilles, suivant des yeux les mouvements de cet être qui ne prend pas même la peine de donner *le coup de grâce.*

Le silence se fait. Les trois chiens qui restent, n'ayant nulle part où se cacher, reculent au fond de l'enclos, tournent en rond, gémissent doucement. L'homme prend son temps entre les coups, et les abat.

Bruits de pas dans le couloir, et la porte des WC s'ouvre à nouveau brusquement. Le deuxième type se tient devant lui ; derrière lui il aperçoit le garçon en chemise à fleurs qui mange de la glace à même l'emballage plastique. D'un coup d'épaule, il bouscule l'homme qui lui barre le passage, est presque sorti, s'étale lourdement. Un croc-en-jambe : ils doivent s'entraîner à ça au foot.

Comme il est affalé par terre, on l'asperge de la tête aux pieds d'un liquide. Les yeux lui brûlent, il essaie de les essuyer. Il reconnaît l'odeur : de l'alcool à brûler. Comme il essaie tant bien que mal de se relever, on le repousse dans les WC. Une allumette qu'on gratte, et en un instant il baigne dans la fraîcheur bleue des flammes.

Il s'est donc trompé ! Lui et sa fille ne s'en tirent pas à bon compte, après tout. Si lui peut brûler vite, il peut mourir, et s'il peut mourir, Lucy peut mourir aussi, surtout Lucy !

Il se frappe le visage comme un forcené ; ses cheveux crépitent en s'enflammant ; il se jette contre les murs, poussant des mugissements informes, derrière lesquels il n'y a pas de mots, seulement la peur. Il essaie de se relever, mais on le jette de nouveau à terre. Pendant un instant sa vue s'éclaircit et il voit à quelques centimètres de son visage un bleu de travail et une chaussure. Le bout de la chaussure rebique ; il y a quelques brins d'herbe qui dépassent de la semelle.

Une flamme danse sans bruit sur le revers de sa main. Il parvient à se mettre à genoux et plonge la main dans la cuvette. Derrière lui la porte se referme et la clé tourne dans la serrure.

Il se penche sur la cuvette, s'asperge le visage d'eau, s'arrose le dessus de la tête. Il y a une sale odeur de cheveux cramés. Il se relève, frappe ses vêtements pour éteindre les dernières flammes.

Il fait des compresses en mouillant du papier hygiénique pour se tamponner le visage. Les yeux lui piquent, une paupière se ferme déjà. Il se passe la main sur la tête et le bout de ses doigts est noir de suie. En dehors d'une plaque au-dessus d'une oreille, il semble qu'il n'ait plus de cheveux ; le cuir chevelu sur toute la tête est sensible. Tout est sensible, tout est brûlé. Brûlé. Consumé.

« Lucy ! crie-t-il. Tu es là ? »

Il lui vient l'image de Lucy en train de se débattre avec les deux hommes en bleu de travail, de leur résister de toutes ses forces. Tout son corps se convulse pour chasser cette vision.

Il entend sa voiture démarrer et les pneus qui crissent sur le gravier. C'est fini ? Ils s'en vont, il peut à peine y croire.

« Lucy ! » appelle-t-il encore et encore, et à la fin il sent percer dans sa voix le ton de la folie.

Enfin, dieu merci, la clé tourne dans la serrure. Le temps qu'il ouvre la porte, Lucy lui tourne déjà le dos. Elle est en peignoir de bain, pieds nus, les cheveux mouillés.

Il se traîne derrière elle, à travers la cuisine où la porte du réfrigérateur est grande ouverte, et le sol jonché de son contenu. Elle se tient à la porte de derrière, prenant la mesure du carnage dans les enclos à chiens. « Mes chéris, mes chéris ! » l'entend-il murmurer.

Elle ouvre la première cage et entre. Le chien blessé à la gorge respire encore tant bien que mal. Elle se penche sur lui et lui parle. Il agite doucement la queue.

« Lucy ! » appelle-t-il à nouveau, et, pour la première fois, elle pose les yeux sur lui. Son front se fronce : « Mais, grands dieux, qu'est-ce qu'ils t'ont fait ?

– Ma petite chérie ! » dit-il. Il la rejoint dans la cage et essaie de la prendre dans ses bras. Doucement, mais fermement, d'un mouvement elle se libère.

La salle de séjour est sens dessus dessous, ainsi que sa chambre. Des affaires ont été emportées : sa veste, sa meilleure paire de chaussures, et cela ne s'arrête pas là.

Il se regarde dans une glace. Ce qui reste de ses cheveux est une couche de cendre brune qui lui recouvre le crâne et le front et sous laquelle le cuir chevelu est d'un rose vif, cuisant. Il se passe la main sur la peau du visage : c'est douloureux et ça commence à suinter. L'une des paupières s'est fermée en enflant ; il n'a plus de sourcils, ni de cils non plus.

Il va à la salle de bains, mais trouve la porte fermée. « N'entre pas, dit la voix de Lucy.

– Ça va ? Tu es blessée ? »

Questions idiotes ; elle ne répond pas.

Il essaie de se débarrasser de la pellicule de cendre au robinet de la cuisine en se versant des verres d'eau sur la tête. L'eau lui coule le long du dos ; il se met à frissonner de froid.

Ça arrive tous les jours, toutes les heures, toutes les minutes, se dit-il, dans tous les coins du pays. Estime-toi heureux de t'en sortir vivant. Estime-toi heureux de ne pas être prisonnier à l'heure qu'il est, emporté dans une voiture qui fonce à tombeau ouvert, ou au fond d'un fossé, d'une donga à sec avec une balle dans la tête. Et Lucy aussi a eu de la chance. Surtout Lucy.

Il y a des risques à posséder quoi que ce soit : une voiture, une paire de chaussures, un paquet de cigarettes. Il n'y en a pas assez pour tout le monde, pas assez de chaussures, pas assez de voitures, pas assez de cigarettes. Trop de gens, pas assez de choses. Et ce qu'il y a doit circuler pour que tout un chacun ait l'occasion de connaître le bonheur le temps d'une journée. C'est la théorie. Tiens-t'en à la théorie et à ce qu'elle a de réconfortant. Il ne s'agit pas de méchanceté humaine, mais d'un grand système de circulation des biens, avec lequel la pitié et la terreur n'ont rien à voir. C'est ainsi qu'il faut voir la vie dans ce pays : sous son aspect schématique. Sinon on pourrait devenir fou. Les voitures, les chaussures, les femmes aussi. Le système doit bien prévoir une place pour les femmes et ce qui leur arrive.

Lucy est entrée et se trouve derrière lui. Elle a mis un pantalon et un imperméable ; ses cheveux sont peignés en arrière, son visage propre n'a pas la moindre expression. Il la regarde dans les yeux. « Ma chérie, ma petite chérie… » dit-il, et soudain les larmes l'étouffent.

Elle ne fait pas un geste pour le calmer. « Ta tête, ça a l'air affreux, remarque-t-elle. Il y a de l'huile d'amande dans l'armoire de la salle de bains. Va t'en mettre. Ta voiture est partie ?

– Oui. Je crois qu'ils ont pris la direction de Port Elizabeth. Il faut que j'appelle la police.

– Impossible. Le téléphone est en miettes. »

Elle le laisse là. Il s'assied sur le lit et attend. Il s'est enveloppé dans une couverture, mais il continue à frissonner. L'un de ses poignets est enflé et parcouru d'élancements douloureux. Il n'arrive pas à se rappeler comment il s'est blessé. Il commence à faire nuit. L'après-midi semble avoir passé en un éclair.

Lucy revient. « Ils ont dégonflé les pneus du minibus, dit-elle. Je vais à pied jusque chez Ettinger. Je n'en ai pas pour longtemps. » Puis après un silence : « David, quand on te posera des questions, je te prie de t'en tenir à ce que tu as à raconter, à ce qui t'est arrivé, d'accord ? »

Il ne comprend pas.

« Toi, tu racontes ce qui t'est arrivé ; moi, je raconte ce qui m'est arrivé, répète-t-elle.

– Tu fais une erreur, dit-il d'une voix qui s'éteint pour n'être qu'un râle.

– Non, ce n'est pas une erreur.

– Ma petite, ma petite », dit-il en lui tendant les bras. Elle ne s'approche pas, alors il rejette sa couverture, se lève et la prend dans ses bras. Dans son étreinte, elle reste raide comme un poteau, ne se laisse pas aller, pas du tout.

Douze

ETTINGER EST UN VIEILLARD bourru qui parle anglais avec un fort accent allemand. Sa femme est morte, ses enfants sont retournés en Allemagne, il est le seul de la famille à être resté en Afrique. Il arrive dans sa camionnette, avec Lucy sur le siège du passager, et il attend sans couper le contact.

« Ça non, je ne vais nulle part sans mon Beretta », dit-il, une fois qu'ils ont pris la route de Grahamstown. Il tapote l'étui qu'il porte à la hanche. « Il faut assurer son salut soi-même, parce que ce n'est pas la police qui va vous sauver, plus de nos jours, vous pouvez en être sûrs. »

Est-ce qu'Ettinger a raison ? S'il avait eu une arme, aurait-il sauvé Lucy ? Il en doute. S'il avait eu une arme, ils seraient sans doute morts à l'heure qu'il est, lui et Lucy, l'un et l'autre.

Il remarque que ses mains tremblent, très légèrement. Lucy a les bras croisés sur la poitrine. Est-ce que c'est parce qu'elle tremble aussi ?

Il pensait qu'Ettinger allait les emmener à la police. Mais il s'avère que Lucy lui a dit d'aller à l'hôpital.

« Pour toi ou pour moi ? demande-t-il.

– Pour toi.

– Mais à la police, est-ce qu'ils ne vont pas demander à me voir aussi ?

– Tu n'as rien à leur dire que je ne puisse leur dire moi-même, réplique-t-elle. Ou je me trompe ? »

A l'hôpital elle entre devant lui, d'un pas décidé, par une porte sur laquelle il est indiqué URGENCES ; elle remplit le formulaire pour lui, l'installe dans la salle d'attente. Elle respire la force, elle sait ce qu'elle veut, alors qu'en ce qui le concerne on dirait que les tremblements ont gagné son corps tout entier.

« S'ils ne te gardent pas, tu attends ici, dit-elle d'un ton ferme. Je vais revenir te chercher.

– Et toi ? »

Elle hausse les épaules. Si elle tremble, elle ne le laisse pas voir.

Il trouve à s'asseoir entre, d'un côté, deux grosses filles qui pourraient être deux sœurs – l'une d'elles tient un enfant qui pleurniche –, et, de l'autre côté, un homme qui a un pansement ensanglanté sur une main. Il y a onze personnes devant lui. La pendule au mur indique 5 h 45. Il ferme le bon œil et passe dans un état second d'où il continue à entendre les deux sœurs *chuchotantes* qui parlent à voix basse. Quand il rouvre l'œil, la pendule indique toujours 5 h 45. Est-elle cassée ? Non : l'aiguille des minutes saute et s'arrête sur 5 h 46.

Au bout de deux heures, une infirmière l'appelle, et il faut encore attendre son tour pour voir le seul médecin de garde, une jeune Indienne.

« Les brûlures à la tête ne sont pas graves, dit-elle, mais il faut faire attention qu'elles ne s'infectent pas. » Elle passe plus de temps à examiner l'œil. Les paupières sont collées l'une à l'autre ; quand elle les sépare il souffre le martyre. « Vous avez de la chance, dit-elle après l'avoir examiné. L'œil lui-même n'est pas touché. S'ils avaient utilisé du pétrole, ce serait une autre affaire. »

Il sort de la salle de consultation la tête pansée, emmaillotée dans des bandes, un bandeau sur l'œil, un paquet de glace attaché au poignet. Dans la salle d'attente il est surpris de trouver Bill Shaw. Bill, qui a une tête de moins que lui, l'empoigne par les épaules. « Un scandale, un vrai scandale, dit-il. Lucy est chez nous. Elle voulait venir vous chercher elle-même mais Bev ne l'a pas laissée faire. Comment ça va ?

– Ça va. Des brûlures légères, rien de grave. Je suis désolé de vous gâcher la soirée.

– Allons donc ! dit Bill Shaw. C'est à ça que servent les amis. Vous auriez fait la même chose à ma place. »

Prononcés sans la moindre ironie, ces mots s'installent dans sa tête et ne veulent plus le lâcher. Bill Shaw s'imagine que si lui, Bill Shaw, avait reçu un coup sur la tête et avait été mis à feu, lui, David Lurie, aurait pris sa voiture pour aller à l'hôpital, aurait attendu, sans même un journal à lire, pour le ramener chez lui. Bill Shaw croit que, parce que lui et David Lurie un jour ont pris une tasse de thé ensemble, David est son ami, et que tous les deux ont des obligations l'un envers l'autre. Est-ce que Bill Shaw a raison ou tort ? Est-ce que Bill Shaw, qui est né à Hankey, à moins de deux cents kilomètres d'ici, et qui est employé dans une quincaillerie, a si peu d'expérience du monde qu'il ne sait pas qu'il y a des hommes qui ne se lient pas facilement d'amitié, dont l'attitude envers les amitiés entre hommes est marquée d'un scepticisme corrosif ? Le mot anglais moderne *friend* vient du vieil anglais *freond*, dérivé de *freon*, aimer. Est-ce que, aux yeux de Bill Shaw, boire le thé ensemble scelle un pacte d'amour ? Pourtant sans les Bill et Bev Shaw, sans le vieil Ettinger, sans des liens d'une sorte ou d'une autre, où serions-nous ? Dans la ferme dévastée, avec le téléphone cassé, parmi les chiens morts.

« C'est une histoire scandaleuse, répète Bill Shaw dans la voiture. Atroce. C'est déjà assez horrible de lire ça dans les journaux, mais quand ça arrive à quelqu'un qu'on connaît – il secoue la tête – on comprend de quoi il s'agit. C'est comme si on se retrouvait en guerre, une fois de plus. »

Il ne prend pas la peine de répondre. Le jour n'est pas mort encore, mais bien vivant. *Guerre. Atrocité :* chacun des mots qu'on emploie pour essayer de mettre un terme à ce jour, le jour l'engouffre dans sa gueule noire.

Bev Shaw les accueille à la porte. « Lucy a pris un sédatif, annonce-t-elle, elle est allée s'allonger ; il vaut mieux ne pas la déranger.

– Elle est allée à la police ?

– Oui. Ils ont signalé le vol de votre voiture.

– Et elle a vu un médecin ?

– Elle s'est occupée de tout. Et vous ? Lucy dit que vous êtes bien brûlé.

– J'ai des brûlures, mais ce n'est pas aussi grave que ça en a l'air.

– Alors, vous devriez manger quelque chose et vous reposer.

– Je n'ai pas faim. »

Elle lui fait couler de l'eau dans leur grande baignoire de fonte comme on les faisait autrefois. Il s'étend de tout son long, grand corps pâle, dans l'eau d'où monte de la vapeur et il essaie de se décontracter. Mais au moment de sortir du bain il glisse et manque de tomber : il est faible comme un tout petit enfant, et est pris de vertige. Il doit appeler Bill Shaw et subir l'indignité de se faire aider pour sortir de la baignoire, se faire aider pour se sécher, pour enfiler un pyjama qu'on lui prête. Plus tard, il entend Bill et Bev qui parlent à voix basse, et il sait que c'est de lui qu'ils parlent.

A l'hôpital on l'a muni d'un tube de cachets analgésiques, d'un paquet de compresses pour brûlures et d'un petit gadget en aluminium, un repose-tête. Bev Shaw l'installe sur un canapé qui sent le chat ; il s'étonne de s'endormir si facilement. Au milieu de la nuit, il se réveille, l'esprit absolument clair. Il a eu une vision : Lucy lui a parlé ; ses paroles – « Viens vers moi, sauve-moi ! » – résonnent encore à ses oreilles. Dans la vision qu'il a d'elle, elle est debout, elle tend les mains, ses cheveux mouillés sont rejetés en arrière, dans un champ de lumière blanche.

Il se lève, trébuche contre une chaise qu'il envoie dinguer. La lumière s'allume et Bev Shaw est devant lui en chemise de nuit. « Il faut que je parle à Lucy », marmonne-t-il. Il a la bouche sèche, la langue épaisse.

La porte de la pièce où se trouve Lucy s'ouvre. Lucy n'est pas du tout comme elle lui est apparue dans sa vision. Elle a le visage gonflé de sommeil, elle est en train d'attacher la ceinture d'un peignoir qui n'est de toute évidence pas le sien.

« Excuse-moi. J'ai fait un rêve », dit-il. Le mot *vision* tout d'un coup est trop démodé, déplacé. « Je croyais que tu m'appelais. »

Lucy fait non de la tête. « Je ne t'appelais pas. Va dormir maintenant. »

Elle a raison, bien sûr. Il est trois heures du matin. Mais il ne peut s'empêcher de remarquer que pour la deuxième fois en une journée elle lui parle comme on parle à un enfant – un enfant ou un vieillard.

Il essaie en vain de se rendormir. Ce doit être un effet des cachets, se dit-il : pas une vision, pas même un rêve, une hallucination induite chimiquement. Néanmoins, la silhouette de la femme dans le champ de lumière s'attarde devant lui. « Sauve-moi ! » crie sa fille. Les mots sont clairs, ils résonnent, pressants. Est-il possible que l'âme de Lucy ait réellement quitté son corps pour venir à lui ? Se pourrait-il que les gens qui ne croient pas aux âmes en aient une malgré tout, une âme qui aurait une vie autonome ?

Il y a encore des heures à passer avant le lever du soleil. Son poignet lui fait mal, ses yeux brûlent, son cuir chevelu est douloureux et le démange. Avec précaution, il allume la lampe et se lève. Enveloppé d'une couverture, il ouvre la porte de Lucy et entre. Il y a une chaise à côté du lit ; il s'assied. Il sent qu'elle ne dort pas.

Qu'est-il en train de faire ? Il veille sur sa petite, il la protège, il tient les mauvais esprits à distance. Au bout d'un long moment, il sent qu'elle commence à se détendre. Un petit bruit quand ses lèvres s'entrouvrent, et un ronflement si léger qu'il l'entend à peine.

Le matin, Bev Shaw lui sert un petit déjeuner de cornflakes et de thé, puis disparaît dans la chambre de Lucy.

« Comment va-t-elle ? » demande-t-il lorsqu'elle revient.

Pour toute réponse, Bev Shaw secoue la tête d'un petit mouvement laconique. Cela ne vous regarde pas, semble-t-elle dire. La menstruation, l'accouchement, le viol et ses séquelles : des affaires de sang ; le fardeau qu'une femme doit porter, le domaine exclusif des femmes.

Ce n'est pas la première fois qu'il se demande si les femmes ne seraient pas plus heureuses dans des collectivités de femmes où elles accepteraient les visites des hommes uniquement quand elles le voudraient bien. Il a peut-être tort de considérer Lucy comme une homosexuelle. Il se peut tout simplement qu'elle préfère la compagnie des femmes. Ou peut-être les lesbiennes ne sont-elles rien d'autre que des femmes qui n'ont pas besoin des hommes.

Rien d'étonnant à ce qu'elles s'insurgent avec tant de véhémence contre le viol, elle et Helen. Le viol, dieu du chaos, de l'amalgame, violateur des barrières d'isolement. Violer une lesbienne, pis encore que violer une vierge : plus traumatisant encore. Savaient-ils ce qu'ils faisaient ces hommes ? Ce qu'est Lucy, cela se sait-il à la ronde ?

A neuf heures, une fois Bill Shaw parti au travail, il frappe à la porte de Lucy. Elle est couchée, le visage tourné vers le mur. Il s'assied auprès d'elle, lui touche la joue. Elle est mouillée de larmes.

« Ce n'est pas un sujet facile à aborder, dit-il, mais est-ce que tu as vu un médecin ? »

Elle s'assied et se mouche. « J'ai vu mon médecin traitant hier au soir.

– Et il fait ce qu'il faut pour parer à toute éventualité ?

– Elle, dit-elle. Elle, pas lui. Non – et une pointe de colère perce dans sa voix –, comment pourrait-elle ? Comment veux-tu qu'un médecin pare à toute éventualité ? Réfléchis un peu ! »

Il se lève. Si elle veut se montrer irritable, il peut lui rendre la pareille. « Excuse-moi de poser la question. Qu'est-ce que nous comptons faire aujourd'hui ?

– Qu'est-ce que nous comptons faire ? Retourner à la ferme et nettoyer.

– Et ensuite ?

– Ensuite, on continue comme avant.

– A la ferme ?

– Évidemment, à la ferme.

– Sois raisonnable, Lucy. Les choses ne sont plus comme avant. On ne peut pas reprendre les choses là où on les a laissées.

– Pourquoi pas ?

– Parce que ce n'est pas une bonne idée. A cause du manque de sécurité.

– Il n'y a jamais eu de sécurité, et ce n'est pas une idée, bonne ou mauvaise. Je ne retourne pas là-bas pour une idée. J'y retourne, c'est tout. »

Assise sur le lit, dans la chemise de nuit qu'on lui a prêtée, elle lui tient tête, le cou raide, les yeux étincelants. Ce n'est pas la petite fille à son papa, plus aujourd'hui.

Treize

Avant de partir il faut qu'il fasse refaire ses pansements. Dans la salle de bains exiguë, Bev Shaw ôte les bandes qui lui entourent la tête. La paupière est toujours fermée et des cloques se sont formées sur le crâne, mais les dégâts ne sont pas aussi sérieux qu'ils auraient pu l'être. L'endroit le plus douloureux est le pavillon de son oreille droite : c'est la seule partie de lui, comme l'a dit la jeune femme médecin, qui ait réellement pris feu.

Avec une solution stérile, Bev lave la peau rose, à vif sous le cuir chevelu brûlé, puis avec une pince à épiler elle dispose le pansement jaune enduit d'huile sur sa tête. Elle lui applique délicatement une pommade sur les plis de la paupière et sur l'oreille. Elle travaille sans parler. Il repense au bouc soigné au centre, et se demande si, en se laissant aller entre ses mains, il éprouvait le même sentiment de paix.

« Voilà », dit-elle en se reculant.

Il examine l'image qu'il voit dans la glace, avec sa petite calotte bien serrée et son bandeau sur l'œil. « Impeccable », dit-il, mais en lui-même il pense : une tête de momie.

Une fois de plus il essaie d'aborder le sujet du viol. « Lucy dit qu'elle a vu son médecin hier au soir.

– Oui.

– Il y a les risques de grossesse, poursuit-il avec insistance. Les risques de maladie vénérienne. Le risque du sida. Est-ce qu'il ne faudrait pas qu'elle voie aussi un gynécologue ? »

Bev Shaw change de position, mal à l'aise. « Il faut poser la question à Lucy vous-même.

– Je le lui ai demandé, mais il n'y a pas moyen d'obtenir une réponse raisonnable de sa part.

– Reposez-lui la question. »

Il est plus de onze heures, mais Lucy ne bouge toujours pas, n'apparaît pas. Désœuvré, il va et vient dans le jardin. Il sent le poids d'une humeur de grisaille tomber sur lui. Ce n'est pas seulement parce qu'il ne sait à quoi s'occuper. Les événements d'hier lui ont donné un choc qui l'ébranle au plus profond de lui-même. Les tremblements, la faiblesse ne sont que les conséquences superficielles de ce choc. Il a le sentiment qu'à l'intérieur un organe vital a été meurtri, brutalisé – ce pourrait même être son cœur. Pour la première fois il a un avant-goût de ce que ce sera d'être un vieillard, fatigué, une carcasse fourbue, sans espoirs, sans désirs, indifférent à l'avenir. Affalé sur une chaise en plastique dans les relents de plumes de poulets et de pommes pourrissantes, il sent son intérêt pour les choses de ce monde le quitter, goutte à goutte. Il faudra des semaines peut-être, peut-être des mois pour qu'il se vide de son sang, mais il perd son sang. A la fin il ne sera plus qu'un squelette de mouche pris dans une toile d'araignée, qui s'effritera si on le touche, plus léger que la paille d'un grain de riz, prêt à être emporté par le vent.

Il ne peut attendre aucun soutien de Lucy. Patiemment, en silence, Lucy doit se battre pour sortir des ténèbres et retrouver la lumière. Jusqu'à ce qu'elle se soit retrouvée, c'est à lui qu'incombe de s'occuper de leur vie quotidienne. Mais tout cela est arrivé trop vite. C'est un fardeau pour lequel il n'est pas prêt : la ferme, le jardin, les chenils. L'avenir de Lucy, son avenir à lui, l'avenir du pays tout entier – tout cela l'indiffère, voudrait-il dire. Que toute cette chienne de vie aille à vau-l'eau, il s'en fiche. Quant à ceux qui leur ont rendu visite, il leur souhaite de souffrir où qu'ils se trouvent à présent, mais il préfère ne pas penser à eux.

Ce n'est que le contrecoup, se dit-il, le contrecoup de l'invasion qu'ils ont subie. D'ici quelque temps l'organisme reprendra le dessus, et moi, le fantôme qui l'habite, je redeviendrai ce que j'étais naguère. Mais il sait bien que la vérité est tout autre. Le plaisir qu'il trouvait à la vie a été mouché comme une chandelle. Comme une feuille au fil de l'eau, comme une vesse-de-loup portée par la brise, il flotte, de-ci, de-là, vers sa fin dernière. Il le voit bien, c'est clair et cela l'emplit (pas moyen de chasser le mot) de désespoir. Le sang de la vie s'échappe de son corps et c'est le désespoir qui le remplace, le désespoir, comme un gaz inerte, sans odeur, insipide, sans vertu nutritive. On inspire, les membres se détendent, et tout devient indifférent, même au moment où la lame presse sur la gorge.

On sonne à la porte : deux jeunes policiers, tout fringants dans leurs uniformes neufs, prêts à commencer leur enquête. Lucy sort de sa chambre, l'air défait, dans les vêtements qu'elle portait hier. Elle ne veut rien prendre pour le petit déjeuner. Suivie par le fourgon de la police, Bev les ramène à la ferme.

Les cadavres des chiens gisent dans les cages, là où ils ont été abattus. La chienne bouledogue, Katy, est là : ils l'aperçoivent qui boude près de l'étable, elle reste à distance. De Petrus, pas la moindre trace.

Une fois dans la maison, les policiers enlèvent leur casquette, se la glissent sous le bras. Il se tient en retrait, laisse Lucy leur raconter la version de l'histoire qu'elle a décidé de donner. Ils écoutent respectueusement, notant scrupuleusement tout ce qu'elle dit, noircissent les pages de leur carnet d'une écriture nerveuse. Ils sont de la même génération, mais elle leur fait peur malgré tout, comme si elle était une créature souillée et que sa souillure risquait de leur sauter dessus et de les contaminer.

Il y avait trois hommes, dit-elle comme si elle récitait une histoire, ou plutôt deux hommes et un garçon plus jeune. Ils ont trouvé un prétexte pour qu'on les laisse entrer dans la maison, et ils ont pris (elle donne une liste) de l'argent, des vêtements, un poste de télévision, un lecteur de CD, un fusil et des cartouches. Lorsque son père s'est interposé, ils l'ont brutalisé, ils l'ont arrosé d'alcool à brûler, ont essayé de le faire brûler. Puis ils ont abattu les chiens et sont partis dans la voiture de son père. Elle donne une description des hommes, de ce qu'ils portaient, de la voiture.

Tout le temps qu'elle parle, Lucy ne le quitte pas des yeux, comme si elle puisait des forces en lui, ou alors pour le défier de la contredire. Lorsque l'un des officiers lui demande : « Combien de temps a duré l'incident ? », elle dit : « Vingt minutes, une demi-heure. » Contrevérité, comme il le sait, et comme elle le sait aussi. Cela a pris bien plus longtemps. Combien de temps de plus ? Le temps qu'il fallait pour finir ce qu'ils avaient à faire avec la dame de la maison.

Il ne l'interrompt pas pour autant. *Quelque chose qui le laisse indifférent :* c'est à peine s'il écoute Lucy débiter son histoire. Des mots qui planent aux confins de sa mémoire depuis hier au soir commencent à prendre forme. *Deux vieilles dames enfermées dans les WC / Elles y sont restées du lundi au samedi / Personne ne les savait là*. Enfermé dans les WC pendant qu'on abusait de sa fille. Une ritournelle lui revient de son enfance comme pour l'accuser d'un doigt moqueur. *Oh dear, what can the matter be ?* Oh, mon dieu, qu'est-ce qui ne va donc pas ? Le secret de Lucy ; sa honte.

Avec précaution, les policiers mènent leur inspection dans toute la maison. Pas de sang. Pas de meubles renversés. Le saccage de la cuisine a été remis en ordre (par Lucy ? quand ?). Derrière la porte de la cuisine, deux allumettes brûlées, qu'ils ne remarquent même pas.

Dans la chambre de Lucy, plus de draps ni de couverture sur le grand lit. *Le lieu du crime*, se dit-il ; et comme s'ils lisaient sa pensée, les policiers détournent les yeux et passent dans une autre pièce.

Une maison silencieuse par un matin d'hiver, rien de plus, rien de moins.

« Un détective va venir prendre les empreintes digitales, disent-ils en partant. Essayez de ne toucher à rien. Si vous vous apercevez d'autres objets qui manquent, donnez-nous un coup de fil au commissariat. »

Ils sont à peine partis qu'arrive l'équipe de Telkom pour réparer le téléphone, puis le père Ettinger. A propos de Petrus absent, Ettinger dit d'un air sombre : « Pas un sur qui compter. » Il va envoyer un *boy* pour réparer le minibus, dit-il.

Dans le passé, il a vu Lucy monter sur ses grands chevaux en entendant prononcer le mot *boy*. Aujourd'hui elle ne réagit pas.

Il raccompagne Ettinger à la porte.

« Pauvre Lucy, dit Ettinger. Cela a dû être terrible pour elle. Mais enfin, ça aurait pu être pire encore.

– Ah bon ? Comment ça ?

– Ils auraient pu l'embarquer avec eux. »

La remarque lui en bouche un coin. Il n'est pas fou, Ettinger.

Enfin, il se retrouve seul avec Lucy. « Si tu me dis où enterrer les chiens, je vais le faire, propose-t-il. Qu'est-ce que tu vas dire aux propriétaires ?

– Je vais leur dire la vérité.

– Ton assurance va couvrir ça ?

– Je n'en sais rien. Je ne sais pas si les polices d'assurance couvrent les massacres. Il va falloir que je me renseigne. »

Un instant de silence. « Pourquoi est-ce que tu ne racontes pas toute l'histoire, Lucy ?

– J'ai raconté toute l'histoire. Toute l'histoire se résume à ce que j'ai dit. »

Il secoue la tête d'un air sceptique. « Je ne doute pas que tu aies tes raisons, mais dans un contexte plus large, est-ce que tu es sûre que ce soit ce qu'il y a de mieux à faire ? »

Elle ne répond pas et il n'insiste pas, pour le moment. Mais il se met à penser aux trois intrus, aux trois assaillants, trois hommes qu'il ne reverra sans doute jamais, et qui font pourtant maintenant partie de sa vie pour toujours, ainsi que de la vie de sa fille. Les hommes vont lire les journaux, écouter ce que les gens racontent. Ils liront qu'on les recherche pour vol et coups et blessures, et rien d'autre. Ils comprendront que, sur le corps de la femme, le silence se fait, se tire comme une couverture. *Elle a trop honte*, se diront-ils entre eux, *trop honte pour aller raconter*, et ils riront à gorge déployée en se rappelant leur haut fait. Lucy est-elle prête à leur concéder cette victoire ?

Il creuse une fosse à l'endroit que lui indique Lucy, près de la limite de la propriété. Une tombe pour six chiens adultes. Bien que la terre ait été récemment labourée, cela lui prend près d'une heure, et quand il en a fini, il a mal aux reins, il a mal aux bras, son poignet le fait de nouveau souffrir. Tant bien que mal il transporte les cadavres dans une brouette. Le chien qui a un trou dans la gorge découvre encore ses crocs tachés de sang. Comme des poissons qu'on tue par balle dans un tonneau. Méprisable, et pourtant exaltant sans doute, dans un pays où les chiens sont dressés à grogner dès qu'ils flairent l'odeur d'un Noir. Un après-midi de travail satisfaisant, qui donne le vertige, comme la vengeance. Un par un il laisse tomber les chiens dans la fosse, puis il la comble.

Il rentre pour trouver Lucy en train d'installer un lit de camp dans le petit office mal aéré qui lui sert de débarras.

« C'est pour qui ça ? demande-t-il.

– Pour moi.

– Pourquoi pas la chambre d'amis ?

– Les lattes du plafond sont fichues.

– Et la grande pièce de derrière ?

– Le congélateur fait trop de bruit. »

Ce n'est pas vrai. Le congélateur dans la pièce de derrière fait à peine entendre un ronronnement. C'est à cause de ce qu'il y a dans le congélateur que Lucy ne veut pas dormir dans cette pièce : des abats, des os, de la viande pour des chiens qui n'en ont plus besoin.

« Installe-toi dans ma chambre, dit-il. Moi, je dormirai ici. » Et séance tenante il se met à rassembler ses affaires pour les transporter.

Mais veut-il vraiment venir occuper cette cellule, pleine de cartons de bocaux vides empilés dans un coin et une unique lucarne qui donne au sud ? Si les fantômes des violeurs de Lucy hantent encore sa chambre, il faut sûrement les chasser, ne pas leur permettre de se l'approprier pour en faire leur sanctuaire. Il transporte donc ses affaires dans la chambre de Lucy.

Le soir tombe. Ils n'ont pas faim, mais ils se mettent à table. Manger est un rite, et les rites rendent les choses plus faciles.

Aussi doucement qu'il le peut, il avance de nouveau sa question. « Lucy, ma chérie, pourquoi ne veux-tu pas le dire ? C'était un acte criminel. Il n'y a pas de honte à être la victime d'un crime. Ce n'est pas toi qui as choisi d'être l'objet de ce crime. Tu es innocente dans cette affaire. »

Assise en face de lui, Lucy inspire profondément, se ressaisit, laisse l'air s'échapper et secoue la tête.

« Est-ce que je devine juste ? dit-il. Est-ce que tu essaies de me rappeler quelque chose ?

– Est-ce que j'essaie de te rappeler quoi ?

– Ce que les hommes font subir aux femmes.

– C'est bien la dernière chose qui me viendrait à l'idée. Tout cela n'a rien à voir avec toi, David. Tu veux savoir pourquoi je n'ai pas porté plainte pour une certaine chose. Je vais te le dire à condition que tu sois d'accord pour ne plus jamais aborder le sujet. La raison est qu'en ce qui me concerne, ce qui m'est arrivé est une affaire strictement privée. En d'autres temps, en d'autres lieux, cela pourrait être considéré d'intérêt public. Mais ici, aujourd'hui, ce n'est pas le cas. C'est mon affaire, ça ne regarde que moi.

– Ici, ça veut dire quoi ?

– Ça veut dire l'Afrique du Sud.

– Je ne suis pas d'accord. Je ne suis pas d'accord avec ce

que tu fais. Est-ce que tu te figures qu'en acceptant humblement ce qui t'est arrivé, tu peux te distinguer des fermiers comme Ettinger ? Est-ce que tu t'imagines que ce qui est arrivé est une épreuve d'examen : si tu passes, on te donne un diplôme et un sauf-conduit pour l'avenir, ou une inscription à peindre sur le linteau de ta porte qui écartera la peste si elle passe par là ? Ce n'est pas comme ça que ça marche la vengeance, Lucy. La vengeance est comme un feu dévorant, plus il dévore, plus il a faim.

– Arrête ça, David ! Je ne veux pas entendre parler de peste et de feu. Je n'essaie pas seulement de sauver ma peau. Si c'est ce que tu t'imagines, tu te trompes complètement.

– Alors, aide-moi à comprendre. Est-ce que c'est une forme de salut privé, séparé, que tu cherches à t'assurer ? Espères-tu expier les crimes du passé en souffrant dans le présent ?

– Non. Tu continues à ne pas me comprendre. La culpabilité et le salut sont des abstractions. Tant que tu n'essaieras pas de voir ça, je ne peux pas t'aider à comprendre. »

Il veut répondre, mais elle lui coupe la parole. « David, nous étions bien d'accord. Je ne veux pas poursuivre cette conversation. »

Jamais ils n'ont été aussi loin, aussi cruellement séparés l'un de l'autre. Il est bouleversé.

Quatorze

Le lendemain. Un autre jour. Ettinger téléphone pour proposer de leur prêter une arme, « en attendant ». « Merci, répond-il. Nous allons y réfléchir. »

Il sort les outils de Lucy et répare la porte de la cuisine du mieux qu'il le peut. Ils devraient mettre des barreaux, des portes de sécurité, une clôture tout autour de la propriété, comme l'a fait Ettinger. Ils devraient faire de la maison un bastion. Lucy devrait acheter un revolver et un émetteur radio, et prendre des leçons de tir. Mais y consentira-t-elle jamais ? Elle est ici parce qu'elle aime cette terre, et le mode de vie *ländlich* d'antan. Et si ce mode de vie est condamné à disparaître, que va-t-il lui rester à aimer ?

On réussit à amadouer Katy pour la faire sortir de sa cachette et on l'installe dans la cuisine. Elle est morose et craintive, elle suit Lucy partout, accrochée à ses talons. La vie ne s'écoule plus d'un instant à l'autre comme avant. La maison est comme un lieu étranger, violé ; ils sont continuellement sur le qui-vive, ils dressent l'oreille.

Et puis voilà Petrus qui revient. Un vieux camion ahane sur les ornières de l'allée et s'arrête devant l'étable. Petrus descend de la cabine, dans un costume trop petit pour lui, suivi de sa femme et du chauffeur. De l'arrière du camion les deux hommes déchargent des cartons, des poteaux enduits de créosote, des plaques de tôle galvanisée, un rouleau de tuyau plastique, et enfin, dans un grand tintamarre, deux moutons pas encore tout à fait adultes, que Petrus attache à un piquet de la clôture. Le camion tourne autour de l'étable et redescend l'allée en pétaradant. Petrus et sa femme disparaissent dans l'étable. Bientôt un panache de fumée s'élève du pot de cheminée en amiante.

Il continue à observer ce qui se passe. Au bout d'un moment, la femme de Petrus apparaît, et d'un geste large, avec aisance, vide un seau. Une belle femme, se dit-il, avec sa jupe aux chevilles et son foulard drapé en hauteur sur sa tête, comme une paysanne. Une belle femme, un homme qui a de la chance. Mais où étaient-ils donc ?

« Petrus est de retour, dit-il à Lucy, avec tout un chargement de matériaux de construction.

– Tant mieux.

– Pourquoi est-ce qu'il ne t'a pas dit qu'il s'absentait ? Ça ne te paraît pas suspect qu'il ait disparu précisément à ce moment-là ?

– Je n'ai pas d'ordres à donner à Petrus. Il est son propre maître. »

Fin de non-recevoir, mais il laisse passer. Il a décidé de tout laisser passer, avec Lucy, pour l'instant.

Lucy s'isole, n'exprime aucun sentiment, ne s'intéresse à rien autour d'elle. C'est lui, qui n'y connaît rien à la terre, qui doit faire sortir les canards, se débrouiller des vannes et faire arriver l'eau pour sauver le jardin de la sécheresse. Lucy passe des heures sur son lit, les yeux dans le vide, ou à regarder de vieux magazines dont elle semble avoir un stock inépuisable. Elle les feuillette avec des gestes impatients comme si elle cherchait quelque chose qu'elle ne trouve pas. Plus de trace d'*Edwin Drood*.

Il repère Petrus près du barrage, dans son bleu de travail. C'est plutôt bizarre qu'il ne soit pas venu prendre des instructions auprès de Lucy. Il le rejoint, on se salue. « Vous avez dû apprendre que nous avons subi un vol sérieux mercredi pendant que vous n'étiez pas là.

– Oui. J'ai entendu dire, dit Petrus. Mauvais ça, très mauvais. Mais maintenant ça va. »

Est-ce que ça va ? Est-ce que lui va bien ? Est-ce que Lucy

va bien ? Est-ce une question que pose Petrus ? Ça n'a pas l'air d'être une question, mais il ne peut pas, en toute décence, le prendre autrement. La question en fait c'est : que faut-il répondre ?

« Je suis vivant, dit-il. Tant qu'on est vivant, ça va, j'imagine. Alors oui, ça va. » Il se tait, attend, laisse le silence s'installer, un silence que Petrus devrait rompre en posant la question qui s'impose : *Et Lucy, comment ça va ?*

Ce n'est pas le cas. « Est-ce que Lucy va aller au marché demain ? demande Petrus.

– Je ne sais pas.

– Parce qu'elle va perdre son stand si elle n'y va pas, dit Petrus. Enfin, ça se pourrait. »

« Petrus veut savoir si tu vas au marché demain, dit-il à Lucy. Il a peur que tu perdes ton stand.

– Et si vous y alliez tous les deux ? dit-elle. Moi, je n'ai pas le courage.

– Tu es sûre ? Ça serait dommage de manquer une semaine. »

Elle ne répond pas. Elle préfère se tenir à l'abri des regards, et il sait bien pourquoi. C'est à cause de l'opprobre. A cause de la honte. Ils ont bien réussi, les visiteurs de mercredi : voilà ce qu'ils ont fait à cette jeune femme, moderne, pleine de confiance en elle. Comme une tache qui s'étale, l'histoire gagne toute la région. Et ce n'est pas l'histoire qu'elle a à raconter, mais la leur : l'histoire leur appartient. Comme ils l'ont bien remise à sa place, comme ils lui ont bien montré ce qu'on fait des femmes.

Avec un seul œil valide, et sa calotte blanche, il n'est pas lui-même sans timidité pour se montrer en public. Mais pour Lucy, il fait ce qu'il y a à faire au marché, assis à côté de Petrus derrière leur étal ; il supporte les regards des curieux, répond poliment aux amis de Lucy qui veulent bien exprimer leur commisération : « Oui, nous avons perdu une voiture, dit-il. Et les chiens, bien sûr, tous sauf un. Non, non, ma fille va bien, mais elle n'était pas dans son assiette aujourd'hui. Non, nous ne sommes pas optimistes, la police est débordée, comme vous savez, j'en suis sûr. Oui, je ne manquerai pas de le lui dire. »

Il lit leur histoire dans un article du *Herald*. *Des assaillants inconnus*, c'est ainsi qu'on désigne les hommes. « Trois assaillants inconnus ont attaqué Mlle Lucy Lourie et son vieux père dans leur petite exploitation aux abords de Salem, et ont emporté des vêtements, des appareils électroniques et une arme à feu. L'incident a pris un tour bizarre lorsque les voleurs ont abattu six chiens de garde avant de prendre la fuite dans une Toyota Corolla de 1993 immatriculée CA 507644. M. Lourie, qui a été légèrement blessé lors de l'agression, a été soigné à l'hôpital local et a été autorisé à rentrer chez lui. »

Il se réjouit de voir qu'on n'établit aucun rapport entre le père âgé de Mlle Lourie et David Lurie, disciple du poète, chantre de la nature, William Wordsworth, et jusqu'à une date récente professeur à l'Université technique du Cap.

Pour ce qui est des ventes au marché, il n'a pas grand-chose à faire. C'est Petrus qui met leurs marchandises à l'étalage, prestement, efficacement, c'est lui qui connaît les prix, encaisse l'argent, rend la monnaie. C'est Petrus en réalité qui fait tout le travail, pendant qu'il est sur son pliant et se frotte les mains pour les réchauffer. On se croirait au bon vieux temps, *baas en Klaas*, le maître et le vilain. Sauf qu'il ne se permet pas de donner des ordres à Petrus. Petrus fait ce qu'il y a à faire, ça s'arrête là.

Cependant, les profits sont en baisse : moins de trois cents rands. Lucy n'est pas là, c'est l'explication, cela ne fait aucun doute. Il faut recharger les boîtes de fleurs, les sacs de légumes dans le minibus. Petrus secoue la tête : « Pas bon, ça. »

Jusqu'ici Petrus n'a fourni aucune explication pour justifier son absence. Petrus a le droit d'aller et venir à sa guise ;

il a usé de ce droit, il a aussi le droit de garder le silence. Mais une question demeure sans réponse : Petrus sait-il qui étaient les inconnus ? Est-ce un mot que Petrus a lâché qui a fait de Lucy leur cible, plutôt, par exemple, que le père Ettinger ? Petrus était-il au courant de ce qu'ils allaient faire ?

Jadis, on aurait pu s'expliquer avec Petrus. Jadis, on aurait pu se permettre de s'expliquer avec Petrus, au point de se mettre en colère, de l'envoyer au diable et d'en embaucher un autre à sa place. Mais, si Petrus reçoit des gages, Petrus n'est plus, au sens strict du terme, un employé. C'est difficile en fait de définir précisément ce qu'est Petrus. Le mot qui semble le plus approprié est celui de *voisin*. Petrus est à l'heure qu'il est un voisin qui vend sa force de travail, parce que cela lui convient. Il se vend sous contrat, contrat dont il n'y a pas de trace écrite, et ce contrat ne prévoit pas qu'il puisse être congédié parce que des soupçons pèsent sur lui. Ils vivent dans un monde tout nouveau, lui et Lucy et Petrus. Petrus le sait bien, et lui le sait aussi, et Petrus sait qu'il le sait.

Malgré tout, il est à l'aise avec Petrus, il serait même prêt, tout en restant quelque peu sur ses gardes, à l'aimer. Petrus est de sa génération. Il ne fait aucun doute que Petrus est passé par bien des choses, il ne fait aucun doute qu'il a une histoire à conter. Il ne verrait pas d'inconvénient à entendre Petrus raconter son histoire un de ces jours. Mais il préférerait ne pas l'entendre dans la langue anglaise, réductrice. De plus en plus, il est persuadé que l'anglais n'est pas le médium capable d'exprimer la vérité de l'Afrique du Sud. De longues suites de mots dans le code anglais, dans de longues séries de phrases, se sont empâtées, ont perdu leurs articulations, se sont désarticulées, raidies, roidies. Comme un dinosaure qui expire et s'enfonce dans la boue, la langue a perdu sa souplesse. Si elle devait épouser le moule de l'anglais, l'histoire de Petrus en ressortirait percluse, un conte d'antan.

Ce qui lui plaît en Petrus, c'est son visage, son visage et ses mains. S'il existe quelque chose comme l'honnête labeur, Petrus en porte les marques. Homme patient, vaillant à la tâche, dur au travail. Un *paysan*, un homme de la campagne. Retors et matois, et sans nul doute menteur aussi, comme les paysans le sont partout. Honnête labeur et honnête roublardise.

Il n'est pas sans avoir des soupçons sur ce que Petrus cherche à faire, tôt ou tard. Petrus ne se contentera pas de labourer son hectare et demi, pour toujours. Lucy est restée là plus longtemps que sa bande d'amis hippies en mal de vie de bohème, mais pour Petrus, Lucy ne pèse pas lourd : elle n'est qu'un amateur qui joue à la fermière avec enthousiasme, mais qui n'est pas une paysanne. Petrus voudrait reprendre les terres de Lucy. Ensuite, il voudrait y ajouter celles d'Ettinger, ou du moins assez pour y faire paître un troupeau. Avec Ettinger, ce sera une autre paire de manches. Lucy est là de passage. Ettinger est un paysan comme Petrus, un homme de la terre, tenace, enraciné, *eingewurzelt*. Mais un de ces jours Ettinger mourra, et le fils Ettinger a pris la fuite. Ettinger n'a pas été malin. Un bon paysan fait en sorte d'avoir de nombreux fils.

Petrus a une vision de l'avenir dans laquelle les gens comme Lucy n'ont pas de place. Mais cela ne fait pas forcément de lui un ennemi pour autant. La vie des paysans a toujours été une question de voisins qui intriguent les uns contre les autres, qui se souhaitent des calamités, de mauvaises récoltes, qui veulent voir l'autre ruiné, mais quand ça va mal, on se prête main-forte.

L'interprétation la pire, la plus sombre, serait de penser que Petrus a pris trois hommes de main pour donner une leçon à Lucy, leur laissant le butin pour gages. Mais il ne peut croire à ce scénario, ce serait trop simple. Ce qu'il soupçonne être la vérité vraie est quelque chose de nature beaucoup plus – il cherche le mot juste – *anthropologique*, quelque chose qui prendrait des mois pour arriver au fond, des mois de conversation patiente, sans se presser, avec des dizaines de gens, et qui demanderait les services d'un interprète.

Par ailleurs il croit dur comme fer que Petrus savait qu'il se tramait quelque chose ; il croit qu'il aurait pu avertir Lucy. C'est pour cela qu'il s'entête sur le sujet. C'est pour cela qu'il continue à tanner Petrus.

Petrus a vidé le barrage de retenue et il débarrasse le ciment des algues qui s'y sont développées. C'est un travail désagréable. Néanmoins, il lui propose son aide. Mal à l'aise dans les bottes de caoutchouc de Lucy trop petites pour lui, il descend dans le bassin, avançant avec précaution sur la surface glissante. Pendant un moment lui et Petrus travaillent de concert, ils raclent, grattent le ciment, débarrassent la boue à grandes pelletées.

« Vous savez, Petrus, dit-il, j'ai peine à croire que les hommes qui sont venus ici étaient des étrangers. J'ai peine à croire qu'ils sont venus d'ailleurs, qu'ils ont surgi de nulle part, qu'ils ont fait ce qu'ils ont fait, et qu'ils ont disparu comme des fantômes. J'ai peine à croire qu'ils s'en sont pris à nous tout simplement parce que nous étions les premiers Blancs qu'ils ont rencontrés ce jour-là. Qu'est-ce que vous en pensez ? Est-ce que je me trompe ? »

Petrus fume la pipe, une pipe ancienne avec un tuyau recourbé et un petit couvercle d'argent sur le fourneau. Le voilà qui se redresse, sort la pipe de la poche de son bleu, soulève le couvercle, tasse le tabac dans le fourneau et suce la pipe sans l'allumer. Il contemple d'un air absorbé le mur du barrage, les collines, l'étendue de la plaine. Son visage exprime une sérénité absolue.

« Il faut que la police les retrouve, finit-il par dire. Il faut qu'ils les retrouvent et qu'ils les mettent en prison. C'est le boulot de la police.

– Mais la police ne les retrouvera pas si on ne l'aide pas. Ces hommes connaissaient l'existence de la station forestière. Je suis persuadé qu'ils savaient que Lucy vit ici.

Comment auraient-ils su tout ça s'ils étaient totalement étrangers à la région ? »

Petrus préfère penser que ce n'est pas là une question. Il met sa pipe dans sa poche, laisse sa pelle pour prendre un balai.

« Il ne s'agit pas seulement d'un vol, Petrus, continue-t-il obstinément. Ils ne sont pas venus seulement pour voler. Ils ne sont pas venus seulement pour me faire ça. » Il porte la main à sa tête pansée, au bandeau qu'il a sur l'œil. « Ils sont venus pour faire autre chose aussi. Vous savez bien ce que je veux dire, ou si vous ne le savez pas, vous n'avez sûrement aucun mal à le deviner. Après ce qu'ils ont fait, vous ne pouvez pas espérer que Lucy va reprendre sa vie comme si de rien n'était. Je suis le père de Lucy. Je veux qu'on arrête ces hommes, qu'ils passent en justice et qu'ils soient punis. Est-ce que j'ai tort ? Est-ce que j'ai tort de vouloir que justice soit faite ? »

Peu lui importe maintenant comment il va arracher à Petrus les mots qu'il veut entendre, mais il veut les entendre.

« Non. Vous n'avez pas tort. »

Tout d'un coup il sent la colère monter en lui, il est pris par surprise. Il ramasse sa pelle et rageusement décolle du fond du bassin de grandes plaques qu'il balance par-dessus son épaule de l'autre côté du mur. Il se met en garde : *Tu es en train de te mettre en rage, arrête ça !* Et pourtant, à cet instant, il voudrait prendre Petrus à la gorge. *Si ça avait été ta femme au lieu de ma fille,* voudrait-il dire à Petrus, *tu ne serais pas en train de bourrer ta pipe et de peser tes mots avec tant de circonspection. Violation :* voilà le mot qu'il voudrait arracher à Petrus. *Oui, c'était une violation,* voilà ce qu'il voudrait l'entendre dire ; *oui, c'était un outrage.*

En silence, côte à côte, lui et Petrus finissent leur nettoyage.

Voilà comment il passe ses journées à la ferme. Il aide Petrus à nettoyer le système d'irrigation. Il empêche le jardin de dépérir. Il emballe ce qu'ils emportent au marché. Il aide Bev Shaw au centre. Il balaie, il fait la cuisine, il fait tout ce que Lucy ne fait plus. Il est occupé du lever du jour au coucher du soleil.

Son œil guérit avec une rapidité surprenante : au bout de tout juste une semaine, il peut s'en servir et se passer du bandeau. Les brûlures prennent plus longtemps. Il garde sa calotte de bandes et un pansement sur l'oreille. L'oreille, quand on la découvre, a l'air d'un mollusque rose sorti de sa coquille : il ne sait pas quand il aura le cran de l'exposer aux regards des autres.

Il achète un chapeau pour se protéger du soleil et, dans une certaine mesure, pour dissimuler son visage. Il essaie de s'habituer à avoir l'air bizarre, plus que bizarre, repoussant – comme une créature pitoyable que les enfants reluquent dans la rue. « Pourquoi cet homme a l'air si drôle ? » demandent-ils à leurs mères, qui les font taire.

Il va aussi peu que possible dans les magasins de Salem, et seulement le samedi à Grahamstown. Tout d'un coup, il s'est transformé en reclus, un reclus de campagne. Il a fini de courir. Même si le cœur est aimant comme autrefois, même si la lune continue à briller aussi clair. Qui aurait cru que cela finirait si vite, si brusquement, la chasse, l'amour ?

Rien ne lui donne à croire que leurs malheurs sont arrivés jusqu'au Cap pour alimenter les ragots. Néanmoins, il veut s'assurer que Rosalind n'apprendra pas l'histoire dans une version déformée. A deux reprises, il essaie de lui téléphoner, sans succès. La troisième fois qu'il appelle l'agence de voyages où elle travaille, on lui dit que Rosalind est à Madagascar pour étudier les possibilités là-bas ; on lui donne un numéro de fax à Tananarive.

Il rédige un message : « Lucy et moi avons eu un coup de malchance. On a volé ma voiture. Il y a eu une échauffourée, et j'ai été quelque peu mis à mal. Rien de grave – nous allons bien tous les deux, mais cela nous a donné un coup. Je préfère te le dire pour prévenir les rumeurs qui pourraient courir. J'espère que tu t'amuses bien. » Il montre le texte à Lucy pour avoir son approbation, puis le passe à Bev Shaw qui le transmettra. A Rosalind, au fin fond de l'Afrique.

L'état de Lucy ne s'améliore pas. Elle passe ses nuits debout, prétendant qu'elle ne peut pas dormir ; et puis, l'après-midi, il la trouve endormie sur le canapé, suçant son pouce comme une enfant. Elle a perdu tout appétit : c'est lui qui doit essayer de lui présenter des choses qui pourraient la tenter, et il cuisine des plats qui sortent de l'ordinaire parce qu'elle refuse de toucher à la viande.

Ce n'est pas pour cela qu'il est venu ici – pour être coincé dans un trou, loin de tout, pour tenir les démons à distance, pour soigner sa fille, en s'occupant d'une affaire qui périclite. S'il avait un but précis en venant ici, c'était se ressaisir, retrouver des forces. En fait, ici il se perd un peu plus chaque jour.

Les démons ne le laissent pas tranquille. Il a ses cauchemars aussi, dans lesquels il patauge dans un lit de sang ou, hors d'haleine, hurlant sans produire le moindre son, il cherche à échapper à un homme au visage de faucon, comme un masque du Bénin, comme Thot. Une nuit, presque comme un somnambule, pris de folie ou presque, il défait son lit, retourne même le matelas, à la recherche de taches.

Et puis il y a toujours ce projet sur Byron. Des livres qu'il a apportés du Cap, il ne reste que deux volumes – de correspondance –, les autres étaient dans le coffre de la voiture volée. La bibliothèque municipale de Grahamstown n'a rien à offrir, si ce n'est des recueils de morceaux choisis. Mais a-t-il besoin d'en lire plus ? Que lui faut-il savoir de plus sur la façon dont Byron et la dame dont il avait fait la connaissance passaient le temps dans le vieux Ravenne ? N'a-t-il pas réuni ce qu'il lui faut pour inventer un Byron fidèle à Byron, et une Teresa à l'avenant ?

Pour dire toute la vérité, il repousse l'entreprise depuis

des mois : le moment où il faudra faire face à la page blanche, jouer la première note, et voir ce que ça vaut. Il a déjà quelques bribes en tête, un duo des amants, les lignes mélodiques de la soprano et du ténor, qui s'entrelacent, se lovent sans paroles, comme des serpents. Une mélodie qui ne culmine jamais, le bruissement d'écailles de serpent sur des escaliers de marbre ; et, vibrant dans le fond, la voix de baryton du mari humilié. Est-ce là où ce funeste trio trouvera enfin la vie, non pas au Cap mais dans l'ancienne Cafrerie ?

Quinze

Les deux jeunes moutons restent à l'attache toute la journée à côté de l'étable, sur un coin de sol pelé. Leurs bêlements, insistants et monotones, commencent à l'agacer. Il va voir Petrus, qu'il trouve occupé à bricoler son vélo retourné, à l'envers sur la selle, les roues en l'air. « Ces moutons, dit-il, vous ne croyez pas qu'on pourrait les attacher quelque part où ils auraient de quoi brouter ?

– Les moutons sont pour la fête, dit Petrus. Samedi, je vais les abattre pour la fête. Il faut que vous veniez, vous et Lucy. Je vous invite à la fête avec Lucy.

– Samedi ?

– Oui. Je fais une fête samedi. Une grande fête.

– Merci de l'invitation. Mais même si les moutons sont pour la fête, vous ne pensez pas qu'ils pourraient brouter en attendant ? »

Une heure plus tard, les moutons sont toujours à l'attache et continuent à bêler tristement. Pas de Petrus en vue. Exaspéré, il les détache et les entraîne du côté du barrage où il y a de l'herbe en abondance.

Les moutons boivent longuement, puis sans hâte se mettent à brouter. Ce sont des caraculs, au museau noir, identiques par leur taille, leur toison, et même dans leurs mouvements. Des jumeaux, très probablement destinés dès leur naissance au couteau du boucher. Bon, rien d'extraordinaire à ça. Il y a belle lurette qu'on a vu un mouton mourir de vieillesse. Les moutons ne s'appartiennent pas, leur vie ne leur appartient pas. Ils n'existent que pour être utilisés, totalement, jusqu'au dernier gramme, la chair pour être mangée, les os mis en poudre et donnés en pâtée à la volaille. Tout y passe, sauf peut-être la vésicule biliaire que personne ne mange. Descartes aurait dû penser à ça : l'âme en suspens dans le noir, fiel amer, qui se cache.

« Petrus nous invite à une fête, dit-il à Lucy. Pourquoi fait-il une fête ?

– Pour célébrer le transfert de propriété, j'imagine. L'acte sera enregistré le premier du mois prochain. C'est un grand jour pour lui. Il faut au moins que nous allions nous montrer, qu'on leur apporte un cadeau.

– Il va abattre deux moutons. Je ne pensais pas qu'il y avait de quoi donner à manger à beaucoup de monde avec deux moutons.

– Petrus est radin. Dans le temps, il aurait pris un bœuf.

– Je ne sais pas, mais je n'aime pas trop ses façons de faire : il amène les bêtes chez lui pour qu'elles se familiarisent avec ceux qui vont les manger.

– Qu'est-ce que tu voudrais qu'il fasse ? Que la chose se fasse aux abattoirs et que tu n'aies pas à y penser ?

– Oui

– Tu rêves, réveille-toi, David. On est à la campagne. On est en Afrique. »

Lucy prend depuis quelque temps un ton hargneux dont il ne voit pas la raison. Il réagit d'habitude en rentrant dans sa coquille, par le silence. Il y a des périodes où ils sont comme deux étrangers sous le même toit.

Il se dit qu'il faut être patient, que Lucy vit encore le contrecoup de l'agression, qu'il faut laisser le temps passer pour qu'elle redevienne elle-même. Mais s'il se trompait ? Si, après une agression pareille, on n'était plus jamais le même ? Si une agression pareille vous changeait du tout au tout et faisait de vous quelqu'un d'autre, quelqu'un de plus sombre ?

Il y a même une explication plus sinistre aux sautes d'humeur de Lucy, une explication qu'il ne peut chasser de son esprit. « Lucy, lui demande-t-il, le jour même, à brûle-pourpoint, tu ne me caches rien, n'est-ce pas ? Tu n'as pas attrapé quelque chose avec ces hommes ? »

Elle est assise sur le canapé, en peignoir sur son pyjama, elle joue avec le chat. Il est midi passé. Le chat est jeune, vif, primesautier. Elle balance le bout de la ceinture du peignoir devant lui. Le chat frappe la ceinture de petits coups de pattes rapides, un, deux, trois, quatre.

« Des hommes ? dit-elle. Quels hommes ? » D'un geste du poignet elle fait sauter la ceinture sur le côté, et le chat bondit pour s'en saisir.

Quels hommes ? Le cœur lui manque. Est-ce qu'elle devient folle ? Est-ce qu'elle refuse de se souvenir ?

Mais il semblerait qu'elle le taquine, c'est tout. « David, je ne suis plus une enfant. J'ai vu un médecin. On m'a fait des examens, j'ai fait tout ce qu'on peut raisonnablement faire. Il n'y a plus qu'à attendre.

– Je vois. Et quand tu dis *attendre*, tu veux dire attendre ce que je crois que tu veux dire ?

– Oui.

– Ça prendra combien de temps ? »

Elle hausse les épaules. « Un mois. Trois mois. Plus longtemps. La science n'a pas encore fixé le délai, combien de temps il faut attendre. Pour toujours, peut-être. »

Le chat fait un bond vers la ceinture, mais le jeu est fini. Il s'assied à côté de sa fille ; le chat saute du canapé, s'éloigne à pas lents. Il prend la main de Lucy. Maintenant qu'il est tout près d'elle, une vague odeur de pas frais, de pas lavé lui vient aux narines. « Au moins, ça ne sera pas pour toujours, ma chérie, dit-il. Au moins tu n'auras pas à subir ça. »

Les moutons passent le reste de la journée près du barrage où il les a mis à l'attache. Le lendemain matin ils sont de retour sur le coin pelé près de l'étable.

Ils ont probablement deux jours devant eux, jusqu'à samedi

matin. C'est une façon plutôt lamentable de passer les deux derniers jours de sa vie. Les habitudes de la campagne – c'est ce que Lucy dit de ce genre de choses. Lui appelle ça autrement : l'indifférence, le manque de cœur. Si la campagne peut se permettre de juger la ville, la ville peut bien en faire autant.

Il a pensé acheter les moutons à Petrus. Mais cela mènera à quoi ? Petrus utilisera l'argent pour acheter d'autres animaux à abattre et empochera la différence. Et de toute façon, qu'est-ce qu'il fera des moutons une fois qu'il aura payé le prix pour les arracher à la servitude ? Va-t-il les lâcher sur la grand-route ? Les enfermer dans les cages à chiens et leur donner du foin ?

On dirait qu'il s'est noué un lien entre lui-même et les deux caraculs, il ne sait trop comment. Ce n'est pas un lien d'affection. Ce n'est pas même un lien entre ces deux-là en particulier, qu'il ne reconnaîtrait pas au milieu d'un troupeau dans une prairie. Cependant, tout d'un coup et sans raison, leur sort lui importe.

Il se tient devant eux, en plein soleil, attendant que se taise le bourdonnement qu'il a dans la tête, attendant un signe.

Il y a une mouche qui essaie de pénétrer dans l'oreille de l'un d'eux. L'oreille tressaille. La mouche s'envole, tourne en rond, revient, se pose. L'oreille a un nouveau tressaillement.

Il avance d'un pas. Le mouton recule gauchement aussi loin que le lui permet la longe qui le retient.

Il revoit Bev Shaw en train de câliner le vieux bouc aux testicules en capilotade, de le caresser, le réconforter, d'entrer dans sa vie. Comment arrive-t-elle à communier ainsi avec les bêtes ? Elle a le chic, c'est sûr, et lui pas. Il faut être quelqu'un d'un genre spécial, peut-être, quelqu'un de moins compliqué.

Le soleil radieux du printemps lui tape sur le visage. Faut-il que je change ? se demande-t-il. Faut-il que je devienne comme Bev Shaw ?

Il parle à Lucy. « J'ai réfléchi à cette fête de Petrus. Pour tout dire, je préférerais ne pas y aller. Est-ce que je peux faire ça sans être mal élevé ?

– C'est lié aux moutons qu'il va abattre ?

– Oui. Non. Pas vraiment. Je n'ai pas changé de point de vue là-dessus, si c'est ce que tu me demandes. Je persiste à croire que les animaux ne sont pas des êtres qui ont une vie propre, en tant qu'individus. Il est donné à certains d'entre eux de vivre, d'autres meurent ; je ne crois pas que cela vaille la peine de se torturer là-dessus. Et pourtant...

– Et pourtant ?

– Et pourtant, dans le cas présent, cela me gêne. Je ne saurais pas dire pourquoi.

– Eh bien, Petrus et ses invités ne vont sûrement pas renoncer à leurs côtelettes par égard pour toi ou pour ne pas froisser ta sensibilité.

– Ce n'est pas ce que je demande. Mais pour cette fois, je préférerais ne pas être de la fête. Désolé. Je n'aurais jamais cru qu'un jour je tiendrais des propos pareils.

– Les voies du Seigneur sont impénétrables, David.

– Ne te moque pas de moi. »

Samedi approche. Jour de marché. « Est-ce qu'on va tenir le stand au marché ? » demande-t-il. Elle hausse les épaules. « Comme tu veux », dit-elle. Il ne va pas au marché ce samedi.

Il ne pose pas de question sur ce qu'elle a décidé. En fait, il est soulagé.

Les préparatifs en vue des festivités organisées par Petrus commencent à midi le samedi avec l'arrivée d'une bande de femmes, elles sont une demi-douzaine, endimanchées, à ce qui lui semble, comme si elles allaient à l'église. Derrière l'étable, elles mettent le feu en route. Bientôt le vent lui apporte l'odeur âcre des abats qu'on fait bouillir, d'où il conclut que le méfait est accompli, le double méfait, et que c'est fini.

Devrait-il pleurer ? Convient-il de pleurer la mort d'êtres qui ne marquent pas le deuil de leurs semblables ? Au fond de son cœur, il ne trouve qu'une vague tristesse.

Trop près, se dit-il : nous vivons trop près de Petrus. C'est comme si on partageait une maison avec des étrangers, partageant les bruits et les odeurs.

Il va frapper à la porte de Lucy. « Tu ne veux pas venir te promener un peu ? demande-t-il.

– Non, je te remercie. Emmène Katy. »

Il emmène la chienne, mais elle marche si lentement, elle est si renfrognée qu'il s'énerve, la renvoie à la maison et se met seul en route pour un tour de huit kilomètres, d'un bon pas, pour essayer de se fatiguer.

A cinq heures les invités commencent à arriver, en voiture, en taxi, à pied. Posté derrière le rideau de la cuisine, il observe ce qui se passe. La plupart d'entre eux sont de la génération de leur hôte, des gens posés, respectables. Arrive une vieille femme autour de laquelle on s'empresse particulièrement : vêtu de son costume bleu et d'une chemise rose voyante, Petrus descend jusqu'au bas du chemin pour l'accueillir.

Il fait déjà nuit lorsque arrivent les plus jeunes. La brise apporte confusément le bruit des bavardages, des rires, de la musique, une musique qui lui rappelle Johannesburg dans sa jeunesse. C'est plutôt supportable, se dit-il – plutôt gai, même.

« Il est temps d'y aller, dit Lucy. Tu viens ? »

Elle n'a pas sa tenue habituelle : ce soir elle porte une robe qui lui arrive aux genoux et des talons hauts, ainsi qu'un collier de perles de bois peintes et des pendants d'oreilles assortis. L'ensemble est d'un effet qui le laisse perplexe.

« D'accord. Je viens. Je suis prêt.

– Tu n'as pas apporté de costume ?

– Non.

– Mets une cravate, au moins.

– Je croyais qu'on était à la campagne.

– Raison de plus pour s'habiller. C'est un grand jour pour Petrus. »

Elle a une petite torche électrique à la main. Ils montent le chemin jusqu'à la maison de Petrus, le père et la fille, bras dessus, bras dessous, elle éclaire le chemin, lui porte le cadeau qu'ils vont offrir.

Ils s'arrêtent sur le pas de la porte, souriants. Petrus n'est pas en vue, mais une petite fille avec une robe de fête vient vers eux et les fait entrer.

La vieille étable n'a pas de plafond, et pour ainsi dire pas de revêtement de sol, mais au moins, c'est vaste, et au moins il y a l'électricité. Des lampes avec des abat-jour et des reproductions aux murs (*Les Tournesols* de Van Gogh, une dame en bleu de Tretchikof, Jane Fonda en Barbarella, Doctor Khumalo en train de marquer un but) rendent l'espace moins lugubre.

Ils sont les seuls Blancs. Certains dansent sur le vieux jazz africain qu'il a entendu plus tôt. Des regards curieux se posent sur eux, ou peut-être seulement sur sa calotte de pansements.

Lucy connaît certaines des femmes. Elle se lance dans les présentations. Puis Petrus apparaît à leurs côtés. Il ne joue pas à l'hôte empressé, ne leur offre pas à boire, mais il dit : « Plus de chiens. Je ne suis plus l'homme aux chiens », que Lucy prend comme une plaisanterie ; tout donc, semble-t-il, se passe bien.

« Nous vous avons apporté quelque chose, dit Lucy ; mais je devrais peut-être le donner à votre femme. C'est pour la maison. »

Du coin cuisine, si on peut appeler ça comme ça, Petrus fait venir sa femme. C'est la première fois qu'il la voit de près. Elle est jeune – plus jeune que Lucy –, un visage plaisant plutôt que joli, timide, visiblement enceinte. Elle prend la main que lui tend Lucy, mais ne prend pas la sienne, ne le regarde pas dans les yeux.

Lucy dit quelques mots en xhosa et lui présente le paquet. Il y a maintenant une demi-douzaine de curieux autour d'eux.

« Il faut qu'elle l'ouvre, dit Petrus.

– Oui, il faut l'ouvrir », dit Lucy.

En faisant bien attention de ne pas déchirer le papier cadeau décoré de mandolines et de branches de laurier, la jeune épouse ouvre le paquet. C'est un grand morceau d'étoffe assez joliment imprimé d'un motif ashanti. « Merci, dit-elle en anglais à voix basse.

– C'est un dessus-de-lit, explique Lucy à Petrus.

– Lucy est notre bienfaitrice », dit Petrus. Puis s'adressant à Lucy : « Vous êtes notre bienfaitrice. »

Mot déplaisant, lui semble-t-il, à double tranchant, qui gâche cet instant. Mais peut-on en vouloir à Petrus ? La langue dans laquelle il puise avec tant d'aplomb est, si seulement il le savait, une langue fatiguée, friable, mangée de l'intérieur, comme par les termites. On ne peut guère plus se fier qu'aux monosyllabes, et encore, pas tous.

Mais que peut-on faire ? Rien. Lui, qui jadis enseignait la communication, ne voit rien à faire. Rien, si ce n'est tout reprendre à zéro, avec le *b.a.-ba*. D'ici que reviennent les longs mots reconstruits, purifiés, fiables de nouveau, il sera mort depuis longtemps.

Il frissonne comme si une oie marchait sur sa tombe.

« Le bébé, le bébé c'est pour quand ? » demande-t-il à la femme de Petrus.

Elle le regarde sans comprendre.

« Pour octobre, intervient Petrus. Le bébé est pour octobre. Nous espérons que ce sera un garçon.

– Ah bon. Qu'est-ce que vous avez contre les filles ?

– Nous prions le ciel que ce soit un garçon, dit Petrus. C'est toujours mieux si le premier est un garçon. Comme ça il peut montrer à ses sœurs, il peut leur montrer comment se conduire. C'est ça. » Puis après un silence : « Une fille, ça coûte très cher. » Il frotte le bout de son pouce contre le gras de l'index. « Des sous, toujours des sous, des sous. »

Il n'a pas vu faire ce geste depuis longtemps. Il se faisait autrefois à propos des Juifs : des sous, des sous, des sous, avec le même mouvement de tête d'un air entendu. Mais il est plus que probable que Petrus est innocent, que ce détail de culture européenne n'est pas arrivé jusqu'à lui.

« Les garçons peuvent coûter cher aussi, fait-il remarquer, faisant ce qu'il peut pour nourrir la conversation.

– Il faut leur acheter ci, il faut leur acheter ça, poursuit Petrus qui se lance dans une tirade et n'écoute plus. De nos jours, les hommes ne paient plus pour les femmes. Mais moi, je paie. » Il fait un geste protecteur au-dessus de la tête de sa femme, qui baisse modestement les yeux. « Moi, je paie, mais c'est passé de mode. Les vêtements, toutes les jolies choses, c'est toujours pareil : il faut payer, payer, payer. » Il refait le geste du pouce frotté contre le gras de l'index. « Non, non, un garçon, c'est mieux. Sauf votre fille. Votre fille, c'est différent. Elle vaut bien un garçon, enfin presque ! » Et il rit de son bon mot. « Pas vrai, Lucy ! »

Lucy sourit, mais il sait qu'elle est gênée. « Je vais danser », murmure-t-elle, et elle s'éloigne.

Sur la piste, elle danse toute seule, se livre à un exercice de solipsisme, comme cela se fait de nos jours, semble-t-il, quand on danse. Elle est bientôt rejointe par un homme jeune, grand, souple, habillé avec recherche. Il danse face à elle ; il claque des doigts, lui adresse de grands sourires, il lui fait la cour.

Des femmes commencent à entrer, venant de derrière la bâtisse, portant des plateaux de viande grillée. Il flotte dans l'air des odeurs appétissantes. Une cohorte de nouveaux arrivés envahit la salle, des jeunes, bruyants, animés, pas vieux jeu du tout. La fête commence à battre son plein.

Il se retrouve avec une assiette bien remplie entre les mains. Il la passe à Petrus. « Non, dit Petrus, vous gardez ça, c'est pour vous. On ne va pas se passer des assiettes toute la soirée. »

Petrus et sa femme passent beaucoup de temps avec lui, le mettent à l'aise. Ils sont gentils, se dit-il. Des gens de la campagne.

Il jette un coup d'œil vers Lucy. Le jeune gars danse tout près d'elle maintenant, avec de grands mouvements de jambes, tape des pieds, agite les bras, il s'amuse bien.

Dans l'assiette qu'il tient, il y a deux côtelettes de mouton, une pomme de terre cuite sur les braises, une louchée de riz qui nage dans de la sauce, une tranche de potiron. Il se trouve une chaise, qu'il partage avec un vieillard décharné aux yeux vitreux. Je vais manger ça, se dit-il. Je vais manger ça et je demanderai pardon après.

Et puis, soudain, Lucy est à côté de lui, la respiration courte, le visage tendu. « Est-ce qu'on peut partir ? Ils sont là, dit-elle.

– Qui est là ?

– J'en ai vu un derrière l'étable. David, je ne veux pas faire d'histoires, mais est-ce qu'on peut partir tout de suite ?

– Prends ça. » Il lui donne son assiette et sort par la porte de derrière.

Il y a presque autant d'invités dehors que dedans, massés autour du feu, qui parlent, boivent, rient. Depuis l'autre côté du feu, quelqu'un le regarde fixement. Tout d'un coup, les choses se mettent en place. Il connaît ce visage, il le connaît intimement. Il se fraie un passage dans la foule des corps. *Je vais faire du foin*, se dit-il. *C'est dommage, un jour pareil. Mais il est des choses qui ne peuvent pas attendre.*

Il vient se planter devant le garçon. C'est le troisième de la bande, l'apprenti au visage sans expression, le chien courant. « Je vous connais », dit-il d'un air menaçant.

Le garçon ne semble pas être étonné. Au contraire, on dirait qu'il n'attendait que ça, qu'il réservait ses forces en vue de la confrontation. La voix qui lui sort de la gorge est presque étouffée par la rage. « Qui êtes-vous ? » dit-il. Mais ce que disent les mots, c'est autre chose. *De quel droit êtes-vous ici ?* Tout son corps n'irradie que violence.

L'instant d'après, Petrus est auprès d'eux, il parle vite, en xhosa.

Il pose la main sur la manche de Petrus. Petrus se dégage, lui jette un œil noir, impatient. « Est-ce que vous savez qui il est ? demande-t-il à Petrus.

– Non, je ne sais pas de quoi il s'agit, dit Petrus en colère. Je ne sais pas ce qui ne va pas. Qu'est-ce qui ne va pas ?

– Lui, cette frappe, il est déjà venu ici avec ses potes. C'est l'un des trois. Mais qu'il vous le dise, lui, de quoi il s'agit. Qu'il vous dise lui-même pourquoi il est recherché par la police.

– Ce n'est pas vrai ! » crie le garçon. De nouveau il parle à Petrus, lâche un flot de mots rageurs. La musique continue à se déployer dans l'air du soir, mais plus personne ne danse : les invités de Petrus se massent autour d'eux, se poussent, gesticulent, y vont de leurs commentaires. L'ambiance n'est pas bonne.

Petrus parle : « Il dit qu'il ne sait pas de quoi vous parlez.

– Il ment. Il le sait très bien. Lucy confirmera ce que je dis. »

Mais, bien sûr, Lucy ne confirmera rien du tout. Comment pourrait-il attendre de Lucy qu'elle s'avance devant ces étrangers, confronte le garçon, et le montrant du doigt, dise : *Oui, c'est l'un des trois. C'est l'un de ceux qui ont accompli le méfait* ?

« Je vais appeler la police », dit-il.

Ceux qui les entourent font entendre un murmure de désapprobation.

« Je vais appeler la police », répète-t-il à Petrus, qui reste impassible.

Dans un nuage de silence, il retourne dans la salle où Lucy l'attend. « Partons », dit-il.

Les invités s'écartent devant eux. Il n'y a plus rien d'amical dans les physionomies. Lucy a oublié de reprendre sa torche : ils se perdent dans le noir ; Lucy doit enlever ses chaussures ; ils s'égarent dans les plants de pommes de terre avant d'arriver jusqu'à la maison.

Il a le combiné à la main, lorsque Lucy l'arrête. « Non, David, non, ne les appelle pas. Ce n'est pas la faute de Petrus. Si tu appelles la police, tu vas gâcher sa soirée. Sois raisonnable. »

Il est ahuri, ahuri au point de s'en prendre à sa fille. « Mais, bon Dieu, pourquoi est-ce que ce n'est pas la faute à Petrus ? D'une manière ou d'une autre, c'est bien lui qui les a amenés ici pour commencer. Et il a le culot de les réinviter. Pourquoi faudrait-il que je sois raisonnable ? Vraiment, Lucy, je ne comprends rien, mais rien du tout. Je ne comprends pas pourquoi tu n'as pas porté plainte, une plainte précise contre eux, et maintenant, je ne comprends pas pourquoi tu protèges Petrus. Petrus n'est pas innocent dans cette affaire, Petrus est *avec* eux.

– Ne me crie pas dessus, David. C'est de ma vie qu'il s'agit. C'est moi qui dois vivre ici. Ce qui m'est arrivé, c'est mon affaire, ça ne regarde que moi, et pas toi, et si j'ai un droit, c'est bien celui de ne pas être mise au banc des accusés et d'avoir à me justifier, ni devant toi, ni devant personne d'autre. Et pour ce qui est de Petrus, ce n'est pas un garçon de ferme que je peux mettre à la porte, parce que je trouve qu'il a de mauvaises fréquentations. Tout ça c'est du passé. Autant en emporte le vent. Si tu veux t'en prendre à Petrus, tu ferais bien d'être sûr de ce que tu avances. Tu ne peux pas faire venir la police. Je ne te laisserai pas faire. Attends demain matin. Attends d'entendre ce que Petrus a à dire.

– Mais entre-temps le garçon va disparaître.

– Il ne va pas disparaître. Petrus le connaît. Et de toute façon, personne ne disparaît dans le Cap-Oriental. Ce n'est pas le genre de région où les gens disparaissent.

– Lucy, Lucy, je t'en supplie. Tu veux réparer les torts du passé, mais ce n'est pas la bonne façon de t'y prendre. Si tu ne te défends pas maintenant, tu ne pourras plus jamais marcher la tête haute. Tu ferais aussi bien de plier bagage et t'en aller. Et pour ce qui est de la police, si c'est au-dessus de tes forces de les appeler maintenant, il ne fallait pas les mettre dans le coup pour commencer. On aurait dû se taire et attendre une autre agression. Ou nous trancher la gorge nous-mêmes.

– Tais-toi, David ! Je n'ai pas à me défendre devant toi. *Tu ne sais pas ce qui s'est passé.*

– Je ne sais pas ?

– Non, tu n'en as pas la moindre idée. Réfléchis un peu, veux-tu ? En ce qui concerne la police, je te rappelle qu'on les a appelés pour des raisons d'assurance. Nous avons fait une déposition parce que sinon l'assurance n'aurait pas payé.

– Lucy, tu m'étonnes. Cela n'est tout bonnement pas vrai, et tu le sais. Et pour Petrus, si tu cèdes au point où on en est, si tu ne fais pas ce que tu dois, tu ne pourras plus te supporter. Tu as un devoir envers toi-même, envers l'avenir, envers le respect que tu te dois. Laisse-moi appeler la police, ou appelle toi-même.

– Non. »

Non : c'est le dernier mot que Lucy a à lui dire. Elle se retire dans sa chambre, lui ferme la porte au nez, elle s'isole de lui. Pas à pas, aussi inexorablement que s'ils étaient mari et femme, ils se retrouvent éloignés l'un de l'autre, et il est impuissant à l'empêcher. Leurs querelles ont pris le tour de chamailleries de vieux couple, piégés ensemble sans nulle part d'autre où aller. Comme elle doit regretter le jour où il est venu s'installer ici pour vivre avec elle ! Elle doit aspirer à le voir repartir, le plus tôt sera le mieux.

Et pourtant, elle aussi, un jour, tôt ou tard, il faudra qu'elle parte. Une femme seule dans une ferme n'a pas d'avenir, c'est clair. Même les jours d'Ettinger, avec ses armes à feu, ses barbelés, ses systèmes de sécurité, sont comptés. Si Lucy a un peu de plomb dans la tête, elle quittera la ferme avant de connaître un sort pire que la mort.

Mais, bien sûr, elle n'en fera rien. Elle est têtue, et aussi complètement plongée dans la vie qu'elle s'est choisie.

Il sort sans bruit de la maison. Il fait attention où il met les pieds dans le noir et s'approche de l'étable par-derrière.

Le grand feu est presque éteint, la musique s'est tue. Il y a un groupe de gens à la porte de derrière, une porte qu'on a faite assez large pour laisser passer un tracteur. Par-dessus leurs têtes il essaie de voir ce qui se passe à l'intérieur.

Un homme est debout au milieu de la salle, un homme d'une cinquantaine d'années. Il a le crâne rasé, un cou de taureau ; il porte un costume noir, et autour du cou une chaîne d'or d'où pend une médaille aussi grosse que le poing, de ces médailles qu'autrefois on donnait aux chefs de clan comme symbole de l'office qu'ils exerçaient. Des symboles frappés par caisses entières dans les fonderies de Coventry ou de Birmingham ; d'un côté, l'effigie d'une Victoria aigrie, *regina et imperatrix;* de l'autre, des gnous et ibis rampants. Médailles. Chefs de clan. Médailles conçues pour. Expédiées aux quatre coins de l'Empire : à Nagpur, Fiji, la Côte-d'Or, la Cafrerie.

L'homme parle, débite d'amples périodes d'une intonation qui monte et qui descend. Il n'a pas la moindre idée de ce que dit l'orateur, mais de temps à autre, il y a une pause et un murmure d'approbation qui montent de l'auditoire où chez les jeunes comme chez les vieux règnent sérénité et satisfaction.

Des yeux il fait le tour de la salle. Le garçon se tient tout près, à l'entrée. Il lui jette un regard rapide, inquiet. D'autres yeux se tournent aussi vers lui : vers l'étranger, celui qui n'est pas comme les autres. L'homme à la médaille fronce les sourcils, hésite un instant, élève la voix.

Quant à lui, cela ne le gêne pas d'être l'objet de l'attention générale. Qu'ils sachent bien que je suis encore là, se dit-il, qu'ils sachent que je ne boude pas dans mon coin, dans la grande maison. Et si cela leur gâche leur réunion, eh bien, tant pis. Il lève le bras pour toucher sa calotte blanche. Pour la première fois, il est content d'avoir ça sur le crâne, c'est bien à lui.

Seize

Toute la matinée du lendemain, Lucy l'évite. La rencontre promise avec Petrus n'a pas lieu. Puis, dans l'après-midi, c'est Petrus lui-même qui vient frapper à la porte de derrière, affairé comme d'habitude, en bleu de travail et bottes de caoutchouc. « C'est le moment de poser les canalisations », dit-il. Il veut poser des canalisations de plastique depuis le bassin de retenue jusqu'à l'emplacement de sa nouvelle maison, sur une distance de deux cents mètres. Est-ce qu'il peut emprunter des outils et est-ce que David peut lui donner un coup de main pour installer le régulateur ?

« Les régulateurs, je n'y connais rien. Je ne connais rien à la plomberie. » Il n'est pas d'humeur à rendre service à Petrus.

« Ce n'est pas de la plomberie, dit Petrus. C'est simplement des canalisations à poser. »

Sur le chemin du barrage, Petrus parle des différents types de régulateurs, des valves de pression, des raccordements, il savoure chaque mot qu'il prononce, fait étalage de tout ce vocabulaire qu'il maîtrise. La nouvelle canalisation va devoir traverser un bout de terrain qui appartient à Lucy, dit-il ; c'est bien qu'elle ait donné la permission de le faire. « C'est une dame qui a les yeux tournés vers l'avenir. Vers l'avenir, pas vers le passé. »

De la fête, du garçon au regard fuyant, Petrus ne dit mot. C'est comme si rien de tout cela ne s'était passé.

Le rôle qui lui est assigné au barrage devient clair. Petrus n'a pas besoin de ses conseils en matière de pose de canalisations, ou de plomberie, mais pour tenir le matériel, passer les outils – pour lui servir de manœuvre, de *handlanger*, en fait. Cela ne le gêne pas de tenir ce rôle. Petrus est un bon ouvrier, on apprend beaucoup à le regarder travailler. C'est Petrus lui-même qu'il commence à prendre en grippe. Au fur et à mesure des longs discours que Petrus lui tient sur ses projets, il se sent gagné par de la froideur envers l'homme. Il ne voudrait pas être échoué sur une île déserte avec Petrus. Et il ne voudrait sûrement pas être marié avec lui. Une forte personnalité, autoritaire. La jeune femme a l'air heureuse, mais il se demande ce que la vieille épouse aurait à dire.

Enfin, il en a assez et il se jette à l'eau. « Petrus, dit-il, ce jeune garçon qui était chez vous hier au soir, comment s'appelle-t-il et où est-il maintenant ? »

Petrus enlève sa casquette, s'essuie le front. Aujourd'hui, il porte une casquette avec un écusson en argent des Chemins de fer sud-africains au-dessus de la visière. Il semble avoir toute une panoplie de couvre-chefs.

« C'est que, vous voyez, David, dit Petrus en fronçant les sourcils, vous êtes dur quand vous dites que ce garçon est un voleur. Il est furieux d'être traité de voleur. C'est ce qu'il dit à tout le monde. Et moi, je suis au milieu, c'est moi qui dois empêcher la bagarre. Alors, c'est dur pour moi aussi.

– Je n'ai pas du tout l'intention de vous mêler à cette affaire, Petrus. Dites-moi le nom de ce garçon et où on peut le trouver et je communiquerai le renseignement à la police. On pourra alors laisser à la police le soin de faire l'enquête, et de le faire passer en justice avec ses amis. Vous ne serez pas impliqué. Moi non plus, la justice suivra son cours. »

Petrus s'étire, laisse la lumière du soleil lui baigner le visage. « Mais l'assurance va vous donner une autre voiture. »

Est-ce que c'est une question ? Une affirmation ? A quoi joue Petrus ? « L'assurance ne va pas me donner d'autre voiture, explique-t-il aussi patiemment que possible. Si on peut espérer que la compagnie d'assurance n'a pas fait faillite avec tous les vols de voitures qu'on a dans le pays, la compagnie d'assurance me donnera un pourcentage du prix auquel ses experts estimeront ma vieille voiture. Cela ne suffira pas pour acheter une voiture neuve. De toute façon, c'est une question de principe. On ne peut laisser l'exercice de la justice aux compagnies d'assurance. Ce n'est pas leur boulot.

– Mais vous ne récupérerez pas votre voiture par ce garçon. Il ne peut pas vous rendre votre voiture. Il ne sait pas où elle est. Vous ne la reverrez pas. Le mieux, c'est d'acheter une autre voiture avec l'argent de l'assurance. Comme ça, vous aurez une voiture. »

Comment est-ce qu'il s'est laissé coincer dans cette impasse ? Il essaie un autre angle d'approche. « Petrus, est-ce que je peux vous poser une question : est-ce que ce garçon est de votre famille ?

– Et pourquoi, continue Petrus, ignorant sa question, est-ce que vous voulez mettre ce garçon entre les mains de la police ? Il est trop jeune, on ne peut pas le mettre en prison.

– S'il a dix-huit ans, il peut passer en justice. S'il a seize ans, il peut passer en justice.

– Non, non, il n'a pas dix-huit ans.

– Comment est-ce que vous le savez ? Il m'a tout l'air d'avoir dix-huit ans, et plus de dix-huit ans même.

– Je sais, je sais ! Mais ce n'est qu'un gamin, il ne peut pas être mis en prison, c'est la loi, on ne peut pas mettre un jeune en prison, la police ne peut pas le garder. »

Pour Petrus, cela semble mettre fin à la discussion. Il se baisse et, s'appuyant lourdement sur un genou, il se met à poser le raccordement du tuyau de sortie.

« Petrus, ma fille ne demande qu'à être une bonne voisine – une bonne citoyenne et une bonne voisine. Elle adore cette région du Cap-Oriental. Elle veut y faire sa vie. Elle veut être en bons termes avec tout le monde. Mais comment le pourrait-elle si elle est susceptible d'être agressée à tout moment par des voyous qui s'en tirent sans être punis ? Ce n'est pas difficile à comprendre, non ? »

Petrus a du mal à ajuster le raccord. La peau de ses mains est rugueuse, marquée de profondes craquelures ; en travaillant, il pousse de petits grognements ; rien ne montre qu'il a entendu ce qu'il lui disait.

« Lucy est en sécurité ici, lance-t-il tout d'un coup. Tout va bien. Vous pouvez la laisser et partir tranquille.

– Mais elle n'est pas en sécurité, Petrus ! C'est évident qu'elle n'est pas en sécurité. Vous savez bien ce qui s'est passé ici le vingt et un.

– Oui, je sais ce qui s'est passé. Mais maintenant, ça va.

– Qui dit que ça va ?

– C'est moi qui le dis.

– C'est vous ? Vous allez la protéger ?

– Je vais la protéger.

– Vous ne l'avez pas protégée la dernière fois. »

Petrus prend un peu plus de graisse dont il enduit le tuyau.

« Vous dites que vous savez ce qui s'est passé, mais vous ne l'avez pas protégée la dernière fois, répète-t-il. Vous êtes parti, et ces trois voyous se sont pointés, et maintenant on dirait que l'un d'eux est de vos amis. Qu'est-ce que je dois en conclure ? »

Il n'a jamais été si près d'accuser Petrus. Mais pourquoi pas ?

« Le garçon n'est pas coupable, dit Petrus. Ce n'est pas un criminel. Ce n'est pas un voleur.

– Je ne parle pas seulement de vol. Il y a eu un autre crime, un crime beaucoup plus grave. Vous dites que vous savez ce qui s'est passé. Vous devez savoir ce que je veux dire.

– Il n'est pas coupable. Il est trop jeune. C'est une grosse erreur, c'est tout.

– Vous savez ?

– Je sais. » Le tuyau est raccordé. Petrus referme la bride, la serre, se relève, redresse le dos. « Je sais. Je vous dis que je sais.

– Vous savez. Vous connaissez l'avenir. Qu'est-ce que je peux répondre à ça ? Vous avez dit ce que vous avez à dire. Est-ce que vous avez encore besoin de moi ?

– Non, maintenant c'est facile. Il n'y a plus qu'à enterrer le tuyau. »

Malgré la confiance de Petrus dans l'industrie de l'assurance, il n'est pas donné suite à sa demande de remboursement. Sans voiture, il se sent pris au piège à la ferme.

Au cours d'un des après-midi qu'il passe au centre pour les animaux, il se confie à Bev Shaw. « Ça ne va pas entre Lucy et moi, dit-il. Ça n'a rien d'extraordinaire, je suppose. Les parents et les enfants ne sont pas faits pour vivre ensemble. Dans des circonstances normales, je serais parti à l'heure qu'il est, je serais retourné au Cap. Mais je ne peux laisser Lucy seule à la ferme. Elle n'est pas en sécurité. J'essaie de la convaincre de passer la main à Petrus, et de s'éloigner quelque temps. Mais elle ne veut rien entendre.

– Il faut laisser les enfants vivre leur vie, David. Vous ne pouvez pas veiller sur Lucy pour toujours.

– Il y a longtemps que j'ai laissé Lucy vivre sa vie. J'ai été aussi peu papa-poule qu'on peut l'être. Mais la situation aujourd'hui a changé. Lucy est en danger, objectivement parlant. On nous en a fait la démonstration.

– Ça ira, Petrus la prendra sous son aile.

– Petrus ? Quel intérêt aurait-il à la prendre sous son aile ?

– Vous sous-estimez Petrus. Petrus a trimé pour établir le jardin potager pour Lucy. Sans Petrus elle ne serait pas où elle en est. Je ne dis pas qu'elle doit tout à Petrus, mais elle lui doit beaucoup.

– Ça se peut. La question est de savoir ce que Petrus lui doit.

– Petrus est un brave type. Vous pouvez compter sur lui.

– Compter sur Petrus ? Parce qu'il porte la barbe, qu'il fume la pipe et qu'il a un bâton à la main, vous vous imaginez que c'est un Cafre comme au bon vieux temps ? Mais ce n'est pas le cas, pas du tout. Petrus n'est pas un Cafre comme on les avait autrefois, et encore moins un brave type. Petrus, à mon avis, n'attend qu'une chose, que Lucy plie bagage. Si vous en voulez la preuve, il n'y a pas à chercher loin, voyez ce qui nous est arrivé à Lucy et à moi. Ce n'est peut-être pas Petrus qui en a eu l'idée, mais il a bien fermé les yeux, il s'est bien gardé de nous prévenir, il a bien pris soin de ne pas se trouver dans les parages. »

Bev Shaw est surprise de sa véhémence. « Pauvre Lucy, dit-elle, par quoi elle est passée !

– Je sais bien par quoi elle est passée. J'étais là. »

Elle écarquille les yeux et le regarde fixement. « Mais vous n'étiez pas là, David. Elle me l'a dit. Vous n'étiez pas là. »

Vous n'étiez pas là. Vous ne savez pas ce qui s'est passé. Il est stupéfait. Où, d'après Bev Shaw, d'après Lucy, n'était-il donc pas ? Dans la pièce où les intrus lui faisaient subir les derniers outrages ? Est-ce qu'ils s'imaginent tous qu'il ne sait pas ce que c'est qu'un viol ? Est-ce qu'ils s'imaginent qu'il n'a pas souffert avec sa fille ? De quoi aurait-il pu être témoin, qu'il n'est pas capable d'imaginer ? Ou bien s'imaginent-ils que, quand il s'agit de viol, un homme ne peut pas se mettre à la place d'une femme ? Quelle que soit la réponse, il se sent outragé, outragé de se voir traité comme un étranger.

Il achète un petit poste de télévision pour remplacer celui qui a été volé. Le soir, après dîner, lui et Lucy s'installent côte à côte sur le canapé et regardent les informations, et, si c'est supportable, le programme de variétés.

C'est vrai, son séjour s'est trop prolongé, c'est bien son avis, et l'avis de Lucy aussi. Il en a assez de vivre avec ce qu'il a apporté dans une valise, assez de tendre à tout moment l'oreille pour écouter le crissement des graviers du chemin. Il veut pouvoir de nouveau s'installer à son propre bureau, dormir dans son propre lit. Mais Le Cap est bien loin, dans un autre pays quasiment. Malgré ce que lui a dit Bev, malgré les assurances données par Petrus, malgré l'entêtement de Lucy, il n'est pas prêt à abandonner sa fille. C'est ici qu'il habite, pour l'instant : ici, maintenant.

Il a totalement recouvré la vue de son œil blessé. Le cuir chevelu est en voie de guérison. Il n'a plus besoin des pansements imprégnés d'huile. Seule l'oreille demande encore des soins quotidiens. Ainsi, c'est bien vrai, le temps guérit tout. On peut penser que Lucy aussi est en train de guérir, ou du moins qu'elle oublie, qu'elle cicatrise le souvenir de ce jour-là, qu'elle sécrète une gaine pour le contenir, le recouvrir, le cacher. Et ainsi, un jour peut-être, elle pourra dire : « C'est le jour du vol » et repenser à ce jour simplement comme le jour du vol.

Il s'efforce de passer les heures de la journée dehors, pour permettre à Lucy de respirer dans la maison. Il travaille au jardin ; quand la fatigue le prend, il va s'asseoir au barrage, regarde la famille de canards s'ébattre sur l'eau, plonger et remonter, il médite le projet Byron.

Ce projet n'avance pas. Il n'en saisit que des bribes. Les premiers mots du premier acte ne lui viennent toujours pas ; les premières notes restent insaisissables comme des volutes de fumée. Il craint parfois que les personnages de l'histoire, qui depuis plus d'un an l'accompagnent comme des fantômes, commencent à s'estomper. Même la plus séduisante de tous, Margarita Cogni, dont il brûle d'entendre la voix de contralto invectiver Teresa Guiccioli, la petite garce de Byron, commence à lui échapper. Leur perte le plonge dans le désespoir, un désespoir aussi gris, uniforme et sans importance, vu de loin, qu'un mal de tête.

Il va au centre de protection des animaux aussi souvent qu'il le peut, offrant ses services pour les tâches qui ne demandent pas de qualification particulière : il donne à manger, il nettoie, il passe la serpillière.

Les animaux qu'ils soignent au centre sont pour la plupart des chiens, plus rarement des chats : pour le bétail, le Village D semble avoir sa médecine vétérinaire traditionnelle, sa pharmacopée, ses guérisseurs. Les chiens qu'on leur amène souffrent de la maladie de Carré, ont des fractures, des morsures qui se sont infectées, la gale, ce sont des bêtes mal soignées, par négligence ou par malice, qui souffrent de vieillesse, sont mal nourries, sont infestées de parasites intestinaux, mais surtout les animaux sont victimes de leur propre fertilité. Ils sont tout simplement trop nombreux. Quand quelqu'un amène un chien, ce n'est jamais en disant tout de go : « J'ai amené le chien pour le faire piquer », mais c'est ce qu'on attend d'eux : qu'ils les en débarrassent, qu'ils le fassent disparaître, qu'ils l'expédient et le fassent tomber dans l'oubli. Ce qu'on leur demande en fait, c'est la *Lösung* (l'allemand a toujours le mot qu'il faut, l'abstraction vide d'émotion) : la sublimation, comme l'alcool procède de l'eau par sublimation, ne laissant aucun résidu, aucun arrière-goût.

Ainsi le dimanche après-midi la porte du centre est close, fermée à clé, pendant qu'il aide Bev Shaw à *lösen* les canins excédentaires de la semaine. Un à la fois, il va les chercher dans la cage à l'arrière du bâtiment et les mène, ou les porte, dans la salle d'opération. Chacun d'eux, dans ce qui sera ses dernières minutes, reçoit de Bev une attention sans partage : elle caresse l'animal, lui parle, lui rend le passage aisé. Si, comme cela arrive assez souvent, le chien ne tombe pas sous le charme, c'est parce que lui-même se trouve là : il n'émet pas l'odeur qu'il faut *(Ils sentent ce que vous pensez)*, il émet l'odeur de la honte. Néanmoins, c'est lui qui fait tenir le chien tranquille tandis que l'aiguille trouve la veine, que la drogue atteint le cœur, que les pattes cèdent, que les yeux se voilent.

Il avait pensé qu'il s'y habituerait. Mais il n'en est rien. Plus il aide à en tuer, plus ses nerfs le lâchent. Un samedi soir, comme il rentre dans le minibus de Lucy, il est bel et bien obligé de s'arrêter pour se ressaisir. Les larmes qu'il ne peut retenir lui coulent sur le visage ; il a les mains qui tremblent.

Il ne comprend pas ce qui lui arrive. Jusqu'ici les animaux l'ont laissé plus ou moins indifférent. Même si, de façon abstraite, il condamne la cruauté envers les animaux, il ne saurait dire si de nature il est cruel ou bon pour les animaux. Il n'est simplement ni l'un ni l'autre. Il imagine que les gens qui ont à faire preuve de cruauté dans leur travail, les gens qui travaillent dans les abattoirs, par exemple, se cuirassent l'âme. On s'endurcit avec l'habitude : ce doit être vrai dans la plupart des cas, mais cela ne semble pas être vrai pour lui. Il ne semble pas avoir ce don, un cœur dur.

Tout son être est la proie de ce qui se passe dans la petite salle d'opération. Il est convaincu que les chiens savent que leur heure est venue. Malgré le silence, malgré l'opération indolore, malgré les pensées généreuses que sécrète Bev Shaw et qu'il s'efforce d'avoir, malgré les sacs étanches dans lesquels ils enferment les cadavres qu'ils viennent de produire, les chiens dans la cour sentent ce qui se passe à l'intérieur. Ils rabattent les oreilles, ont la queue basse, comme si eux aussi sentaient la honte de mourir : ils raidissent les pattes et il faut les pousser, ou les tirer, ou les porter pour leur faire passer le pas de la porte. Une fois sur la table, certains se débattent, claquent des mâchoires, d'autres poussent de petites plaintes ; aucun d'entre eux ne regarde franchement la seringue que tient Bev, ils savent confusément qu'elle va leur faire du mal, un mal terrible.

Les pires sont ceux qui le flairent et lui lèchent la main. Cela ne lui a jamais plu de se faire lécher, et il a la réaction automatique de s'y soustraire. Pourquoi faire semblant d'être un ami quand on est en fait un assassin ? Mais il s'adoucit. Pourquoi une créature gagnée par l'ombre de la mort devrait-elle sentir qu'il a un mouvement de recul, comme si son contact était intolérable ? Il les laisse donc le lécher, s'ils en ont envie, tout comme Bev Shaw les caresse et les embrasse s'ils se laissent faire.

Il n'est nullement, du moins il l'espère, un sentimental. Il essaie de ne pas faire de sentiment, ni sur les animaux qu'il tue, ni sur le compte de Bev Shaw. Il évite de lui dire : « Je ne sais pas comment vous faites », pour ne pas l'entendre lui répondre : « Il faut bien que quelqu'un le fasse. » Il n'écarte pas la possibilité que Bev Shaw, au fond, loin d'être un ange libérateur, soit en fait un diable, et que, sous ses dehors compatissants, elle cache peut-être le cœur racorni d'un boucher. Il essaie de rester ouvert à toutes les possibilités.

Comme c'est Bev Shaw qui administre la piqûre, c'est lui qui se charge de débarrasser les restes. Le lendemain de chaque après-midi passé à donner la mort, il conduit le minibus et son chargement jusqu'à l'incinérateur de Settlers Hospital, et livre les corps dans leurs sacs plastique noirs aux flammes.

Ce serait plus simple de transporter les sacs jusqu'à l'incinérateur tout de suite après la séance pendant laquelle ils administrent les piqûres, et de les laisser aux soins de l'équipe affectée à l'incinérateur. Mais cela voudrait dire qu'on les laisse sur la décharge avec les autres déchets du week-end : ce qui est jeté dans les services de l'hôpital, les charognes ramassées au bord des routes, les rebuts malodorants de la tannerie – un mélange de détritus à la fois ordinaires et terribles. Il se refuse à leur infliger un déshonneur pareil.

Donc, le dimanche soir il ramène les sacs à la ferme à l'arrière du minibus de Lucy, où ils passent la nuit, et le lundi matin il les emmène à l'hôpital. Là, c'est lui qui les charge sur le chariot ; puis il tourne la manivelle du treuil qui tire le chariot pour le faire passer par les portes d'acier jusqu'aux flammes, actionne le levier qui fait basculer la benne pour la vider de son chargement, et à la manivelle ramène le chariot, pendant que les ouvriers, dont c'est le travail, le regardent faire.

Lors de son premier lundi, il leur a laissé le soin de procéder à l'incinération. Au cours de la nuit, les cadavres s'étaient raidis. Les pattes des cadavres se prenaient dans les barreaux de la benne, et quand le chariot revenait de son expédition à la fournaise, une fois sur deux, il ramenait le chien, cramé et grimaçant, dégageant une odeur de poils roussis, tandis que son enveloppe de plastique avait fondu. Au bout d'un moment, les ouvriers se sont mis à taper sur les sacs à coups de pelle avant de les charger dans le chariot pour briser les membres rigides. C'est alors qu'il s'est interposé et s'est chargé de la besogne lui-même.

L'incinérateur fonctionne à l'anthracite et un ventilateur électrique extrait l'air par des tuyaux : il pense que cet équipement date de la construction de l'hôpital, dans les années cinquante. Il est en activité six jours par semaine, du lundi au samedi. Le septième jour, il se repose. Quand l'équipe des ouvriers arrive, ils commencent par nettoyer au râteau les cendres de la veille et mettent le feu en route. A neuf heures du matin, la température dans la chambre intérieure atteint mille degrés centigrades, c'est assez chaud pour calcifier les os. Le feu est alimenté jusqu'au milieu de la matinée et met tout l'après-midi à mourir et à refroidir.

Il ne sait pas le nom des hommes de l'équipe d'incinération, et ils ne savent pas le sien. Pour eux, il n'est que l'homme qui s'est mis à venir le lundi avec les sacs de la SPA, et qui depuis arrive de plus en plus tôt. Il arrive, fait ce qu'il a à faire et repart ; il n'appartient pas au monde qui gravite autour de l'incinérateur, malgré le grillage de clôture, le portail fermé d'un cadenas et l'écriteau en trois langues, destinés à écarter les intrus.

En effet, voilà longtemps que le grillage a été coupé aux cisailles ; l'écriteau est lettre morte et le portail n'arrête personne. Quand les employés de l'hôpital arrivent le matin avec les premiers sacs de déchets, il y a déjà une foule de femmes et d'enfants qui attendent pour commencer le tri et récupérer des seringues, des épingles, des bandes lavables, tout ce qui peut se vendre, mais surtout des médicaments qu'ils vendent aux marchands de *muti* ou qu'ils colportent eux-mêmes dans les rues. Il y a aussi des clochards qui traînent toute la journée autour de l'hôpital et dorment la nuit contre le mur de l'incinérateur, ou peut-être même cherchent la chaleur dans le tunnel d'échappement.

Ce n'est pas là une confrérie qu'il cherche à rejoindre. Mais tout ce monde est là quand il arrive, et si ce qu'il apporte à la décharge ne les intéresse pas, c'est uniquement parce que le cadavre d'un chien ne fournit rien à vendre ou à manger.

Pourquoi s'est-il chargé de cette tâche ? Pour soulager Bev Shaw quelque peu ? Mais il suffirait pour ça de balancer les sacs à la décharge et de repartir aussitôt. Pour les chiens ? Mais les chiens sont morts ; et qu'est-ce que les chiens savent de l'honneur ou du déshonneur, de toute façon ?

On amène les chiens au centre parce qu'on ne veut pas d'eux : *parce qu'on est trop, de trop.* C'est à ce stade de leur vie qu'il intervient. Il se peut bien qu'il ne soit pas leur sauveur, celui pour qui ils ne sont pas de trop, mais il est prêt à s'occuper d'eux dès lors qu'ils sont incapables, totalement incapables, de s'occuper d'eux-mêmes, et une fois que Bev Shaw elle-même s'est lavé les mains de leur sort. L'homme aux chiens – c'est ainsi qu'une fois Petrus s'était désigné. Eh bien, c'est lui maintenant qui est devenu l'homme aux chiens : un croque-mort pour chiens, un psychopompe pour chiens, un *intouchable*.

C'est curieux qu'un égoïste comme lui se mette volontairement au service des chiens morts. Il doit y avoir d'autres façons, plus productives, de se donner au monde, ou à une certaine idée du monde. On pourrait par exemple consacrer plus de temps au centre de la SPA. On pourrait essayer d'expliquer aux enfants de la décharge de ne pas s'intoxiquer avec des poisons. Et même se mettre à travailler avec plus d'ardeur au livret de Byron pourrait, au besoin, se concevoir comme un service rendu à l'humanité.

Mais d'autres peuvent faire tout ça, soigner les animaux, se consacrer à la réhabilitation sociale, et même pondre quelque chose sur Byron. Il sauve l'honneur des cadavres parce qu'il n'y a personne d'autre qui soit assez bête pour le faire. Il est en train de devenir bête, stupide, buté.

Dix-sept

Ils en ont fini au centre pour ce dimanche. Ils ont chargé le minibus de son fret de cadavres. La dernière corvée est de passer la serpillière dans la salle où ils ont travaillé.

« Je vais faire ça, dit Bev Shaw revenant de la cour. Vous voulez sans doute rentrer.

– Je ne suis pas pressé.

– Quand même, vous devez être habitué à un autre genre de vie.

– Un autre genre de vie ? Je ne savais pas que la vie se vivait dans un genre ou dans un autre.

– Ce que je veux dire, c'est que vous devez trouver la vie bien morne ici. Votre cercle d'amis doit vous manquer. Vos amies femmes doivent vous manquer.

– Mes amies femmes, dites-vous. Lucy vous a sûrement dit pourquoi j'ai quitté Le Cap. Mes amies femmes ne m'ont guère porté chance là-bas.

– Vous ne devriez pas être trop dur envers elle.

– Trop dur envers Lucy ? Je suis bien incapable d'être dur avec Lucy.

– Pas Lucy – la jeune femme du Cap. Lucy dit qu'il y avait une jeune femme au Cap qui vous a causé bien des ennuis.

– Oui, il y avait une jeune femme. Mais, en l'occurrence, c'était moi le fauteur de troubles. J'ai causé à la jeune femme en question au moins autant d'ennuis qu'elle m'en a causé.

– Lucy dit que vous avez dû démissionner de votre poste

à l'université. Cela a dû être difficile. Vous avez des regrets ? »

Mais quelle indiscrétion ! C'est curieux comme le moindre relent de scandale excite les femmes. Est-ce que cette petite bonne femme moche le croit incapable de la choquer ? Ou est-ce qu'être choquée est une tâche de plus dont elle se charge – comme une religieuse qui s'allonge pour se faire violer en pensant faire baisser le nombre statistique des viols perpétrés dans le monde ?

« Est-ce que j'ai des regrets ? Je n'en sais rien. Ce qui est arrivé au Cap m'a conduit ici. Je ne suis pas malheureux ici.

– Mais, sur le moment, est-ce que vous avez eu des regrets ?

– Sur le moment ? Vous voulez dire dans la chaleur de l'action ? Bien sûr que non. Dans la chaleur de l'action, on n'a pas de doutes. Comme vous le savez vous-même, j'en suis sûr. »

Elle rougit. Il y a longtemps qu'il n'a pas vu une femme de cet âge rougir comme ça, jusqu'à la racine des cheveux.

« Quand même, vous devez trouver Grahamstown très calme, murmure-t-elle. En comparaison du Cap.

– Grahamstown ne me déplaît pas. Au moins j'y suis à l'abri des tentations. D'ailleurs, je ne vis pas à Grahamstown. Je vis dans une ferme avec ma fille. »

A l'abri des tentations : c'est plutôt mufle de dire ça à une femme, même si elle est quelconque. Pourtant, peut-être pas quelconque pour tout le monde. Il y a bien dû y avoir un temps où Bill Shaw trouvait quelque chose à la jeune Bev. Et d'autres hommes peut-être aussi.

Il essaie de l'imaginer vingt ans plus jeune, quand le visage levé malgré l'absence de cou a dû avoir quelque chose de mutin, et le teint avec ses taches de rousseur a dû sembler charmant, respirant la santé. D'un geste impulsif, il avance la main et lui passe un doigt sur les lèvres.

Elle baisse les yeux, mais n'a pas de mouvement de recul. Au contraire, elle réagit, effleurant sa main de ses lèvres

– l'embrassant même, pourrait-on dire, tout en rougissant de plus belle.

C'est tout ce qui se passe. Ils ne vont pas plus loin. Sans un mot de plus, il quitte le centre. Il entend derrière lui le bruit des interrupteurs lorsqu'elle éteint la lumière.

Le lendemain après-midi, elle l'appelle : « Est-ce qu'on peut se retrouver au centre, à quatre heures », dit-elle. Ce n'est pas une question mais une déclaration faite d'une voix aiguë, tendue. C'est tout juste s'il ne demande pas « pourquoi ? », mais il a la jugeote de tenir sa langue. Néanmoins, il est surpris. Il est prêt à parier que c'est pour elle une première. Cela doit être l'idée que, dans son innocence, elle se fait de l'adultère : la femme téléphone à l'homme qui lui court après et se déclare prête.

Le centre est fermé le lundi. Il s'introduit dans le bâtiment, referme la porte derrière lui et donne un tour de clé. Bev Shaw est dans la petite salle de consultation, debout, elle lui tourne le dos. Il lui passe les bras autour du buste ; elle frotte son oreille contre son menton ; des lèvres il effleure les petites boucles mousseuses de ses cheveux. « Il y a des couvertures, dit-elle. Dans le placard. Sur l'étagère du bas. »

Deux couvertures, une rose, une grise, prises en cachette à la maison par une femme qui vient sans doute de passer une heure à prendre un bain, à se talquer, à s'enduire de crème pour être fin prête ; une femme qui, autant qu'il sache, s'est saupoudrée de talc et enduite de crème tous les dimanches, et qui avait des couvertures à portée de la main dans le placard, au cas où. Une femme qui pense qu'un homme qui vient de la grande ville et dont le nom est entaché de scandale fait l'amour à de nombreuses femmes et s'attend à ce que chacune de celles qui se trouvent sur sa route lui fasse l'amour.

Ce sera la table d'opération ou le sol : ils ont le choix. Il étale les couvertures sur le sol, la grise dessous, la rose dessus. Il éteint la lumière, quitte la pièce, vérifie que la porte de derrière est verrouillée, attend. Il entend le bruissement des vêtements quand elle se déshabille. Bev. Jamais il n'aurait pensé qu'un jour il coucherait avec une Bev.

Elle est allongée sous la couverture qui ne laisse voir que sa tête. Même dans la pénombre, il n'y a rien de charmant dans ce spectacle. Il enlève son slip, se glisse à côté d'elle, lui passe les mains sur le corps. Elle n'a pratiquement pas de seins, ni de taille, comme un petit tonneau trapu.

Elle lui saisit la main, y laisse quelque chose. Un préservatif. Tout a été bien prévu, jusqu'au moindre détail.

De leur rencontre, il peut au moins dire qu'il a fait son devoir. Sans passion, mais sans dégoût non plus. De sorte qu'en fin de compte Bev Shaw peut être contente d'elle. Tout ce qu'elle avait l'intention de faire est accompli. Lui, David Lurie, a été secouru, comme un homme est secouru par une femme ; elle est venue en aide à son amie Lucy aux prises avec une visite malaisée.

Que je n'oublie pas ce jour, se dit-il, allongé près d'elle, quand ils en ont fini. Après la douce chair tendre de Mélanie Isaacs, voilà où j'en suis arrivé. Voilà à quoi il va falloir que je m'habitue, à ça, et moins encore.

« Il est tard, dit Bev Shaw. Il faut que je parte. »

Il repousse la couverture et se lève, ne faisant aucun effort pour être pudique. Qu'elle contemple tout son soûl son Roméo, pense-t-il, ses épaules voûtées et ses cuisses maigres.

Il est tard, c'est vrai. Une dernière traînée de pourpre s'étire à l'horizon ; la lune commence à monter ; l'air est alourdi de fumée ; à l'autre bout d'un terrain vague pelé, des premières rangées de gourbis, vient un brouhaha de voix. Sur le pas de la porte, Bev se presse contre lui une dernière fois, pose sa tête contre sa poitrine. Il la laisse faire, comme il lui a laissé faire tout ce qu'elle a pensé qu'il fallait faire. Ses pensées se tournent vers Emma Bovary, qui se pavane devant son miroir après le premier après-midi grandiose. *J'ai un amant ! J'ai un amant !* se chante Emma tout bas. Eh bien, que la pauvre Bev rentre chez elle et qu'elle se chante quelque chose aussi. Et puis, il faut qu'il arrête de l'appeler la pauvre Bev Shaw. Si elle est pauvre, lui a fait faillite.

Dix-huit

PETRUS A EMPRUNTÉ un tracteur. Où ? Il n'en a pas la moindre idée. Il y a attelé la vieille charrue à soc rotatif qui rouillait derrière l'étable depuis des années, bien avant Lucy. En quelques heures il a labouré toute sa terre. Tout ça vite fait, bien fait ; rien de commun avec l'Afrique. Au bon vieux temps, c'est-à-dire il y a dix ans, il aurait mis des journées entières avec une vieille charrue tirée par des bœufs.

Face à ce Petrus d'un genre nouveau, quelles chances Lucy a-t-elle de s'en sortir ? Petrus est arrivé comme homme à tout faire, pour bêcher, porter, arroser. Aujourd'hui, il est bien trop occupé pour ces travaux-là. Où Lucy va-t-elle trouver quelqu'un pour bêcher, porter et arroser ? Si on était dans une partie d'échecs il dirait que Lucy est échec et mat. Si elle était un rien raisonnable, elle laisserait tomber : elle irait au Crédit agricole, réglerait ses affaires, remettrait la ferme entre les mains de Petrus et reviendrait au monde civilisé. Elle pourrait ouvrir une pension pour chiens en banlieue ; elle pourrait envisager de prendre aussi des chats. Elle pourrait même reprendre ce qu'elle et ses amis faisaient aux beaux jours de leur vie de hippies : tissage traditionnel, ethnique, décoration de poteries, ethnique aussi, vannerie, ethnique toujours ; elle vendrait des perles de bois aux touristes.

Vaincue. Il n'est pas difficile d'imaginer Lucy dans dix ans d'ici : une femme trop grosse, le visage marqué de rides de tristesse, attifée de vêtements démodés depuis longtemps, parlant à ses chiens et chats, seule à table. Pas brillant comme vie. Mais cela vaudrait mieux que de passer ses journées à redouter l'agression suivante, quand les chiens ne suffiront pas à la protéger et que personne ne répondra à un appel téléphonique.

Il rejoint Petrus sur l'emplacement qu'il a choisi pour sa nouvelle résidence, un terrain en pente douce qui surplombe la maison de Lucy. L'expert du cadastre a déjà inspecté les lieux, et les piquets sont en place.

« Vous n'allez pas construire la maison vous-même, si ? » demande-t-il.

Petrus a un petit rire. « Non. C'est un travail pour les gens du métier, le bâtiment, dit-il. La pose des briques, le plâtrage, tout ça, il faut s'y connaître. Non, moi je vais creuser pour les fondations. Ça, je peux le faire tout seul. Ce n'est pas un travail qualifié, c'est un boulot qu'un boy peut faire. Pour creuser des tranchées, un boy suffit. »

Petrus s'amuse de bon cœur à prononcer le mot. Jadis, il n'était qu'un boy. Mais il ne l'est plus. Maintenant, il peut jouer à être boy, comme Marie-Antoinette pouvait jouer à la fermière.

Il en vient à ce qu'il veut dire : « Si Lucy et moi retournions au Cap, seriez-vous prêt à vous occuper de sa part de la ferme ? On vous paierait un salaire, ou vous pourriez le faire pour un pourcentage. Un pourcentage du revenu de la propriété.

– Il faut que je m'occupe de la ferme de Lucy, dit Petrus. Il faut que je devienne le *gérant de la ferme*. » Il prononce ces mots comme s'il ne les avait jamais entendus, comme s'ils lui sautaient au nez comme un lapin qui sort d'un chapeau.

« Oui, on pourrait vous appeler le gérant, si vous voulez.

– Et un jour Lucy reviendra.

– Je suis sûr qu'elle reviendra. Elle est très attachée à la ferme. Elle n'a pas l'intention de l'abandonner. Mais elle vient d'avoir des moments difficiles. Elle a besoin de repos. De vacances.

– A la mer, dit Petrus avec un sourire qui découvre des dents jaunies par le tabac.

– Oui, à la mer, si elle veut. » Petrus a une manie de laisser des phrases en suspens qui l'énerve. A un moment, il avait pensé qu'il pourrait se lier d'amitié avec Petrus. Maintenant, il le déteste. Parler à Petrus, c'est la même chose que de donner des coups de poing dans un sac de sable. « Il me semble que ni l'un ni l'autre nous n'avons le droit de poser des questions à Lucy, si elle décide de prendre des vacances, dit-il. Pas plus vous que moi.

– Et je dois faire le gérant pendant combien de temps ?

– Je n'en sais rien encore, Petrus. Je n'ai pas encore discuté la question avec Lucy. J'étudie les possibilités, c'est tout, je cherche à savoir si vous seriez d'accord.

– Et j'aurai tout à faire... Il faudra nourrir les chiens, planter les légumes, tenir le banc au marché...

– Petrus, inutile de faire la liste de ce qu'il y a à faire. Il n'y aura pas de chiens. Je vous pose une question de principe : si Lucy prenait des vacances, seriez-vous disposé à vous occuper de la ferme ?

– Et comment j'irai au marché si je n'ai pas de véhicule ?

– C'est un détail pratique. On pourra discuter les détails plus tard. Je vous demande une réponse sur le principe : oui ou non. »

Petrus fait non de la tête. « C'est trop de travail, trop de travail », dit-il.

Un beau jour, la police téléphone : un certain sergent Esterhuyse de la brigade des détectives à Port Elizabeth. On a retrouvé sa voiture. Elle est dans la cour du commissariat de New Brighton, où il peut venir reconnaître le véhicule et le récupérer. Deux hommes ont été appréhendés.

« C'est merveilleux, dit-il. J'avais presque perdu tout espoir.

– Monsieur, nous gardons les dossiers pendant deux ans.

– Dans quel état est ma voiture ? Est-ce qu'elle peut prendre la route ?

– Vous pouvez prendre la route avec. »

Dans un état d'euphorie inhabituel, il va avec Lucy à Port Elizabeth, et de là à New Brighton, où on les dirige vers la rue Van Deventer, jusqu'au bâtiment très bas, semblable à une forteresse, qui abrite le commissariat entouré d'une clôture de deux mètres couronnée de barbelés. De grands panneaux interdisent expressément de stationner devant le commissariat. Ils se garent bien plus loin dans la rue.

« Je t'attends dans la voiture, dit Lucy.

– Tu es sûre ?

– Je n'aime pas cet endroit. Je t'attends. »

Il se présente au comptoir ; on l'envoie par un dédale de couloirs jusqu'au service des vols de véhicules. Le sergent Esterhuyse, un petit blond rondouillard, cherche dans son fichier, puis l'emmène dans une cour où des dizaines de véhicules sont parqués pare-chocs contre pare-chocs. Ils vont et viennent entre les rangées de voitures.

« Où l'avez-vous retrouvée ? demande-t-il à Esterhuyse.

– Ici même, à New Brighton. Vous avez de la chance. D'habitude, les vieilles Corolla, ces vandales les désossent pour récupérer les pièces détachées.

– Vous m'avez dit que vous avez procédé à des arrestations.

– Deux types. On les a épinglés grâce à une dénonciation. On a trouvé une maison pleine de marchandises volées, des télés, des magnétoscopes, des frigos, tout ce que vous voulez.

– Et où sont-ils à l'heure qu'il est ?

– Libérés sous caution.

– Est-ce qu'il n'aurait pas mieux valu me faire venir avant de les laisser partir, pour me les faire identifier ? Maintenant qu'on les a relâchés, ils vont disparaître dans la nature. Vous le savez bien. »

Le détective garde un silence crispé.

Ils s'arrêtent devant une Corolla blanche. « Ce n'est pas ma voiture, dit-il. Ma voiture est immatriculée au Cap. C'est porté sur ma déclaration de vol. » Du doigt il montre le numéro porté sur la feuille : CA 507644.

« Ils repeignent les voitures. Ils mettent de fausses plaques. Ils échangent les plaques d'une voiture à l'autre.

– Quand même, je vous dis que ce n'est pas ma voiture. Voulez-vous l'ouvrir ? »

Le détective ouvre la voiture. A l'intérieur, ça sent le journal mouillé et le poulet grillé.

« Je n'ai pas de radio dans la mienne, dit-il. Ce n'est pas ma voiture. Vous êtes sûr qu'elle n'est pas quelque part ailleurs sur le parking ? »

Ils font le tour du parking attenant au commissariat. Sa voiture ne s'y trouve pas. Esterhuyse se gratte la tête. « Je vais revoir ça de près, dit-il. Il doit y avoir une erreur quelconque. Laissez-moi votre numéro, je vous passerai un coup de fil. »

Lucy est assise au volant de son minibus, les yeux fermés. Il frappe à la vitre et elle déverrouille la portière. « C'est une erreur, dit-il en montant. Ils ont bien une Corolla mais ce n'est pas la mienne.

– Tu as vu les hommes ?

– Les hommes ?

– Tu as dit qu'ils avaient arrêté deux hommes.

– Ils ont été relâchés sous caution. De toute façon, ce n'est pas ma voiture, alors ceux qu'ils ont arrêtés ne sont pas ceux qui ont volé ma voiture. »

Il y a entre eux un long silence. « Est-ce que cela va de soi, en toute logique ? »

Elle met le moteur en route et rageusement déboîte d'un coup de volant sec.

« Je ne me rendais pas compte que tu souhaitais tant qu'ils soient arrêtés », dit-il. Il perçoit la pointe d'irritation dans sa propre voix, mais ne fait rien pour la contrôler. « Si on les attrape, cela veut dire un procès avec tout ce qu'implique un procès. Tu seras obligée de témoigner. Est-ce que tu es prête à le faire ? »

Lucy tourne la clé de contact. Son visage est crispé par l'effort qu'elle fait pour ravaler ses larmes.

« De toute façon, ils ont perdu la piste de nos amis. Ils ne seront pas pris, sûrement pas quand on voit comment travaille la police. Donc, on peut faire une croix là-dessus. »

Il se ressaisit. Il est en train de devenir un raseur, un emmerdeur, mais il n'y a pas moyen d'éviter ça. « Lucy, franchement, il est temps de regarder les choses en face et de considérer les choix qui s'offrent à toi. Ou bien tu restes dans une maison pleine d'horribles souvenirs et tu continues à ressasser ce qui t'est arrivé, ou tu tournes la page et tu commences un nouveau chapitre de ta vie ailleurs. Voilà l'alternative, à mon sens. Je sais que tu voudrais rester, mais est-ce que tu ne devrais pas au moins réfléchir à l'autre possibilité ? Est-ce que toi et moi, nous ne pouvons pas en parler de façon rationnelle ? »

Elle a un mouvement de dénégation. « Je ne peux plus parler, David, je ne peux plus, c'est tout », dit-elle d'une voix douce, sur un rythme rapide, comme si elle avait peur que les mots viennent à manquer. « Je sais que ce que je fais n'est pas clair. Je voudrais pouvoir m'expliquer. Mais je ne peux pas, à cause de ce que tu es et de ce que je suis, tout simplement, je ne peux pas. Je regrette. Je regrette aussi pour ta voiture. Je regrette que tu sois déçu. »

Elle pose sa tête sur ses bras ; ses épaules se soulèvent comme elle abandonne toute résistance.

Et de nouveau il sent monter en lui et le submerger l'apathie, l'indifférence, mais aussi l'apesanteur, comme s'il avait été grignoté peu à peu de l'intérieur et qu'il ne restait de son cœur que la coquille usée, lentement rongée. Comment, se dit-il, un homme dans cet état peut-il trouver des mots, trouver de la musique qui ramèneront les morts ?

Assise sur le trottoir, à moins de cinq mètres d'eux, une femme en pantoufles, dans une robe toute déchirée, fixe sur eux un regard farouche. D'un geste protecteur, il pose la main sur l'épaule de Lucy. *Ma fille*, pense-t-il, *ma fille chérie. Qu'il m'échoit de guider. Et qui, un jour ou l'autre, devra me guider à son tour.*

Sent-elle ses pensées ?

C'est lui qui reprend le volant. A mi-chemin, à sa surprise, Lucy se met à parler. « C'était si personnel, dit-elle. Cela s'est fait avec une haine personnelle, contre moi. C'est ce qui m'a sidérée plus que tout le reste. Le reste... On pouvait s'y attendre. Mais pourquoi une haine pareille contre moi ? Je ne les avais jamais vus de ma vie. »

Il attend qu'elle en dise plus, mais pour l'instant rien ne vient. « C'est l'histoire qui s'exprimait à travers eux, offre-t-il enfin comme explication. Une histoire de torts longuement subis. Essaie de voir ça sous cet angle, cela t'aidera peut-être. Il t'a peut-être semblé qu'ils s'en prenaient à toi personnellement, mais ce n'était pas le cas : cela venait de loin, dicté par les ancêtres.

– Ça ne rend pas les choses plus faciles. Je reste en état de choc, je ne reprends pas le dessus, je veux dire le choc d'être objet de haine, dans l'acte même. »

Dans l'acte même. Est-ce qu'elle veut dire ce qu'il croit qu'elle veut dire ?

« Tu as toujours peur ? demande-t-il.

– Oui.

– Tu as peur qu'ils reviennent ?

– Oui.

– Est-ce que tu pensais que si tu ne portais pas plainte contre eux, ils ne reviendraient pas ? Est-ce que c'est le raisonnement que tu t'es tenu ?

– Non.

– Alors, qu'est-ce que tu as pensé ? »

Elle garde le silence.

« Lucy, ça pourrait être si simple. Ferme le chenil. Tout de suite. Ferme la maison, paie Petrus pour la surveiller. Mets-toi en vacances pendant six mois ou un an, en attendant que les choses s'arrangent dans le pays. Pars pour l'étranger. Va en Hollande. Je paierai. Quand tu reviendras, tu feras le point, tu repartiras de zéro.

– David, si je pars maintenant, je ne reviendrai pas. Je te remercie de m'offrir cette possibilité, mais ça ne marchera pas. Tout ce que tu peux me proposer, j'y ai pensé, je l'ai ruminé, longuement.

– Alors, qu'est-ce que tu comptes faire ?

– Je ne sais pas. Mais quelle que soit ma décision, je tiens à la prendre seule, sans être poussée à faire ci ou ça. Il y a certaines choses que tu ne comprends pas, tout simplement.

– Qu'est-ce que je ne comprends pas ?

– D'abord, tu ne comprends pas ce qui m'est arrivé ce jour-là. Tu t'inquiètes pour moi, et je t'en suis reconnaissante, tu crois que tu comprends, mais en fin de compte, tu ne comprends pas. Parce que tu ne peux pas comprendre. »

Il lève le pied et va s'arrêter sur le bas-côté de la route. « Non, dit Lucy. Pas ici, cette partie de la route est dangereuse, ne prends pas de risque en t'arrêtant. »

Il reprend de la vitesse. « Au contraire, je ne comprends que trop bien, dit-il, et je vais prononcer le mot que l'on a évité jusqu'ici. Tu as été violée. Multiplions : par trois hommes.

– Et alors ?

– Tu as eu peur d'y laisser ta vie. Tu as eu peur qu'une fois qu'ils auraient abusé de toi, ils te tuent, qu'ils se débarrassent de toi, parce tu n'étais rien pour eux.

– Et alors ? » Sa voix n'est plus qu'un murmure.

« Et moi, je n'ai rien fait. Je ne t'ai pas sauvée. »

Voilà ce que lui a à confesser.

Elle a un petit mouvement irrité de la main. « Ne te fais pas de reproches, David. Il n'était pas envisageable que tu me portes secours. S'ils étaient venus une semaine plus tôt, j'aurais été seule dans la maison. Mais tu as raison, je ne signifiais rien pour eux, rien. Et ça, je l'ai ressenti. »

Puis, après un moment de silence : « Je crois qu'ils n'en sont pas à leur coup d'essai, reprend-elle, d'une voix plus assurée. Les deux plus vieux du moins. Je crois que leur affaire, plus que tout, c'est le viol. Le vol, c'est un à-côté, si ça se présente. Le viol, c'est leur métier.

– Tu crois qu'ils reviendront ?

– Je crois que je suis dans leur secteur. Ils m'ont marquée. Ils reviendront me chercher.

– Dans ce cas, tu ne peux pas rester.

– Pourquoi pas ?

– Parce que ce serait les inviter à revenir. »

Elle réfléchit un long moment avant de répondre. « Mais on peut voir les choses autrement, David. Et si... si ça, c'était le prix à payer pour rester ici. C'est peut-être leur façon de voir les choses ; et c'est peut-être comme cela que je devrais voir les choses, moi aussi. Ils considèrent que je dois quelque chose. Ils se considèrent comme des créanciers, qui viennent recouvrer une dette, un impôt. De quel droit pourrais-je vivre ici sans payer mon dû ? C'est peut-être ce qu'ils se disent.

– Ils se disent beaucoup de choses, sûrement. C'est leur intérêt d'inventer des histoires qui justifient ce qu'ils font. Mais écoute ce que tu sens instinctivement. Tu disais que tu n'as ressenti que de la haine de leur part.

– De la haine... Les hommes, le sexe, tu sais, rien ne m'étonne plus sur ce chapitre. Peut-être que, pour les hommes, c'est plus excitant de haïr la femme. Tu es un homme, tu dois savoir ça mieux que moi. Quand vous avez des rapports sexuels avec quelqu'un d'étrange, quand vous la coincez, quand vous pesez sur elle de tout votre poids et que vous l'immobilisez, est-ce que ce n'est pas comme lorsqu'on tue ? On enfonce le couteau ; et on se retire ensuite, laissant un corps couvert de sang – est-ce que ce n'est pas comme un meurtre, comme si on s'en tirait impunément après un meurtre ? »

Tu es un homme. Tu dois savoir ça mieux que moi : est-ce que c'est une façon de parler à son père ? Est-ce qu'ils sont dans le même camp, elle et lui ?

« Peut-être bien, dit-il. Quelquefois. Pour certains hommes. » Et puis très vite, sans réfléchir : « Est-ce que c'était la même chose avec les deux ? Un combat avec la mort ?

– Ils s'encourageaient mutuellement. C'est pour ça sans doute qu'ils font ça ensemble. Comme des chiens dans une meute.

– Et le troisième ? Le gamin ?

– Lui, il était là pour apprendre. »

Ils ont passé le panneau des cycas. Dans un instant, ils seront arrivés.

« S'ils avaient été blancs, tu ne parlerais pas d'eux comme ça, dit-il. S'ils avaient été des voyous, des petites frappes de Despatch, par exemple.

– Ah bon ? Tu crois ?

– Non, tu ne parlerais pas comme ça. Ce n'est pas un reproche. Il ne s'agit pas de reproches. Mais tu parles de quelque chose d'autre, quelque chose de nouveau. D'esclavage. Ils te veulent comme esclave.

– Non, il ne s'agit pas d'esclavage. Ils veulent m'assujettir, m'asservir. »

Il secoue la tête de droite à gauche. « C'est trop lourd à porter, Lucy. Vends. Vends la ferme à Petrus et viens avec moi, laisse tomber.

– Non. »

La conversation en reste là. Mais les paroles de Lucy continuent à résonner dans sa tête. *Couvert de sang*. Qu'est-ce qu'elle veut dire par là ? Avait-il vu juste, en fin de compte, quand il avait rêvé d'un lit sanglant, d'un bain de sang ?

Leur métier, c'est le viol. Il revoit les trois visiteurs qui s'en vont dans la Toyota, pas tout à fait une vieille bagnole, avec l'électroménager entassé sur le siège arrière, chacun a la verge, son arme, bien au chaud et bien contente entre les jambes – dans un *ronronnement*, c'est le mot qui lui vient à l'esprit. Ils avaient bien lieu en vérité d'être satisfaits du travail accompli cet après-midi-là. Ils devaient être contents d'avoir répondu à leur vocation.

Il se souvient comment, encore enfant, il méditait sur le mot *viol,* essayant de se figurer ce qu'il voulait dire exactement. Il se demandait ce que la lettre *v*, qui d'habitude vibre de façon si inoffensive, faisait dans un mot qui inspire une telle horreur que nul ne se risque à le prononcer. Dans un livre d'art trouvé à la bibliothèque, il y avait une reproduction d'un tableau qui s'appelait *L'Enlèvement des Sabines :* des hommes à cheval à demi couverts de leurs cuirasses romaines, des femmes voilées de linges vaporeux qui font de grands gestes en jetant des cris. Qu'est-ce que ces attitudes théâtrales ont de commun avec le viol tel qu'il l'imagine : un homme vautré sur une femme et qui cherche à toutes forces à la pénétrer ?

Il pense à Byron. Les comtesses et filles de cuisine que Byron a pénétrées sont légion et dans le nombre certaines n'auront pas manqué de crier au viol. Mais aucune d'entre elles sûrement n'avait lieu de croire qu'à la fin de la séance elle aurait la gorge tranchée. Du point de vue qui est le sien aujourd'hui, du point de vue de Lucy, Byron fait tout à fait vieux jeu.

Lucy avait peur, était près de mourir de peur. Sa voix s'étouffait dans sa gorge, elle perdait le souffle, bras et jambes inertes. *Tout cela n'est pas en train de m'arriver,* se disait-elle comme les hommes la forçaient ; *je rêve, c'est un cauchemar.* Tandis que les hommes, de leur côté, s'enivraient de sa peur, s'en régalaient à qui mieux mieux, faisaient tout ce qu'ils pouvaient pour lui faire mal, pour la menacer, pour accroître sa terreur. *Appelle tes chiens,* disaient-ils. *Vas-y, appelle tes chiens ! Quoi, pas de chiens ? On va t'en montrer nous des chiens !*

Vous ne comprenez pas, vous n'étiez pas là, dit Bev Shaw. Eh bien, elle se trompe. L'intuition de Lucy, par contre, est juste, en fin de compte : il comprend tout à fait, il est capable, s'il se concentre, s'il se perd, il est capable d'être là, d'être l'un de ces hommes, de se glisser en eux, de les habiter avec le fantôme de lui-même. La question est de savoir s'il a ce qu'il faut pour se mettre à la place de la femme.

Dans la solitude de sa chambre, il écrit une lettre à sa fille :

« Lucy, ma chérie, avec tout l'amour que j'ai pour toi, voici ce que j'ai à te dire. Tu es sur le point de commettre une grave erreur. Tu veux faire acte d'humilité devant l'histoire. Mais tu fais fausse route. Tu vas te départir de tout honneur ; tu ne pourras plus vivre avec toi-même. Je t'en conjure, écoute-moi.

« Ton père. »

Une demi-heure plus tard, on glisse une enveloppe sous sa porte.

« Mon cher David, tu n'as pas écouté ce que j'avais à te dire. Je ne suis pas celle que tu connais. Je suis une morte et je ne sais pas encore ce qui me ramènera à la vie. Tout ce que je sais, c'est que je ne peux pas partir d'ici.

« Tu ne vois pas ce que je te dis, et je ne sais pas quoi faire de plus pour que tu y voies clair. On dirait que, de propos délibéré, tu t'es mis dans un coin où les rayons du soleil n'arrivent pas. Tu me fais penser à l'un de ces trois chimpanzés, à celui qui se cache les yeux de ses bras.

« C'est vrai, il se peut que je fasse fausse route. Mais si je quitte la ferme maintenant, je partirai vaincue, et j'aurai dans la bouche le goût de cette défaite pour le restant de mes jours.

« Je ne peux pas rester une enfant pour toujours. Et tu ne peux pas être un père pour toujours non plus. Je sais que tes intentions sont les meilleures du monde, mais tu n'es pas le guide qu'il me faut, pas au stade où j'en suis.

« Bien à toi, Lucy. »

C'est là ce qu'ils ont à échanger ; c'est là le dernier mot de Lucy.

Ils en ont fini de tuer les chiens pour la journée ; les sacs de plastique noirs sont empilés devant la porte, chacun d'eux ficelé, avec un corps et une âme à l'intérieur. Lui et Bev Shaw sont couchés sur le sol de la salle de consultation dans les bras l'un de l'autre. Dans une demi-heure, Bev s'en ira retrouver son Bill, et il se mettra à charger les sacs.

« Tu ne m'as jamais parlé de ta première femme, dit Bev Shaw. Lucy ne parle pas d'elle non plus.

– La mère de Lucy était hollandaise. Elle a dû te le dire. Evelina. Evie. Après le divorce, elle est repartie en Hollande. Par la suite, elle s'est remariée. Lucy ne s'entendait pas avec son beau-père. Elle a demandé à revenir en Afrique du Sud.

– Alors, elle a pris ton parti.

– En un sens, oui. Mais elle a aussi opté pour un cadre spécifique, un horizon. Maintenant, j'essaie de la persuader de repartir, ne serait-ce que pour des vacances. Elle a de la famille en Hollande, des amis aussi. La Hollande, ce n'est peut-être pas ce qu'il y a de plus passionnant, mais au moins ce n'est pas un endroit qui engendre des cauchemars.

– Et alors ? »

Il a un haussement d'épaules. « Pour l'instant, Lucy n'est pas disposée à écouter les conseils que j'ai à lui donner. Elle dit que je ne suis pas le guide qu'il lui faut.

– Mais tu étais prof.

– C'était par raccroc, tout au plus. L'enseignement n'a jamais été ma vocation. Et en tout cas, je n'ai jamais aspiré à enseigner aux autres comment mener leur vie. J'étais ce qu'on appelle un chercheur. J'écrivais des livres sur des auteurs morts. C'est ça que j'avais à cœur. L'enseignement, c'était un gagne-pain. »

Elle attend qu'il en dise plus, mais il n'est pas d'humeur à aller plus loin.

Le soleil se couche, il commence à faire froid. Ils n'ont pas fait l'amour ; ils ont bel et bien cessé de faire semblant de croire que c'est ce qu'ils font ensemble.

Il a en tête une image de Byron, seul sur la scène, qui prend sa respiration pour chanter. Il est sur le point de partir pour la Grèce. A l'âge de trente-cinq ans, il commence à comprendre que la vie est précieuse.

Sunt lacrimae rerum, et mentem mortalia tangunt : ce seront là les paroles de Byron, il en est sûr. Quant à la musique, elle flotte quelque part dans le lointain, elle ne lui est pas venue encore.

« Il ne faut pas t'inquiéter », dit Bev Shaw. Elle a la tête contre sa poitrine : elle entend probablement battre son cœur qui épouse le rythme de l'hexamètre. « Bill et moi, nous nous occuperons d'elle. Nous irons souvent à la ferme. Et puis, il y a Petrus. Petrus aura l'œil.

– Petrus, bien paternel.

– Oui.

– Lucy me dit que je ne peux pas être père pour toujours. Je ne peux m'imaginer, dans cette vie, n'être pas le père de Lucy. »

Elle passe les doigts dans ses cheveux à peine repoussés. « Tout ira bien, dit-elle tout bas. Tu verras. »

Dix-neuf

La maison fait partie d'un lotissement qui date de quinze ou vingt ans et qui devait au début sembler plutôt sinistre, mais qui s'est amélioré depuis : du gazon sur les trottoirs, des arbres, des plantes grimpantes qui retombent sur les murs d'aggloméré. Le n° 8 de Rustholme Crescent a un portillon de bois peint et un interphone.

Il appuie sur le bouton. Une voix jeune répond : « Allô !

– Je voudrais voir M. Isaacs. Je m'appelle Lurie.

– Il n'est pas encore rentré.

– Vers quelle heure l'attendez-vous ?

– Dans pas longtemps. » Petit bourdonnement dans l'interphone ; déclic métallique de la serrure ; il pousse le portillon.

A travers le jardin, une petite allée mène jusqu'à la porte d'entrée d'où une fille mince le regarde approcher. Elle porte l'uniforme de son école : robe chasuble bleu marine sur un chemisier à col ouvert, mi-bas blancs. Elle a les yeux de Mélanie, les larges pommettes de Mélanie, les cheveux très bruns de Mélanie ; elle serait même encore plus belle. C'est la sœur cadette dont parlait Mélanie et dont pour l'instant le nom lui échappe.

« Bonjour. Vers quelle heure est-ce que votre père doit rentrer ?

– L'école finit à trois heures, mais d'habitude il reste là-bas assez tard. Mais ça ne fait rien, vous pouvez entrer. »

Elle s'aplatit contre la porte qu'elle tient ouverte pour le laisser passer. Elle mange une tranche de gâteau qu'elle tient délicatement entre deux doigts. Elle a quelques miettes sur la lèvre supérieure. Il lui vient l'envie de tendre le bras, d'essuyer ces miettes ; mais au même instant lui revient comme une onde brûlante le souvenir de sa sœur. *Mon Dieu, protégez-moi*, se dit-il – *qu'est-ce que je suis venu faire ici ?*

« Asseyez-vous, si vous voulez. »

Il s'assied. Tous les meubles brillent d'encaustique, la pièce est impeccable, d'un ordre oppressant.

« Comment vous appelez-vous ? demande-t-il.

– Désirée. »

Désirée : il se rappelle maintenant. Mélanie, la première, la brune, et puis Désirée, celle qu'on désirait. En lui donnant un nom pareil, ils ont dû tenter les dieux !

« Je m'appelle David Lurie. » Il l'observe attentivement, mais rien n'indique que le nom lui dise quelque chose. « Je suis du Cap.

– Ma sœur est au Cap. Elle est étudiante. »

Il hoche la tête. Il ne dit pas : je connais votre sœur, je la connais bien. Mais dans son for intérieur : deux fruits portés par le même arbre, identiques dans les plus intimes détails. Avec des différences cependant : le sang qui bat à un rythme différent, chacune mue par différentes exigences de la passion. Toutes les deux dans le même lit : des ébats dignes d'un roi.

Il est parcouru d'un léger frisson, regarde sa montre. « Je vais vous dire, Désirée : je crois que je vais essayer d'attraper votre père avant qu'il quitte son bureau, si vous pouvez m'expliquer comment aller jusqu'à l'école. »

L'école fait partie du lotissement résidentiel : un bâtiment sans étage, aux murs de briques apparentes avec des fenêtres d'acier et un toit d'amiante, au milieu d'une cour poussiéreuse clôturée par du barbelé. F. S. MARAIS, dit une plaque sur un des piliers de l'entrée ; sur l'autre, on peut lire COLLÈGE D'ENSEIGNEMENT SECONDAIRE.

La cour est déserte. Il erre le long du bâtiment et finit par trouver une porte sur laquelle il lit BUREAU. Dans la pièce, une secrétaire, plus toute jeune et rondelette, se fait les ongles.

« Je voudrais voir M. Isaacs, dit-il.

– Monsieur Isaacs ! appelle-t-elle. Il y a quelqu'un qui veut vous voir ! » Elle se tourne vers lui. « Entrez donc. »

Isaacs, installé à son bureau, se lève à demi, s'immobilise, le considère d'un air perplexe.

« Vous vous souvenez de moi ? David Lurie, du Cap.

– Oh », fait Isaacs en se rasseyant. Il porte le même costume trop grand pour lui : son cou se perd dans le veston, d'où la tête émerge comme celle d'un volatile au bec pointu pris dans un sac. Les fenêtres sont fermées, la pièce sent le tabac froid.

« Si vous ne souhaitez pas me voir, je m'en vais tout de suite, dit-il.

– Non, dit Isaacs. Asseyez-vous. Je suis en train de vérifier les listes de présence. Vous permettez, je vais finir ça.

– Je vous en prie. »

Il y a une photo dans un cadre sur le bureau. De là où il est assis, il ne voit pas la photo, mais il sait ce qu'elle représente : Mélanie et Désirée, prunelles des yeux de leur père, ainsi que la mère qui les a mises au monde.

« Alors, dit Isaacs, refermant le dernier registre, qu'est-ce qui me vaut le plaisir de votre visite ? »

Il pensait qu'il serait crispé, mais en fait il est tout à fait calme.

« Quand Mélanie a porté plainte, dit-il, l'université a officiellement ouvert une enquête, à la suite de quoi j'ai démissionné. Voilà l'histoire ; vous devez être au courant. »

Isaacs le fixe d'un air interrogateur. Il ne laisse rien voir de ce qu'il pense.

« Depuis, je ne sais pas trop quoi faire. Aujourd'hui, je passais par George et j'ai pensé m'arrêter et venir vous voir. Notre dernière rencontre, à ce que je me rappelle, a été plutôt orageuse. Mais j'ai pensé que j'allais m'arrêter quand même et vous dire ce que j'ai sur le cœur. »

Jusque-là, il dit vrai. Il veut dire en effet ce qu'il a sur le cœur. Reste à savoir ce qu'il a sur le cœur.

Isaacs a un Bic ordinaire dans la main. Il fait glisser ses doigts le long du corps du stylo-bille, le retourne, fait courir ses doigts dans l'autre sens ; il répète ce mouvement machinalement plutôt que dans un geste d'impatience.

Il poursuit. « Vous connaissez la version de l'histoire selon Mélanie. J'aimerais vous faire entendre la mienne, si vous êtes disposé à l'entendre. Cela a commencé sans préméditation de ma part. Cela a commencé comme une aventure, une de ces petites aventures subites que certains hommes s'offrent, que je m'offre et qui m'aident à tenir le coup. Excusez-moi de parler comme ça, mais j'essaie de parler franchement. Mais avec Mélanie, il s'est produit quelque chose d'imprévu. Je vois cela comme un feu. Elle a allumé un feu en moi. »

Il marque une pause. Le Bic continue sa danse. *Une petite aventure subite. Certains hommes*. Est-ce que cet homme derrière le bureau a des aventures ? Plus il le voit, plus il en doute. Cela ne le surprendrait guère qu'Isaacs ait une fonction quelconque dans son église, diacre peut-être, ou servant, mais il ne sait trop ce que cela veut dire d'être servant.

« Un feu, qu'est-ce que cela a d'extraordinaire ? Quand un feu s'éteint, il suffit d'une allumette pour en faire partir un autre. C'est ce que je pensais autrefois. Pourtant, au temps jadis les gens adoraient le feu. Ils ne laissaient pas une flamme mourir à la légère, un dieu-flamme. C'est une flamme comme cela que votre fille a allumée en moi. Pas assez brûlante pour me consumer, mais une vraie flamme, un vrai feu. »

Il en revient au perfectif : a brûlé, est brûlé, consumé.

Le Bic s'est immobilisé. « Monsieur Lurie, dit le père de la fille avec un drôle de sourire de biais, un sourire douloureux, je me demande bien où vous voulez en venir, pourquoi vous venez me chercher jusque dans mon collège pour me raconter des histoires...

– Excusez-moi, c'est scandaleux, je le sais. Mais c'est fini. C'est tout ce que j'avais à dire, pour ma défense. Comment va Mélanie ?

– Mélanie va bien, si vous voulez le savoir. Elle téléphone toutes les semaines. Elle a repris ses études ; ils lui ont donné une dispense, vous comprenez bien pourquoi, compte tenu des circonstances. Elle continue à faire du théâtre, dans ses loisirs, et elle réussit bien. Donc, Mélanie va bien. Et vous ? Quels sont vos projets maintenant que vous n'êtes plus dans le métier ?

– Cela vous intéressera de savoir que moi aussi j'ai une fille. Elle est propriétaire d'une ferme. Je compte passer un peu de temps auprès d'elle pour l'aider. Et puis j'ai un livre à finir. L'un dans l'autre, je m'occupe. »

Il marque une pause. Il est frappé par le regard perçant avec lequel Isaacs le dévisage.

« Voilà, dit Isaacs doucement, et le mot s'échappe de ses lèvres comme un soupir, comme sont tombés les héros ! »

Tombé ? Certes, il y a eu une chute, cela ne fait aucun doute. Mais *héros ?* Est-ce que le mot *héros* s'applique à lui ? Il se voit comme quelqu'un d'obscur, de plus en plus obscur. Pâle figure venue des marges de l'histoire.

« Peut-être est-ce une bonne chose de connaître une chute de temps en temps. Tant qu'on n'en ressort pas brisé.

– Bon. Bon. Bon », dit Isaacs qui continue à fixer sur lui ce regard intense. Pour la première fois, il perçoit quelque chose de Mélanie en lui : le dessin gracieux de la bouche et des lèvres. D'un geste impulsif il avance le bras sur le bureau, essaie de serrer la main de cet homme, et finit par caresser le dos de la main fraîche, une peau sans poil.

« Monsieur Lurie, dit Isaacs, avez-vous autre chose à me dire, en dehors de l'histoire entre vous et Mélanie ? Vous avez dit que quelque chose vous pesait sur le cœur.

– Me pesait sur le cœur ? Non. Non. Je suis seulement passé prendre des nouvelles de Mélanie. » Il se lève. « Merci d'avoir accepté de me voir, je vous suis reconnaissant. » Il tend la main, carrément cette fois. « Au revoir.

– Au revoir. »

Il est à la porte – il est en fait dans le bureau de la secrétaire, désert à présent –, lorsque Isaacs le rappelle : « Monsieur Lurie ! Attendez un instant ! »

Il retourne dans le bureau.

« Quels sont vos projets pour ce soir ?

– Ce soir ? J'ai pris une chambre d'hôtel. Je n'ai pas de projets.

– Venez passer la soirée avec nous. Venez dîner.

– Je pense que cela ne sera pas du goût de votre femme.

– Peut-être. Peut-être pas. Mais venez de toute façon. Venez partager notre repas. Nous mangeons à sept heures. Je vais vous écrire l'adresse.

– Ce n'est pas la peine. Je suis déjà allé chez vous, et j'ai fait la connaissance de votre fille. C'est elle qui m'a indiqué comment venir ici. »

Isaacs ne cille pas. « Fort bien », dit-il.

C'est Isaacs lui-même qui ouvre la porte d'entrée et le fait passer dans le séjour. De la femme, pas de trace, ni de la deuxième fille.

« J'ai apporté quelque chose », dit-il en tendant une bouteille de vin.

Isaacs le remercie, mais ne semble pas trop savoir quoi faire du vin. « Est-ce que je peux vous en servir ? Je vais aller ouvrir la bouteille. » Il quitte la pièce ; il y a des chuchotements à la cuisine. Il revient. « Il semble que nous ayons perdu le tire-bouchon. Mais Dezzy va en emprunter un aux voisins. »

Ils ne boivent pas d'alcool, c'est clair. Il aurait dû s'en douter. Une petite famille bien réglée, des petits bourgeois, frugaux, prudents. Voiture lavée, gazon tondu, compte d'épargne. Toutes leurs ressources consacrées à assurer l'avenir de leurs deux bijoux de filles : Mélanie, intelligente, qui a des ambitions pour réussir sur scène ; Désirée, la beauté.

Il se rappelle Mélanie, le premier soir où ils ont fait connaissance de plus près, assise sur le canapé à côté de lui, en train de boire du café corsé d'un coup de whisky destiné à – le mot a du mal à venir – la *lubrifier*. Son petit corps sans une once de graisse ; sa tenue sexy ; ses yeux brillants d'excitation. Elle s'engageait dans la forêt où rôde le grand méchant loup.

Désirée la beauté apporte la bouteille et un tire-bouchon. Comme elle traverse la pièce pour venir vers eux, elle a un instant d'hésitation, consciente qu'il convient de dire bonjour. « Papa ? » dit-elle dans un murmure et un rien de confusion, en tendant la bouteille à son père.

Bon : elle a découvert qui il est. Ils en ont discuté en famille, peut-être même ont-ils eu une dispute à son propos, à propos de ce visiteur indésirable : l'homme dont le nom seul convoque les ténèbres.

Son père tient sa main prisonnière dans les siennes. « Désirée, dit-il, voici M. Lurie.

– Bonjour, Désirée. »

Elle rejette en arrière la chevelure qui lui cachait le visage. Elle le regarde dans les yeux, toujours mal à l'aise, mais plus forte maintenant qu'elle est sous l'aile de son père. « Bonjour », dit-elle dans un murmure ; et lui se dit : *Oh mon Dieu, mon Dieu !*

Quant à elle, elle ne peut pas lui cacher ce qui lui passe par l'esprit. *Alors c'est l'homme avec qui ma sœur s'est mise nue ! C'est l'homme avec qui elle l'a fait ! Ce vieux bonhomme !*

Il y a une petite salle à manger attenante au séjour avec un passe-plats vers la cuisine. Le couvert est mis pour quatre avec les couteaux et les fourchettes des grandes occasions ; on a allumé des bougies. « Prenez place, prenez place ! » dit Isaacs. Sa femme ne s'est toujours pas montrée. « Excusez-moi une minute. » Isaacs disparaît dans la cuisine, le laissant seul à table avec Désirée. Elle baisse la tête, son beau courage l'abandonne quelque peu.

Et puis les voilà qui reviennent, ensemble, le père et la mère. Il se lève. « Je vous présente ma femme. Doreen, notre invité, M. Lurie.

– Je vous remercie de m'accueillir chez vous, madame Isaacs. »

Mme Isaacs est une femme de petite taille qui s'est empâtée avec l'âge, avec des jambes arquées qui lui donnent une démarche légèrement chaloupée. Mais il voit bien d'où les sœurs tiennent leur beauté. La mère a dû être très belle dans sa jeunesse.

Elle garde un air pincé, elle évite son regard, mais elle a quand même un très léger mouvement de tête. Soumise ; une bonne épouse, compagne solide. *Et vous ne serez qu'une seule chair*. Est-ce que ses filles tiendront d'elle ?

« Désirée, dit-elle sur un ton d'autorité, viens m'aider à servir. »

La gamine obéit d'un bond, contente de pouvoir quitter sa chaise.

« Monsieur Isaacs, ma présence ne fait que déranger votre famille, dit-il. C'était gentil de votre part de m'inviter. Je vous en remercie, mais il vaut mieux que je parte. »

Isaacs lui répond d'un sourire où il est surpris de voir une note de gaîté : « Asseyez-vous, asseyez-vous donc ! Ça va bien se passer. On va y arriver ! » Il se penche vers lui. « Il faut vous montrer fort ! »

Et puis voilà Désirée et sa mère qui reviennent avec les plats : du poulet dans une sauce tomate qui frissonne encore et dégage un arôme de gingembre et de cumin, du riz, toutes sortes de salades et des pickles. Tout à fait le genre de cuisine qui lui a manqué chez Lucy.

On place devant lui la bouteille de vin et un verre à vin, un seul verre, sur la table.

« Est-ce que je suis le seul à boire du vin ?

– Je vous en prie, dit Isaacs, servez-vous. »

Il se sert un verre de vin. Il n'aime pas les vins doux, mais c'est ce qu'il a apporté, pensant que c'est ce qui leur plairait. Eh bien, tant pis pour lui.

Il reste à faire la prière pour bénir le repas. Les Isaacs se prennent par la main, et il n'a pas le choix : il tend les mains lui aussi, la gauche au père, la droite à la mère. « Merci, mon Dieu, pour ce que nous allons manger », dit Isaacs. « Amen », répondent la mère et la fille ; et lui aussi, David Lurie, marmonne un « Amen » et lâche les mains qu'il tenait, celle du père, fraîche et soyeuse, celle de la mère, une petite main potelée, chaude d'avoir travaillé à la cuisine.

Mme Isaacs les sert. « Attention, c'est chaud », dit-elle en lui passant son assiette. Ce sont les seules paroles qu'elle lui adresse.

Durant le repas, il s'efforce d'être un invité agréable, d'avoir de la conversation, de combler les silences. Il parle de Lucy, de la pension pour chiens, de ses ruches, de ses projets d'horticulture, des marchés du samedi matin. Il édulcore l'agression, ne fait état que de sa voiture qui a été volée. Il parle de la Société pour la protection des animaux, mais ne dit mot de l'incinérateur dans l'enceinte de l'hôpital, ni des après-midi volés avec Bev Shaw.

Ficelée de la sorte, l'histoire se débite sans ombres. La vie à la campagne dans toute sa simplicité débile. Comme il voudrait qu'il en soit ainsi ! Il en a assez des zones d'ombre, des complications, des gens compliqués. Il aime tendrement sa fille, mais par moments, il voudrait que ce soit quelqu'un de plus simple : plus simple, sans complication. L'homme qui l'a violée, le chef du gang, était de cet acabit. Un lame qui tranche le fil du vent.

Il a une vision de lui-même, étendu sur une table d'opération. Soudain, l'éclair d'un bistouri ; on l'incise de la gorge à l'aine. Il voit tout ce qui se passe mais il ne ressent pas la moindre douleur. Un chirurgien, barbu, se penche sur lui, les sourcils froncés. *Qu'est-ce que c'est que tout ça ?* grogne le chirurgien. Il tâte la vésicule biliaire. *Qu'est-ce que c'est que ça ?* Il coupe, il enlève, balance le tout. Il tâte le cœur. *Et ça, qu'est-ce que c'est ?*

« Votre fille, est-ce qu'elle s'occupe de la ferme toute seule ? demande Isaacs.

– Elle a quelqu'un qui l'aide de temps à autre. Un homme, Petrus, un Africain. » Et il se met à parler de Petrus, Petrus toujours là, Petrus sur qui on peut toujours compter, Petrus avec ses deux femmes et ses ambitions modérées.

Il n'a pas autant d'appétit qu'il l'aurait cru. La conversation languit, mais tant bien que mal ils arrivent quand même à finir le repas. Désirée demande qu'on l'excuse, elle a des devoirs à faire. Mme Isaacs débarrasse la table.

« Il faudrait que je parte, dit-il. Je dois prendre la route de bonne heure demain matin.

– Pas tout de suite. Restez encore un peu », dit Isaacs.

Ils sont seuls. Il n'y a plus moyen de tergiverser.

« C'est à propos de Mélanie, dit-il.

– Oui ?

– J'ai un mot de plus à dire, et j'en aurai fini. Les choses auraient pu prendre une autre tournure, entre elle et moi, malgré la différence d'âge. Mais il y a quelque chose que je n'ai pas été capable de donner, quelque chose – il cherche le mot – quelque chose de lyrique. C'est la dimension lyrique qui me manquait. En amour je ne me débrouille que trop bien. Même quand je brûle, je ne chante pas, si vous pouvez comprendre ça. Je le regrette bien. Je regrette ce que j'ai fait subir à votre fille. Votre famille est quelque chose de merveilleux. Je vous présente mes excuses pour la peine que je vous ai causée, à vous et à Mme Isaacs. Je vous demande pardon. »

Merveilleux n'est pas le mot juste. Il faudrait dire *exemplaire.*

« Ah, bon, dit Isaacs, enfin vous présentez vos excuses. Je

commençais à me demander si ça allait venir. » Il réfléchit. Il n'a pas repris sa place à table ; et le voilà qui se met à aller et venir dans la pièce. « Vous regrettez. C'est le côté lyrique qui vous manquait, dites-vous. Et avec du lyrique nous n'en serions pas là où nous en sommes aujourd'hui. Mais moi, je dis que tous autant que nous sommes nous regrettons ce que nous avons fait quand nous nous faisons prendre. C'est alors qu'on regrette. Mais la question n'est pas de savoir si l'on regrette. La question est de savoir ce qu'on a appris. La question est de savoir ce qu'on va faire maintenant qu'on regrette. »

Il est sur le point de répondre, mais Isaacs l'arrête en levant la main. « Puis-je prononcer le nom de *Dieu* devant vous ? Vous n'êtes pas de ceux que cela dérange d'entendre le nom de Dieu ? La question est de savoir ce que Dieu attend de vous, en dehors des regrets que vous avez. En avez-vous la moindre idée, monsieur Lurie ? »

Bien qu'il soit distrait par les va-et-vient d'Isaacs, il essaie de choisir ses mots avec soin. « Je dirais que normalement, après un certain âge, on est trop vieux pour profiter des leçons qu'on nous donne. Tout ce qui reste, c'est d'être puni, et encore puni. Mais cela n'est peut-être pas vrai, pas toujours. J'attends, je verrai. Quant à Dieu, je ne suis pas croyant, il faut donc que je traduise ce que vous appelez Dieu, et les volontés de Dieu en termes qui font sens pour moi. Je suis puni pour ce qui s'est passé entre votre fille et moi. Je suis plongé en un état de disgrâce dont il me sera difficile de me relever. Ce n'est pas une punition que j'ai refusée. Je ne proteste pas. Au contraire, je vis cette disgrâce de jour en jour, en essayant de l'accepter comme l'état de mon existence. Cela suffit-il pour Dieu, à votre avis, que je vive dans un état de disgrâce qui n'a pas de terme ?

– Je ne sais pas, monsieur Lurie. Normalement, je vous dirais : ce n'est pas à moi qu'il faut le demander, mais à Dieu. Mais comme vous ne priez pas, vous n'avez aucun moyen de poser la question à Dieu. Il faut donc que Dieu lui-même trouve le moyen de vous le faire savoir. Pourquoi êtes-vous ici, à votre avis, monsieur Lurie ? »

Il garde le silence.

« Je vais vous le dire. Vous passiez par George, et vous vous êtes souvenu que la famille de votre étudiante était de George ; vous vous êtes dit : *Pourquoi pas ?* Vous n'aviez pas projeté votre visite, et vous vous retrouvez chez nous. Cela doit vous surprendre. Est-ce que je vois juste ?

– Pas tout à fait. Je ne vous ai pas dit la vérité. Je ne passais pas par George. Je suis venu à George pour une seule raison : vous parler. Cela faisait quelque temps que j'y pensais.

– Bon. Vous êtes venu pour me parler, dites-vous, mais pourquoi à moi ? C'est très facile de me parler, trop facile. Tous les élèves du collège le savent bien. Avec Isaacs, on s'en tire facilement – voilà ce qu'ils disent. » Il sourit de nouveau, du même sourire de biais que tout à l'heure. « Alors, à qui êtes-vous venu parler ? »

Maintenant, il en est sûr : il n'aime pas cet homme, il n'aime pas ses tours de passe-passe.

Il se lève, traverse d'un pas hésitant la salle à manger vide, passe dans le couloir. Derrière une porte entrouverte, il entend qu'on parle à voix basse. Il pousse la porte. Désirée et sa mère sont assises sur le lit occupées avec un écheveau de laine. Étonnées de le voir, elles se taisent.

Avec une solennité étudiée, il se met à genoux et pose le front sur le sol.

Cela suffit-il ? se dit-il. Cela suffira-t-il ? Et, sinon, que faudra-t-il de plus ?

Il relève la tête. Elles sont là, assises toutes les deux, figées. Ses yeux rencontrent ceux de la mère, puis ceux de la fille, et de nouveau il sent cette décharge le traverser, le courant du désir.

Il se relève, avec moins de souplesse qu'il n'aurait souhaité. « Bonsoir, dit-il. Merci de votre bonté. Merci pour le dîner. »

A onze heures du soir, on lui passe un appel téléphonique dans sa chambre d'hôtel. C'est Isaacs. « Je vous appelle pour vous souhaiter bon courage pour l'avenir. » Une pause. « Il y a une question que je n'ai pas pu vous poser, monsieur Lurie. Vous n'espérez pas que nous allons intervenir pour vous, auprès de l'université, n'est-ce pas ?

– Intervenir ?

– Oui, pour vous faire réintégrer, par exemple.

– Cela ne m'est jamais venu à l'esprit. J'en ai fini avec l'université.

– Parce que vous êtes sur la voie que Dieu a prescrite pour vous. Il ne nous appartient pas d'intervenir.

– Compris. »

Vingt

Il regagne Le Cap par l'autoroute N2. Cela fait moins de trois mois qu'il est parti, mais dans ce peu de temps le bidonville s'est étendu à l'est de l'aéroport, a gagné sur l'autre côté de l'autoroute. Le flot des voitures doit ralentir pour laisser un enfant armé d'un bâton chasser une vache égarée sur la chaussée. Inexorablement, se dit-il, la campagne envahit la ville. Bientôt, on reverra du bétail sur le terrain communal de Rondebosch ; bientôt, l'histoire aura bouclé la boucle.

Le voilà donc rentré. Mais il n'a pas le sentiment d'être de retour au bercail. Il ne se voit pas reprendre ses quartiers dans la maison de Torrance Road, à l'ombre de l'université, rasant les murs comme un criminel, évitant ses anciens collègues. Il va falloir vendre la maison, déménager, prendre un appartement qui coûtera moins cher.

Quant à sa situation financière, c'est la pagaille. Il n'a pas payé une facture depuis qu'il est parti. Il vit à crédit ; d'un jour à l'autre, on ne lui fera plus crédit.

C'en est fini des jours où il courait le guilledou et le reste. Que reste-t-il à faire quand c'en est fini de courir ? Il se voit avec des cheveux blancs, le dos voûté, se traîner jusqu'à l'épicerie du coin pour acheter son demi-litre de lait et sa demi-miche de pain ; il se voit, assis à un bureau, l'esprit vide, dans une pièce encombrée de papiers jaunissants, attendant la fin de l'après-midi, longue à venir, pour préparer le repas du soir et aller se coucher. La vie d'un chercheur qui a fait son temps, une vie sans espoir, sans avenir : est-il prêt à s'accommoder de cette vie-là ?

Il déverrouille le portail d'entrée. Les mauvaises herbes ont envahi le jardin, la boîte à lettres déborde, bourrée de prospectus publicitaires. La maison est assez bien fortifiée, selon les normes en vigueur, mais voilà des mois qu'elle est inhabitée : on ne peut guère espérer qu'elle n'aura pas été la cible de visiteurs. Et, en effet, il n'a pas plutôt ouvert la porte d'entrée que l'air qu'il respire lui dit que quelque chose ne va pas. Ce qui l'attend le met dans un état d'excitation morbide qui lui fait battre le cœur à grands coups.

Pas un bruit. Ceux qui sont venus sont repartis. Mais comment sont-ils entrés ? Il va d'une pièce à l'autre sur la pointe des pieds, et comprend bientôt comment ils s'y sont pris. Les barreaux d'une des fenêtres de derrière ont été arrachés du mur et tordus pour dégager la fenêtre. Les vitres ont été brisées, juste assez pour laisser passer un enfant ou même un homme de petite taille. Le sol est recouvert d'une croûte de feuilles et de sable apportés par le vent.

Il fait le tour de la maison pour estimer ce qu'il a perdu. Sa chambre est saccagée, les placards vidés sont grands ouverts. Sa chaîne hi-fi a disparu, ainsi que ses bandes et ses disques, et son ordinateur. Les tiroirs de son bureau et le classeur ont été forcés ; les papiers jonchent le sol. A la cuisine, il ne reste rien, tout a été embarqué : couverts, assiettes, bouilloire, toaster. Partie aussi sa réserve d'alcools. Même le placard où il stockait des boîtes de conserve est vide.

Il ne s'agit pas d'un cambriolage ordinaire. C'est toute une bande de pillards qui ont investi les lieux, qui ont fait place nette et se sont retirés chargés de sacs, de cartons, de valises, un butin : réparations de guerre, un épisode de plus dans la grande campagne de redistribution des biens. Qui a ses chaussures aux pieds à l'heure qu'il est ? Est-ce que Beethoven et Janacek ont trouvé asile quelque part, ou les a-t-on balancés sur une décharge ?

De la salle de bains provient une mauvaise odeur. Un pigeon pris au piège dans la maison est mort dans le lavabo.

Du bout des doigts, il soulève le tas répugnant de plumes et d'os qu'il met dans un sac en plastique qu'il ferme d'un nœud.

L'électricité est coupée, le téléphone, mort. S'il ne fait pas quelque chose tout de suite, il va passer la nuit dans le noir. Mais il est trop déprimé pour agir. Que tout ça aille au diable, se dit-il, et il se laisse tomber dans un fauteuil et ferme les yeux.

Comme le soir tombe, il se secoue et quitte la maison. Les premières étoiles paraissent. Par des rues désertes, par des jardins où flotte le parfum entêtant de la verveine et des jonquilles, il monte jusqu'au campus.

Il a toujours sa clé pour entrer dans le bâtiment des Communications. C'est une bonne heure pour venir hanter les lieux : les couloirs sont déserts. Il prend l'ascenseur jusqu'au cinquième étage pour aller à son bureau. On a enlevé l'étiquette avec son nom sur la porte. Elle a été remplacée par une autre où il lit DR S. OTTO. Sous la porte filtre un rai de lumière.

Il frappe. Pas un bruit. Il ouvre avec sa clé et entre.

Tout est changé dans la pièce. Ses livres et ses tableaux ont été enlevés et les murs sont nus, à l'exception d'un grand poster, un agrandissement d'une image de bande dessinée : Superman, tête basse, qui se fait morigéner par Loïs Lane.

Assis devant l'ordinateur, dans une lumière chiche, il y a un homme jeune qu'il ne connaît pas, qui fronce les sourcils en levant la tête : « Qui êtes-vous ? demande-t-il.

– Je suis David Lurie.

– Oui, et alors ?

– Je venais prendre mon courrier. C'était mon bureau, *dans le passé*, ajoute-t-il presque.

– Ah oui, David Lurie. Excusez-moi, je ne sais pas où j'ai la tête. J'ai tout mis dans un carton. Et d'autres affaires à vous que j'ai trouvées ici. » Il montre le carton : « Là-bas.

– Et mes livres ?

– Ils sont en bas, dans la remise. »

Il prend le carton. « Merci, dit-il.

– Je vous en prie, dit le jeune Dr Otto. Vous allez arriver à porter tout ça ? »

Il emporte le lourd carton jusqu'à la bibliothèque où il a l'intention de dépouiller son courrier. Mais quand il arrive au contrôle des entrées, la machine électronique rejette sa carte d'accès. Il lui faut procéder à son dépouillement sur un banc du hall d'entrée.

Il est dans un tel état de nerfs qu'il ne peut fermer l'œil. A l'aube, il se dirige vers la montagne pour une longue marche. Il a plu, les ruisseaux coulent à flot. Il respire profondément le parfum entêtant des pins. A dater d'aujourd'hui, le voilà un homme libre, qui n'a d'obligations qu'envers lui-même. Il a tout le temps devant lui pour faire ce qui lui chante. C'est un sentiment bizarre, qui le met plutôt mal à l'aise, mais il présume qu'il s'y habituera.

Le petit séjour qu'il a fait auprès de Lucy ne l'a pas transformé en campagnard. Cependant certaines choses lui manquent – la famille de canards, par exemple : la mère cane qui tire des bords sur l'eau du barrage, se rengorgeant, toute fière, suivie de ses canetons qui nagent tout ce qu'ils savent dans son sillage, bien sûrs qu'il ne leur arrivera rien de mal tant qu'elle sera là.

Quant aux chiens, il préfère ne pas y penser. A partir de lundi, les chiens libérés de la vie entre les murs du centre seront jetés aux flammes anonymement, sans personne pour les pleurer. Sera-t-il jamais pardonné pour cette trahison ?

Il passe à la banque, va faire une machine à la laverie automatique du quartier. Dans le petit magasin où depuis des années il achète son café, le vendeur fait celui qui ne le connaît pas. Sa voisine, qui arrose son jardin, prend bien soin de garder le dos tourné.

Il pense à William Wordsworth qui, lors de son premier séjour à Londres, va au théâtre pour enfants où Jack le Tueur Géant va et vient allègrement sur la scène, brandissant son épée, protégé par le mot *invisible* écrit sur le devant de sa veste.

Dans la soirée, d'une cabine publique il passe un coup de fil à Lucy : « Je voulais te rassurer au cas où tu t'inquiéterais, dit-il. Ça va. Il va me falloir un peu de temps pour me réinstaller, j'imagine. Je suis un peu perdu tout seul dans cette grande maison. Je m'ennuie des canards. »

Du pillage de la maison il ne dit mot. A quoi bon accabler Lucy du poids de ses soucis ?

« Et Petrus ? demande-t-il. Est-ce que Petrus s'occupe bien de toi, ou est-ce qu'il est toujours embringué dans ses problèmes de construction ?

– Petrus m'aide bien. Tout le monde se montre très serviable.

– Eh bien, je peux revenir quand tu veux si tu as besoin de moi. Tu n'as qu'à le dire.

– Merci, David. Pas pour l'instant, peut-être, mais un de ces jours. »

Qui aurait cru, quand sa fille est née, que le jour viendrait où il demanderait humblement qu'elle l'accueille chez elle ?

Un jour qu'il fait ses courses au supermarché, il se trouve dans la queue à la caisse derrière Elaine Winter, chef du département dont il faisait naguère partie. Elle a un chariot plein d'achats, alors que lui n'a qu'un panier. Elle répond à son salut d'un air crispé.

« Et comment ça marche au département sans moi ? » demande-t-il sur un ton aussi enjoué que possible.

Ça marche très bien – ce serait la réponse la plus franche : *On se débrouille très bien sans vous*. Mais elle est trop bien élevée pour dire ça. Elle fait une réponse évasive : « Oh, tant bien que mal, comme d'habitude.

– Vous avez embauché des nouveaux ?

– On a pris un nouveau, sous contrat. Un garçon jeune. »

J'ai fait sa connaissance, pourrait-il dire. Et il pourrait ajouter : *Un vrai petit con.* Mais lui aussi est bien élevé. Et, au lieu de ça, il demande :

« Quelle est sa spécialité ?

– Les langues appliquées. L'enseignement de la langue. »

Ainsi s'en vont les poètes, les maîtres morts aujourd'hui. Qui n'ont guère été de bons guides pour lui, il faut le dire. *Aliter*, c'est lui qui n'a pas su les entendre.

La femme devant eux prend son temps pour payer. Cela laisse à Elaine le loisir de poser la question suivante, qui devrait être : *Et vous, David, comment ça va ?* Et lui pourrait répondre : *Très bien, Elaine, très bien, merci.*

Mais, au lieu de cela, elle dit en faisant un geste vers son panier :

« Vous ne voulez pas passer avant moi ? Vous avez si peu de chose.

– Pour rien au monde, Elaine », réplique-t-il, et il prend quelque plaisir à observer les emplettes qu'elle fait passer du chariot sur le comptoir ; pas seulement les articles ordinaires, pain, crémerie, mais les petites gâteries que s'offre une femme seule : glace à la crème (aux amandes, aux raisins), petits gâteaux importés d'Italie, plaques de chocolat – ainsi qu'un paquet de serviettes hygiéniques.

Elle paie avec sa carte de crédit. Une fois qu'elle est passée de l'autre côté de la caisse, elle lui fait un geste d'adieu. Son soulagement est tangible. « Au revoir ! crie-t-il pardessus la tête de la caissière. Faites mes amitiés à tout le monde ! »

Elle ne se retourne pas.

Tel qu'il l'avait d'abord conçu, l'opéra était centré sur Lord Byron et sa maîtresse la Contessa Guiccioli. Prisonniers dans la villa Guiccioli dans la chaleur étouffante de l'été à Ravenne, épiés par le mari jaloux de Teresa, ils vont l'un et l'autre d'un salon sinistre à l'autre, chantant leur passion contrariée. Teresa se sent prise au piège, elle est rongée par un ressentiment brûlant et ne cesse de harceler Byron pour qu'il l'emmène vers une autre vie. Quant à Byron, il est en proie au doute, mais trop prudent pour le dire. Il soupçonne que les extases qu'ils ont connues plus tôt seront sans lendemain. Sa vie est entrée dans le calme plat ; confusément, il commence à aspirer à une retraite tranquille ; à défaut, il aspire à l'apothéose, à la mort. Les grandes arias de Teresa n'allument pas la moindre étincelle en lui ; lui chante une ligne mélodique compliquée, sombre, qui passe à côté de Teresa, la traverse sans la toucher, ou passe au-dessus d'elle.

C'est ainsi qu'il l'avait conçu : un morceau de musique de chambre sur l'amour et la mort, avec une jeune femme passionnée et un homme plus vieux, naguère passionné, mais dont la passion s'est refroidie ; comme une action doublée d'une musique complexe, jamais sereine, chantée dans un anglais qui s'efforce d'approcher un italien d'invention.

Du point de vue de la forme, cela n'est pas mal conçu. Les personnages se font pendant, s'équilibrent bien : le couple pris au piège, la maîtresse rejetée qui cogne aux carreaux des fenêtres, le mari jaloux. Et la villa aussi, avec les singes apprivoisés de Byron accrochés nonchalamment aux lustres et les paons qui vont et viennent d'un pas affairé entre les meubles d'un style napolitain surchargé, contribue à allier dans un juste équilibre l'intemporel et la décrépitude.

Et pourtant, chez Lucy, à la ferme d'abord, et ici, maintenant de nouveau, ce projet n'a pas réussi à devenir ce qui lui tient le plus à cœur. Il y a comme une malformation dans la conception même, quelque chose qui ne vient pas du cœur. Une femme se plaint aux étoiles que les domestiques qui les espionnent la contraignent ainsi que son amant à satisfaire leur désir dans un placard à balais – ça intéresse qui, en vérité ? Il trouvera bien des paroles pour Byron, mais la Teresa que l'histoire lui a léguée – jeune, avide, volontaire, difficile – n'est pas à la mesure de la musique dont il a rêvé, une musique aux riches harmonies automnales où perce pourtant une pointe d'ironie qu'il entend obscurément dans sa tête.

Il essaie un autre angle d'approche. Il abandonne les pages de notes qu'il a noircies, il abandonne la jeune mariée mutine et précoce avec son milord anglais prisonnier, et il essaie de saisir Teresa à l'âge mûr. La nouvelle Teresa est une petite veuve empâtée installée à la villa Gamba avec son vieux père ; elle tient la maison, elle tient les cordons de la bourse, bien serrés, elle a à l'œil les domestiques qui pourraient voler du sucre. Dans cette nouvelle version, Byron est mort depuis longtemps. Le seul droit à l'immortalité qui lui reste, et le réconfort de ses nuits solitaires, est un coffre entier de lettres et de souvenirs qu'elle garde sous son lit, ce qu'elle appelle son *reliquie*, que ses petites-nièces devront ouvrir après sa mort pour prendre connaissance du contenu, muettes d'admiration pour le célèbre amant de leur tante.

Est-il à la recherche de cette héroïne-là depuis tout ce temps ? Une Teresa plus vieille parlera-t-elle à son cœur dans l'état où son cœur se trouve aujourd'hui ?

Le passage du temps n'a pas été clément pour Teresa. Sa lourde poitrine, sa taille épaisse, ses jambes courtaudes lui donnent plus l'allure d'une paysanne, d'une *contadina* que d'une aristocrate. Le teint que jadis Byron admirait tant s'est brouillé ; l'été, elle est terrassée par des crises d'asthme qui la laissent haletante, cherchant désespérément sa respiration.

Dans les lettres qu'il lui écrivait, Byron l'appelait *Mon amie*, puis *Mon amour*, puis *Mon éternel amour*. Mais en rivalité avec les lettres d'amour, il existe d'autres lettres auxquelles elle n'a pas accès et qu'elle ne peut brûler. Dans ces lettres, adressées à ses amis anglais, Byron la place avec désinvolture dans la liste de ses conquêtes italiennes, se moque de son mari, fait allusion à des femmes de son entourage avec qui il a couché. Au cours des années écoulées depuis la mort de Byron, ses amis ont publié nombre de mémoires basés sur ces lettres. L'histoire qu'ils racontent dit qu'après avoir enlevé la jeune Teresa à son mari, Byron s'est lassé d'elle ; il trouvait qu'elle n'avait rien dans la tête ; il n'est resté que par devoir, et c'est pour lui échapper qu'il s'est embarqué pour la Grèce, où il devait trouver la mort.

Leurs calomnies la blessent profondément. Ses années avec Byron constituent le sommet de sa vie. L'amour de Byron est tout ce qui la distingue du reste du monde. Sans lui, elle n'est rien : une femme qui a passé la fleur de l'âge, sans avenir, qui finit ses jours dans l'ennui d'une ville de province, faisant des visites et recevant des amies, massant les jambes de son père quand elles le font souffrir, dormant seule. Trouvera-t-il dans son cœur de quoi aimer cette femme ordinaire, quelconque ? Peut-il l'aimer assez pour composer la musique qui lui conviendra ? Et s'il ne peut pas, que lui reste-t-il ?

Il revient à ce qui maintenant s'impose comme la scène d'ouverture. Un jour étouffant de plus tire à sa fin. Teresa se tient à une fenêtre du deuxième étage de la maison de son père, d'où elle contemple les marais et les pinèdes de la Romagne, tournée vers le soleil qui scintille sur l'Adriatique. Fin du prélude ; tout se tait ; elle respire profondément. *Mio Byron*, chante-t-elle d'une voix vibrante de tristesse. Une unique clarinette lui répond, s'éteint peu à peu, se tait. *Mio Byron*, appelle-t-elle à nouveau, avec plus de force.

Où est-il, son Byron ? Byron est perdu, voilà la réponse. Byron erre parmi les ombres. Et elle aussi est perdue, la Teresa qu'il aimait, la jeune fille de dix-neuf ans aux petites boucles blondes qui s'abandonnait avec tant de joie à l'impérieux Anglais, et qui ensuite lui caressait le front qu'il posait sur son sein nu, respirant profondément, s'abandonnant au sommeil après ses étreintes passionnées.

Mio Byron, chante-t-elle pour la troisième fois, et de quelque part, des cavernes des enfers, une voix répond, une voix mal assurée, désincarnée, la voix d'un fantôme, la voix de Byron. *Où es-tu ?* chante-t-il ; puis vient le mot qu'elle ne veut pas entendre : *secca,* desséchée. *La voilà tarie, la source de toute chose.*

Elle est si faible, si hésitante, la voix de Byron, que Teresa dans son chant lui renvoie ses paroles, l'aidant à trouver son souffle pour chaque mot, le ramenant à la vie, son enfant, son petit garçon. *Je suis là*, chante-t-elle, elle le soutient, elle l'empêche de sombrer. *Je suis ta source. Te souviens-tu comme ensemble nous sommes allés voir les sources de l'Arquà ? Ensemble, toi et moi. J'étais ta Laure, t'en souvient-il ?*

Voilà comment il faut poursuivre à partir de là : Teresa donne sa voix à son amant, et lui, l'homme dans la maison mise à sac, donne sa voix à Teresa. L'aveugle qui en conduit un autre, faute de mieux.

Il travaille aussi vite qu'il peut, cramponné à Teresa, et essaie de tracer les grandes lignes des premières pages d'un livret. Mets les paroles noir sur blanc, se dit-il. Cela fait, ce sera plus facile. Ensuite, il aura le loisir de chercher chez les grands maîtres, des envolées mélodiques peut-être et – qui sait ? – des idées qui remontent le moral.

Mais, peu à peu, comme il commence à passer ses journées plus intensément avec Teresa et Byron mort, il devient clair que les chants volés ne feront pas l'affaire, que l'une comme l'autre exigeront une musique composée pour eux. Et il est surpris de voir que, par bribes, la musique lui vient. Parfois, le mouvement d'une phrase musicale lui vient avant même qu'il ait la moindre idée de ce que seront les paroles ; parfois, c'est le texte qui dicte une cadence ; parfois, l'ombre d'une mélodie, que depuis des jours il était au bord d'entendre, soudain se déploie et se révèle avec bonheur.

Comme l'action se développe, de plus, elle génère d'elle-même des modulations et des transitions qu'il sent courir dans ses veines, même si ses connaissances musicales ne lui permettent pas de les réaliser.

Il se met à travailler au piano pour composer et noter le début d'une partition. Mais quelque chose dans le son du piano le gêne : c'est un son trop plein, trop physique, trop riche. Du grenier, d'une caisse où ont été rangés les vieux livres et les jouets de Lucy, il tire un instrument bizarre, un petit banjo à sept cordes, qu'il lui avait acheté dans les rues de Kwa-Mashu quand elle était enfant. A l'aide du banjo il commence à noter la musique que Teresa, tantôt plaintive, tantôt dans des éclats de colère, chantera à son amant mort, et à laquelle Byron, de sa voix blanche fera écho pour lui répondre du pays des ombres.

Plus il s'enfonce à la suite de la Contessa dans ses enfers, chantant les paroles qu'elle dirait, ou fredonnant sa ligne mélodique, plus le son aigrelet de ce jouet idiot, à sa surprise, devient inséparable de Teresa. Toutes ces vastes arias dont il avait rêvé pour elle, il les abandonne ; et dès lors il n'y a plus qu'un pas à faire pour lui mettre l'instrument entre les mains. Au lieu d'aller et venir sur la scène, Teresa est maintenant assise, contemplant au-delà des marais les portes de l'enfer, tenant sur ses genoux la mandoline sur laquelle elle accompagne ses envolées lyriques, tandis que sur le côté de la scène un trio discret en hauts-de-chausses (un violoncelle, une flûte, un basson) remplit les vides des entractes ou, de quelques mesures, ajoute un commentaire entre les strophes.

Et lui, de son bureau qui donne sur le jardin envahi de mauvaises herbes, s'émerveille de ce que le petit banjo lui apprend. Il y a six mois, il avait pensé qu'il trouverait sa place, dans son *Byron en Italie*, comme une présence fantomatique entre Teresa et Byron : entre le désir de prolonger l'été d'un corps passionné, et le réveil malgré lui du long sommeil de l'oubli. Mais il se trompait. Ce n'est pas l'érotique qui l'appelle en fin de compte, ni l'élégiaque, mais le comique. Il n'est dans cet opéra ni comme Teresa, ni comme Byron, ni même comme un amalgame de l'un et de l'autre : il est pris dans la musique même, dans le son sans résonance, pincé, menu, des cordes du banjo, la voix qui cherche à monter en s'arrachant à cet instrument ridicule, mais qui ne cesse d'être ramenée, comme un poisson au bout d'une ligne.

C'est donc ça l'art, pense-t-il, et c'est comme ça que ça marche ! Comme c'est étrange ! Comme c'est passionnant !

Il passe des jours entiers totalement pris par Byron et Teresa, vivant de café noir et de cornflakes. Le réfrigérateur est vide, son lit n'est pas fait ; les feuilles qui entrent par le carreau cassé tourbillonnent par terre. Peu importe, se dit-il, que les morts ensevelissent les morts.

Les poètes m'ont appris l'amour, chante Byron de sa voix fêlée, monocorde, débitant les neuf syllabes sur un do naturel ; *mais la vie, je l'ai découvert*, descendant l'échelle chromatique jusqu'au fa, *c'est autre chose.* Cling, clong, ding, disent les cordes du banjo. *Mais pourquoi, pourquoi ?* lance Teresa dont la voix monte et s'abaisse en une longue courbe de reproches. Cling, clong, ding, ponctuent les cordes.

Elle veut être aimée, Teresa, d'un amour qui lui donnera l'immortalité ; elle veut rejoindre les Laure et les Flore du temps jadis. Et Byron ? Byron sera fidèle jusqu'à la mort, mais il ne promet rien de plus. *Restons liés l'un à l'autre, jusqu'à ce que l'un de nous rende l'âme.*

Mon amour, chante Teresa, *My love*, donnant autant d'ampleur que possible au monosyllabe anglais qu'elle a appris dans le lit du poète. *Cling*, répondent les cordes en écho. Une femme amoureuse, une femme vautrée dans l'amour ; une chatte qui miaule sur un toit brûlant ; les molécules complexes de protéines courent dans les veines, gonflent les organes sexuels, rendent les paumes moites, et la voix se fait rauque comme l'âme lance ses désirs vers les cieux. C'est à cela que servaient les Soraya et les autres : elles purgeaient son sang de ces hétéroprotéines comme on suce le venin d'un serpent, et il était libéré de ses moiteurs et retrouvait des idées claires. Dans la maison de son père à Ravenne, Teresa pour son malheur n'a personne pour sucer le venin qui l'empoisonne. *Viens me rejoindre, mio Byron*, pleure-t-elle. *Viens me rejoindre, aime-moi !* Et Byron, exilé de la vie, pâle comme un fantôme, lui fait écho avec dérision : *Laisse-moi, laisse-moi !*

Il y a des années, lorsqu'il vivait en Italie, il a vu cette forêt entre Ravenne et la côte Adriatique où un siècle et demi plus tôt Byron et Teresa se promenaient à cheval. Quelque part sous les arbres, doit se trouver l'endroit où pour la première fois l'Anglais a soulevé les jupes de celle qui l'avait charmé avec ses dix-huit ans, de la jeune épouse d'un autre. Il pourrait prendre l'avion pour Venise demain, de là sauter dans un train pour Ravenne, parcourir les anciennes allées cavalières, et passer devant l'endroit même de leurs ébats. Il invente la musique (ou c'est la musique qui l'invente), mais l'histoire, il ne l'invente pas. C'est sur ces aiguilles de pin que Byron a pris sa Teresa « craintive comme une gazelle », dit-il, froissant ses vêtements, mettant du sable dans ses dessous (tandis que les chevaux attendaient à côté d'eux dans l'indifférence), et de cette belle occasion naquit une passion qui la fit hurler à la lune pour le restant de ses jours, en proie à une fièvre qui le fait hurler lui aussi, à sa manière.

Teresa montre la voie ; de page en page, il la suit. Et puis, un beau jour, monte obscurément une autre voix, qu'il n'a pas entendue jusque-là, qu'il ne comptait pas entendre. Les paroles lui disent que c'est Allegra, la fille de Byron ; mais de quel recoin de son cœur vient-elle ? *Pourquoi m'as-tu laissée ? Viens me chercher !* crie-t-elle. *J'ai chaud, si chaud, si chaud !* Elle se plaint sur un rythme qui lui est propre et qui s'insinue avec insistance entre les voix des amants.

A l'appel intempestif de la petite de cinq ans, pas de réponse. Malgracieuse, mal aimée, négligée par son célèbre père, elle est passée de mains en mains avant d'être confiée à des religieuses. *Si chaud ! Si chaud ! Si chaud*, gémit-elle du lit dans ce couvent où elle meurt de la malaria. *Pourquoi m'as-tu oubliée ?*

Pourquoi son père se refuse-t-il à répondre ? Parce qu'il en a assez de vivre ; parce qu'il préférerait retourner là où il se sent chez lui, sur l'autre rive de la mort, abîmé dans son ancien sommeil. *Ma pauvre petite enfant !* chante Byron à contrecœur, d'une voix hésitante, trop faible pour qu'elle l'entende. Sur le côté, dans l'ombre, le trio joue le motif qui se déploie comme avance un crabe, tantôt montant, tantôt descendant, le motif de Byron.

Vingt et un

Il a un coup de fil de Rosalind. « Lucy me dit que tu es rentré au Cap. Pourquoi est-ce que tu n'as pas fait signe ?

– Je ne suis pas encore capable de fonctionner en société, répond-il.

– En as-tu jamais été capable ? » réplique-t-elle d'un ton sec.

Ils se retrouvent dans un café de Claremont. « Tu as maigri, remarque-t-elle tout de suite. Et qu'est-ce qui t'est arrivé à l'oreille ?

– Ce n'est rien », répond-il. Il n'est pas disposé à donner d'explications.

Durant leur conversation, son regard ne cesse de se poser sur l'oreille déformée. Elle aurait la chair de poule, il en est sûr, si elle devait la toucher. Rosalind n'a pas l'âme d'une infirmière. Les meilleurs souvenirs qu'il a d'elle restent ceux des premiers mois où ils étaient ensemble : les nuits d'été passionnées à Durban, les draps humides de sueur, et le corps pâle et effilé de Rosalind qui se contorsionnait dans les affres du plaisir, ou de la douleur, il n'en savait trop rien. Sensuels, l'un et l'autre : c'est ce qui les a unis, pour un temps.

Ils parlent de Lucy, de la ferme. « Je croyais qu'elle avait une amie qui vivait avec elle, dit Rosalind. Grace.

– Non, Helen. Helen est repartie pour Johannesburg. Je crois qu'elles ont rompu, définitivement.

– Est-ce que Lucy est en sécurité, toute seule, dans cet endroit isolé ?

– Non. Elle n'est pas en sécurité, elle serait folle de se croire en sécurité. Mais elle tient à y rester, envers et contre tout. Elle en fait une question d'honneur.

– Tu disais qu'on t'avait volé ta voiture.

– C'est de ma faute. J'aurais dû être plus prudent.

– J'ai oublié de te dire : on m'a raconté l'histoire de ton procès. Quelqu'un qui y était.

– Mon procès ?

– L'enquête, la commission d'enquête, appelle ça comme tu veux. On m'a dit que tu n'avais pas été brillant.

– Ah bon ? Comment est-ce que tu as appris ça ? Je croyais que c'était confidentiel.

– Peu importe. On m'a dit que tu n'avais pas fait bonne impression. Tu étais crispé et sur la défensive.

– Je n'essayais pas d'impressionner qui que ce soit. Je défendais un principe.

– Ça se peut, David, mais à ton âge tu sais sûrement que dans un procès il ne s'agit pas de principes. Il s'agit de l'image que tu projettes. Selon mes sources, tu passais mal la rampe. Et quel était ce principe que tu défendais ?

– La liberté de parole. La liberté de se taire.

– Un grand principe. Mais, David, tu as toujours été très fort pour te raconter des histoires. Pour raconter des histoires aux autres, et te bercer d'illusions. Tu es bien sûr qu'en fait tu ne t'es pas tout bonnement fait prendre la main dans le sac ? »

Il se garde bien de mordre à cet appât.

« De toute façon, quel que soit le principe que tu défendais, c'était bien trop abscons pour ceux qui t'entendaient. Ils ont pensé que tu noyais le poisson. Tu aurais dû te faire conseiller et répéter ton rôle avant d'entrer en scène. Et financièrement, qu'est-ce que tu vas faire ? Ils t'ont sucré ta retraite ?

– On me rendra la totalité de mes cotisations. Je vais vendre la maison. C'est trop grand pour moi.

– Et comment est-ce que tu vas t'occuper ? Tu vas chercher un boulot ?

– Je ne pense pas. J'ai du pain sur la planche. J'écris.
– Un livre ?
– Un opéra, en fait.
– Un opéra ! Ça alors, tu te lances. J'espère que tu vas te faire beaucoup d'argent. Tu vas aller habiter avec Lucy ?
– L'opéra, c'est pour passer le temps, je fais ça en dilettante. Cela ne me rapportera pas un sou. Et je ne vais pas aller m'installer chez Lucy. Ce n'est pas la chose à faire.
– Et pourquoi pas ? Vous vous êtes toujours bien entendus, tous les deux. Il s'est passé quelque chose entre vous ? »
Ses questions sont indiscrètes, mais cela n'a jamais gêné Rosalind d'être indiscrète. “Tu as couché dans mon lit pendant dix ans, lui a-t-elle dit un jour ; pourquoi est-ce que tu aurais des secrets pour moi ?”
« Lucy et moi, nous nous entendons toujours bien, répond-il. Mais pas assez bien pour vivre ensemble.
– Ça a été comme ça toute ta vie.
– C'est vrai. »
Le silence tombe entre eux, pendant que, chacun de son point de vue, ils méditent sur l'histoire de sa vie.
« J'ai vu ta petite amie, dit Rosalind, changeant de sujet.
– Ma petite amie ?
– *Ta dulcinée*, Mélanie Isaacs, c'est bien comme ça qu'elle s'appelle ? Elle a un rôle dans la pièce qu'on donne au Dock Theatre. Tu ne savais pas ? Je vois bien ce qui t'a plu : les grands yeux noirs ; le joli petit corps qui sait y faire. Tout à fait ton genre. Tu as dû t'imaginer que ce serait une peccadille de plus, une aventure sans lendemain, comme les autres. Et maintenant, regarde un peu où tu en es. Tu as fichu ta vie en l'air, et pour quoi ?
– Je n'ai pas fichu ma vie en l'air, Rosalind. Ne dis pas de bêtises.
– Mais si. Tu as perdu ton boulot, ton nom est traîné dans la boue, tes amis t'évitent, tu te caches à Torrance Road comme une tortue qui a peur de risquer la tête hors de sa carapace. Des gens qui ne méritent pas de cirer tes

bottes font des gorges chaudes de ton aventure. Ta chemise n'est pas repassée, Dieu sait où tu t'es fait faire cette coupe de cheveux, tu as... » Elle interrompt sa tirade. « Tu vas finir comme un de ces petits vieux lamentables qui font les poubelles.

– Je vais finir dans un trou en terre, dit-il, comme toi, comme tout le monde.

– Ça va comme ça, David. Je suis déjà assez contrariée comme ça, je ne veux pas entrer dans une discussion. » Elle rassemble ses paquets. « Quand tu en auras assez de manger des sandwiches, passe-moi un coup de fil, je te ferai un vrai repas. »

Il est quelque peu bouleversé d'avoir entendu le nom de Mélanie Isaacs. Il n'a jamais été homme à prolonger ses liaisons. Quand c'est fini, il tourne la page. Mais dans l'affaire Mélanie, il reste quelque chose en suspens, qui attend sa conclusion. Il a gardé au fond de lui son odeur, l'odeur d'une compagne. A-t-elle, elle aussi, gardé le souvenir de son odeur ? *Tout à fait ton genre*, a dit Rosalind, qui sait de quoi elle parle. Et si de nouveau leurs chemins se croisaient, à lui et à Mélanie ? Y aura-t-il l'éclair d'une émotion, un indice que leur aventure n'est pas arrivée à son terme ?

Pourtant l'idée même de solliciter Mélanie à nouveau est de la folie. Pourquoi irait-elle parler à l'homme qu'on a condamné comme son persécuteur ? Et que penserait-elle de lui, d'ailleurs – cet idiot avec une drôle d'oreille, qui a besoin d'une coupe de cheveux, dans une chemise au col fripé ?

Les noces de Cronos et d'Harmonie, contre nature. C'est bien ce que le procès entendait punir, une fois éliminés les beaux discours. Au banc des accusés pour son mode de vie. Pour des actes contre nature : pour disséminer une vieille semence, une semence fatiguée, une semence à bout de force, *contra naturam*. Si les vieillards confisquent les jeunes femmes, quel sera l'avenir de l'espèce ? Voilà, au fond, le chef d'inculpation. C'est le thème que traite une bonne moitié de la littérature : des jeunes femmes qui se débattent pour échapper aux vieillards qui les écrasent sous leur poids, une lutte pour sauver l'espèce.

Il soupire. Les jeunes enlacés, oublieux de tout, absorbés dans une musique sensuelle. Ce n'est pas un pays où il fait bon être vieux. Il semble passer beaucoup de temps à soupirer. Le regret : il va faire sa sortie sur cette note regrettable.

Il y a deux ans encore, le Dock Theatre était un hangar réfrigéré où l'on stockait des carcasses de porcs et de bœufs en attendant de les expédier au-delà des mers. Aujourd'hui, c'est un endroit à la mode où les gens viennent s'amuser. Il arrive en retard et prend sa place au moment où la salle s'obscurcit. « Reprise d'un succès fracassant à la demande du public », dit l'affiche de la nouvelle production de la pièce : *Le soleil se couche au salon du Globe*. Le décor est plus élégant, la mise en scène plus professionnelle, il y a un nouvel acteur dans le rôle principal. Malgré cela, il trouve la pièce et son humour sans finesse, son propos ouvertement politique, aussi difficile à supporter que la première fois.

Mélanie a conservé le rôle de Gloria, l'apprentie coiffeuse. Vêtue d'une tunique rose sur des collants lamés dorés, maquillée à outrance, la tête surmontée d'un échafaudage de torsades de cheveux, elle arpente la scène d'un pas mal assuré sur ses hauts talons. Ce qu'elle a à dire est tout à fait prévisible, mais elle sort ses répliques à point nommé avec l'accent plaintif des métis du Cap. Elle est beaucoup plus sûre d'elle que dans la production précédente – en fait, elle est bonne dans ce rôle, elle y montre son talent. Se pourrait-il qu'au cours de son absence, en quelques mois, elle ait grandi, elle ait trouvé sa voie ? *Ce qui ne me tue point me rend plus fort*. Le procès aura peut-être été une épreuve pour elle aussi ; peut-être a-t-elle souffert elle aussi et a fini par s'en sortir.

Il voudrait avoir un indice. Un indice lui dirait ce qu'il faut faire. Si par exemple ces nippes ridicules pouvaient brûler dans des flammes glacées et secrètes, et si elle pouvait se retrouver devant lui, se révéler secrètement à lui, nue et parfaite comme elle l'était lors de cette dernière nuit dans la chambre de Lucy.

Autour de lui, les vacanciers, au teint rougeaud, sans complexe dans leurs bourrelets de graisse, se régalent du spectacle. Mélanie-Gloria leur plaît, ils lâchent de petits rires nerveux aux plaisanteries lestes, et rient à gorge déployée quand les personnages échangent des vannes et des insultes.

Bien que ces gens soient ses compatriotes, il se sent comme un étranger parmi eux, plutôt comme un imposteur. Pourtant quand ils rient aux répliques de Mélanie, il se laisse aller à une certaine fierté. *Elle est à moi !* aimerait-il dire en se tournant vers eux, comme si c'était sa propre fille.

Tout d'un coup, sans crier gare lui revient un souvenir qui remonte à des années : quelqu'un pris en stop sur la N1 à la sortie de Trompsburg, une femme d'une vingtaine d'années qui voyageait seule, une touriste d'Allemagne, brûlée par le soleil, couverte de poussière. Ils ont fait la route jusqu'à Touws River, ont pris une chambre d'hôtel : il lui a payé à dîner, a couché avec elle. Il se rappelle ses longues jambes, maigres ; il se rappelle la douceur de ses cheveux, légers comme de la plume entre ses doigts.

Et puis en une éruption soudaine, silencieuse, comme s'il rêvait tout éveillé, un flot d'images s'abat sur lui, des images de femmes qu'il a connues sur deux continents, certaines il y a si longtemps qu'il les reconnaît à peine. Comme des feuilles emportées pêle-mêle par le vent, elles passent en cortège devant lui, *vaste foule de belles et bonnes gens*, des centaines de vies imbriquées dans la sienne. Il retient son souffle, il voudrait que cette vision ne s'évanouisse pas.

Que leur est-il arrivé à toutes ces femmes, à toutes ces

vies ? Y a-t-il des moments où elles aussi, ou du moins certaines d'entre elles, se retrouvent d'un instant à l'autre plongées dans l'océan de la mémoire ? Cette jeune Allemande, se pourrait-il qu'à cet instant même elle se rappelle l'homme qui l'a ramassée au bord de la route en Afrique et a passé la nuit avec elle ?

Enrichi : c'est le mot que les journaux ont retenu pour décocher leurs sarcasmes. Idiot de laisser échapper ce mot-là, dans la situation où il se trouvait, mais aujourd'hui il n'en démordrait pas. Par Mélanie, par la fille de Touws River, par Rosalind, Bev Shaw, Soraya : par chacune d'elles il s'est trouvé enrichi, ainsi que par toutes les autres, même les plus insignifiantes, et même celles avec qui ça n'a pas marché. Comme une fleur qui s'épanouit dans sa poitrine, son cœur déborde de gratitude.

D'où viennent des moments pareils ? D'une sorte d'état d'hypnose, sans aucun doute ; mais qu'est-ce que cela explique ? Si on le guide, quel dieu fait office de mentor ?

L'action sur scène avance tant bien que mal. On en est au moment où Mélanie empêtre son balai dans la rallonge électrique. Un éclair de magnésium, et tout d'un coup la scène est plongée dans l'obscurité. « *Jesus Christ, you dom meid !* » piaille le coiffeur, *Nom de Dieu ! Quelle idiote, celle-là.*

Une vingtaine de rangs le séparent de Mélanie, pourtant il espère qu'à ce moment-là, à distance, elle le sent, elle flaire ses pensées.

Quelque chose qui vient le frapper légèrement à la tête le ramène à la réalité. Un instant plus tard, un autre projectile passe à côté de lui et va heurter le fauteuil devant lui : une boule de papier mâché de la taille d'une bille. Une troisième l'atteint dans le cou. Il est la cible de ce tir répété, cela ne fait aucun doute.

Il est censé se retourner avec un regard furibond. *Qui a fait cela ?* est-il censé aboyer. Ou alors, garder les yeux fixés droit devant lui, et faire semblant de ne rien remarquer.

Une quatrième boulette percute son épaule et rebondit.

L'homme assis à côté de lui lui jette un regard perplexe.

Pendant ce temps, sur scène l'action progresse. Sidney, le coiffeur, est en train d'ouvrir l'enveloppe fatidique et de lire l'ultimatum du propriétaire. Ils ont jusqu'à la fin du mois pour payer les arriérés du loyer, faute de quoi le Globe devra fermer boutique. « Mais qu'est-ce qu'on va faire ? » se lamente Miriam, la shampouineuse.

« Psst », siffle quelqu'un derrière lui, assez doucement pour ne pas être entendu à l'avant de la salle. « Psst. »

Il se retourne pour prendre une boulette sur la tempe. Debout, appuyé au mur derrière le dernier rang, se tient Ryan, le petit ami à la boucle d'oreille et à la barbiche. Leurs regards se croisent. « Professeur Lurie ! » dit Ryan d'une voix basse, rauque. Quelque scandaleux que soit son comportement, il a l'air tout à fait à l'aise. Il a un petit sourire aux lèvres.

La pièce continue, mais autour de lui à présent on commence à s'énerver. « Psst », siffle Ryan une fois encore. « Taisez-vous donc ! » lance une femme assise deux fauteuils plus loin, s'adressant à lui, alors qu'il n'a pas fait le moindre bruit.

Il y a cinq paires de genoux à passer... (Excusez-moi... excusez-moi), des regards courroucés, des grognements irrités, pour arriver jusqu'au bout du rang, sortir de la salle pour se retrouver dehors, dans le vent qui souffle par une nuit sans lune.

Il entend quelque chose derrière lui. Il se retourne, repère l'éclat d'une cigarette : Ryan l'a suivi jusqu'au parking.

« Bon, expliquez-vous, dit-il d'un ton cassant. Comment expliquez-vous ce comportement puéril ? »

Ryan tire sur sa cigarette. « C'est seulement pour vous rendre service, prof. Vous n'avez rien appris.

– Qu'est-ce que j'étais censé apprendre ?

– A rester avec ceux de votre espèce. »

Ceux de votre espèce : pour qui il se prend ce gamin pour lui dire qui sont ceux de son espèce ? Que sait-il de la force qui porte deux êtres totalement étrangers l'un à l'autre dans les bras l'un de l'autre, pour faire d'eux des êtres du même sang, de la même espèce, faisant fi de toute prudence? *Omnis gens quaecumque se in se perficere vult.* La semence de la génération, poussée à se parfaire, qui se force un chemin au plus profond du corps de la femme, qui à toute force cherche à donner une existence à l'avenir. Pousse, poussée.

Ryan reprend : « Fichez-lui la paix, mon vieux ! Mélanie vous crachera à la figure si elle vous voit. » Il laisse tomber sa cigarette, s'avance d'un pas. A la lumière des étoiles, si étincelantes qu'on les croirait en feu, ils se font face. « Croyez-moi, prof, faites-vous une autre vie. »

Il rentre lentement par la Grand-Rue de Green Point. *Elle vous crachera à la figure :* il ne s'attendait pas à ça. Sur le volant, sa main tremble. Ces mauvais coups de l'existence, il faut qu'il apprenne à les prendre moins à cœur.

Les prostituées sont en nombre sur les trottoirs : à un feu rouge, l'une d'elles lui tape dans l'œil, une grande fille dans une minijupe de cuir noir. *Pourquoi pas,* se dit-il, *en ce soir de révélations ?*

Il se gare dans un cul-de-sac sur les flancs de Signal Hill. La fille est soûle ou peut-être droguée : il ne parvient pas à tirer d'elle des propos cohérents. Néanmoins, elle s'acquitte du travail qu'elle a à faire aussi bien qu'il pouvait l'espérer. Ensuite, elle se repose, le visage sur ses genoux. Elle est plus jeune qu'elle ne semblait à la lumière des réverbères, plus jeune même que Mélanie. Il lui pose une main sur la tête. Il a cessé de trembler. Il est un peu vaseux, satisfait ; et aussi il se sent étrangement protecteur.

Alors, c'est ça et rien de plus, se dit-il, *comment avais-je pu oublier ?*

Pas un mauvais type, mais pas bon non plus. Pas froid, mais pas de feu non plus, même quand il brûle. En tout cas, rien de comparable à Teresa, ni même à Byron. Manque d'ardeur. Est-ce que ce sera là le verdict sur son compte, le verdict de l'univers dont l'œil embrasse tout ?

La fille sort de sa torpeur, s'assied. « Où est-ce que tu m'emmènes ? marmonne-t-elle.

– Je te ramène là où je t'ai trouvée. »

Vingt-deux

IL RESTE EN CONTACT avec Lucy par téléphone. Lors de leurs conversations, elle se donne un mal fou pour l'assurer que tout va bien à la ferme, et lui pour lui donner l'impression qu'il ne met pas ce qu'elle dit en doute. Elle travaille dur à ses plants de fleurs, lui dit-elle, et les fleurs de printemps sont en pleine floraison. Les chenils reprennent vie. Elle a deux chiens en pension complète et elle espère en avoir d'autres. Petrus est occupé avec la construction de sa maison, mais il trouve le temps de donner un coup de main. Les Shaw viennent souvent la voir. Non, elle n'a pas besoin d'argent.

Mais quelque chose dans le ton de Lucy le chiffonne. Il appelle Bev Shaw. « Tu es la seule à qui je peux demander ça, dit-il. Comment va Lucy, vraiment ? »

Bev Shaw est sur ses gardes. « Qu'est-ce qu'elle t'a dit ?

– Elle me dit que tout va bien. Mais elle a l'air complètement dans les vaps. On dirait qu'elle est bourrée de tranquillisants. C'est ça ? »

Bev élude la question. Cependant, elle dit – et elle semble choisir ses mots avec circonspection – qu'il y a « du nouveau ».

« Du nouveau ? Qu'est-ce qu'il y a de nouveau ?

– Je ne peux pas te le dire, David. N'essaie pas de me le faire dire. C'est à Lucy de te le dire elle-même. »

Il appelle Lucy. « Il faut que j'aille à Durban, ment-il. Il y aurait peut-être un boulot. Est-ce que je peux passer un jour ou deux ?

– Est-ce que Bev t'a dit quelque chose ?

– Ça n'a rien à voir avec Bev. Est-ce que je peux venir ? »

Il prend l'avion jusqu'à Port Elizabeth où il loue une voiture. Deux heures plus tard, il quitte la grand-route pour la piste qui va jusqu'à la ferme, la ferme de Lucy, le petit lopin de terre de Lucy.

Est-ce que c'est sa terre à lui aussi ? Il n'a pas l'impression que c'est sa terre. Malgré le temps qu'il a passé ici, il se sent en terre étrangère.

Il trouve des changements. Une clôture de fil de fer, pas particulièrement bien posée, marque la limite entre la propriété de Lucy et celle de Petrus. Du côté qui appartient à Petrus broutent deux génisses efflanquées. La maison de Petrus se dresse maintenant, grise et sans caractère, sur une éminence à l'est de la maison de Lucy sur laquelle il suppose qu'elle doit jeter le matin un long pan d'ombre.

Lucy lui ouvre la porte vêtue d'une espèce de robe vague qui pourrait aussi bien être une chemise de nuit. Elle n'a plus cette bonne mine, cet air de santé qu'elle avait naguère. Elle a le teint brouillé, elle a besoin d'un shampooing. Elle répond à son étreinte sans chaleur. « Entre, dit-elle. J'étais justement en train de faire du thé. »

Ils s'installent à la table de la cuisine. Elle sert le thé et lui passe un paquet de biscuits au gingembre. « Dis-moi ce qu'on t'offre à Durban, dit-elle.

– Ça ne presse pas. Je suis là, Lucy, parce que je suis inquiet à ton sujet. Est-ce que tu vas bien ?

– Je suis enceinte.

– Tu es quoi ?

– Je suis enceinte.

– De qui ? Ça date de ce jour-là ?

– De ce jour-là.

– Je ne comprends pas. Je croyais que tu avais fait le nécessaire avec ton médecin.

– Non.

– Quoi, non ? Tu veux dire que tu n'as pas fait le nécessaire ?

– J'ai fait le nécessaire. J'ai fait tout ce qu'il y avait à faire, sauf ce à quoi tu penses. Mais je ne veux pas d'avortement. Je ne veux pas passer par là une deuxième fois.

– Je ne savais pas que c'était ta façon de penser. Tu ne m'as jamais dit que tu étais contre l'avortement. Pourquoi d'ailleurs faudrait-il envisager un avortement ? Je croyais que tu avais pris la pilule, la pilule du lendemain.

– Cela n'a rien à voir avec ce que je pense de l'avortement. Et je n'ai jamais dit que j'avais pris cette pilule.

– Tu aurais pu me dire ça plus tôt. Pourquoi me l'as-tu caché ?

– Parce que tu aurais fait une scène, et je ne pouvais pas faire face à ça. David, je ne peux pas mener ma vie en tenant compte de ce qui te plaît ou pas. C'est fini, ça. Tu te comportes comme si tous mes faits et gestes étaient ta vie à toi. Le personnage principal, c'est toi. Moi, je suis un personnage secondaire qui fait son entrée à la moitié de l'histoire. Eh bien, contrairement à ce que tu crois, les gens ne sont pas dans ces catégories de personnages principaux ou secondaires. Je ne suis pas un personnage secondaire. J'ai ma vie à moi, comme tu as la tienne. Et pour ce qui est de ma vie, c'est moi qui prends les décisions à prendre. »

Une scène ? Et est-ce qu'elle, elle n'est pas en train de faire une scène justement ? « Ça suffit, Lucy, dit-il, tendant le bras à travers la table pour lui prendre la main. Est-ce que tu es en train de me dire que tu as l'intention d'avoir l'enfant ?

– Oui.

– Un enfant de l'un de ces hommes ?

– Oui.

– Pourquoi ?

– Pourquoi ? Je suis une femme, David. Est-ce que tu penses que je n'aime pas les enfants ? Est-ce que je devrais refuser l'enfant à cause de celui qui est le père ?

– Ça s'est déjà vu. Tu attends l'enfant pour quand ?

– Mai. Fin mai.

– Ta décision est prise ?

– Oui.

– Très bien. Je t'avoue que ça me fait un coup, mais tu auras mon soutien, quoi que tu décides. Tu peux en être sûre. Maintenant, je vais aller faire un tour. On pourra parler de tout ça plus tard. »

Pourquoi ne peuvent-ils pas continuer à parler maintenant ? Parce que la nouvelle lui a donné un coup. Parce qu'il risque bien lui aussi d'éclater et de faire une scène.

Elle ne veut pas, dit-elle, passer par là une deuxième fois. Elle a donc déjà eu un avortement. Il ne s'en serait jamais douté. Quand est-ce que ça a bien pu se passer ? Quand elle vivait encore à la maison ? Est-ce que Rosalind était au courant ? Et pourquoi ne lui a-t-on rien dit ?

Le gang des trois. Trois pères qui ne font qu'un. Des violeurs plutôt que des voleurs, c'est ainsi que Lucy les a appelés – violeurs et collecteurs d'impôts qui écument la région, s'en prennent aux femmes, et trouvent leur plaisir dans la violence. Eh bien, Lucy se trompait. Il ne s'agissait pas de viol, mais d'accouplement. Ce n'était pas au principe de plaisir qu'ils obéissaient, mais aux testicules, aux bourses gonflées de semence qui ne demande qu'à se parfaire. Et maintenant, oh merveille, *l'enfant !* Il l'appelle déjà *l'enfant*, alors que ce n'est encore qu'un ver dans le ventre de sa fille. Quelle sorte d'enfant peut naître d'une semence pareille, une semence forcée dans une femme non par amour mais par haine, mêlée pêle-mêle, destinée à la souiller, à la marquer, comme de l'urine de chien ?

Un père qui a un fils sans le savoir : est-ce que c'est ainsi que tout cela va finir, est-ce ainsi que sa lignée va s'assécher, comme de l'eau qui goutte à goutte est bue par la terre ? Qui aurait cru ça ! Un jour comme tous les autres, la chaleur douce du soleil sous un ciel clair, et tout d'un coup tout est changé, changé du tout au tout !

Dehors, appuyé contre le mur de la cuisine, le visage caché dans les mains, il est secoué de sanglots et finit par pleurer.

Il s'installe dans l'ancienne chambre de Lucy, qu'elle n'a pas reprise. Le reste de l'après-midi, il l'évite, craignant de sortir un mot de trop.

A table, le soir, nouvelle révélation. « A propos, dit-elle, le jeune garçon est revenu.

– Le jeune garçon ?

– Oui, le garçon avec qui tu as eu un accrochage à la fête de Petrus. Il habite chez Petrus, il l'aide. Il s'appelle Pollux.

– Pas Mncedisi ou Nqabayakhe ? Pas un de ces noms imprononçables ?

– P-O-L-L-U-X. Et je t'en prie, David, fais-nous grâce de ton ironie redoutable.

– Je ne comprends pas ce que tu veux dire.

– Tu comprends très bien. Pendant des années, quand j'étais petite, tu en as usé contre moi, pour me mortifier. Ne me dis pas que tu as oublié. De toute façon, il s'avère que Pollux est le frère de la femme de Petrus. Je ne sais pas si c'est son frère au sens où nous l'entendons, mais Petrus a des obligations envers lui, des obligations envers un parent, envers quelqu'un de la famille.

– La vérité commence donc à se faire jour. Et maintenant, le jeune Pollux revient sur les lieux du crime, et il faut que nous fassions comme si rien ne s'était passé.

– Ne monte pas sur tes grands chevaux, David, ça ne sert à rien. A ce que dit Petrus, Pollux a quitté l'école et ne trouve pas de travail. Je veux simplement te prévenir qu'il est là. A ta place, je l'éviterais. Je soupçonne qu'il n'est pas normal. Mais je ne peux pas le chasser de la propriété, je n'en ai pas le pouvoir.

– Surtout… » Il ne finit pas sa phrase.

« Surtout quoi ? Dis-le donc.

– Surtout, vu qu'il est peut-être le père de l'enfant que tu portes. Lucy, ta situation commence à devenir ridicule ; ça va au-delà du ridicule, cela n'augure rien de bon. Je ne comprends pas comment tu ne le vois pas. Je t'en conjure, quitte la ferme avant qu'il ne soit trop tard. C'est la seule chose sensée qui te reste à faire.

– Arrête de parler de *la ferme*, David. Ce n'est pas une ferme, ce n'est qu'un bout de terre où je fais pousser des choses et d'autres – tu le sais aussi bien que moi. Je ne l'abandonnerai pas. »

Il va se coucher le cœur lourd. Rien n'a changé entre Lucy et lui, rien n'a guéri. Ils sont hargneux l'un envers l'autre comme s'il n'était jamais parti.

C'est le matin. Il escalade la nouvelle clôture. La femme de Petrus étend sa lessive derrière les anciennes étables. « Bonjour, dit-il. *Molo*. Je cherche Petrus. »

Elle ne le regarde pas dans les yeux, mais fait un geste nonchalant vers le chantier de la nouvelle maison. Elle a des mouvements lents, pesants. Elle n'est pas loin d'accoucher, même lui le voit bien.

Petrus est en train de mettre des carreaux aux fenêtres. On devrait passer par le long palabre des salutations, mais il n'est pas d'humeur à ça. « Lucy me dit que le garçon est revenu, dit-il. Pollux. Le garçon qui l'a agressée. »

Petrus finit d'appliquer le mastic sur la lame de son couteau, le pose. « C'est un parent, dit-il avec un accent rocailleux. Et maintenant, il faut que je lui dise de partir à cause de ce qui s'est passé ?

– Vous m'avez dit que vous ne le connaissiez pas. Vous m'avez menti. »

Petrus plante sa pipe entre ses dents tachées et suce le tuyau énergiquement. Puis il sort la pipe de sa bouche et lui adresse un large sourire. « Je mens, dit-il. Je vous mens. » Il suce sa pipe une fois de plus. « Et pourquoi donc est-ce que je dois vous mentir ?

– Ce n'est pas à moi qu'il faut le demander, mais à vous, Petrus. Pourquoi est-ce que vous mentez ? »

Le sourire a disparu. « Vous partez. Vous revenez – pourquoi ? » Il lui jette un regard de défi. « Vous ne travaillez pas ici. Vous venez vous occuper de votre enfant. Moi aussi, je m'occupe de mon enfant.

– Votre enfant ? Alors maintenant, ce Pollux est votre enfant ?

– Oui, c'est un enfant. Il est de ma famille, il est des miens. »

On y est. Plus de mensonges. *Les miens*. Il ne pouvait pas espérer mieux, la vérité toute nue. Eh bien, Lucy, elle est des *siens*, à lui.

« Vous dites que c'est mauvais ce qui s'est passé, poursuit Petrus. Moi aussi, je dis que c'est mauvais. C'est mauvais. Mais c'est passé. » Il sort la pipe de sa bouche et pointe le tuyau en avant d'un geste véhément. « C'est passé, fini.

– Ce n'est pas fini. Et ne faites pas semblant de ne pas comprendre ce que je veux dire. Ce n'est pas fini. Au contraire, ça ne fait que commencer. Et ça va durer longtemps, bien après ma mort, et après votre mort à vous. »

Petrus, l'œil fixe, réfléchit ; il ne fait pas semblant de ne pas comprendre. « Il la mariera, dit-il enfin. Il mariera Lucy, mais il est trop jeune, il est trop jeune pour se marier. C'est un enfant encore.

– Un enfant dangereux. Un petit voyou. Un petit chacal. »

Petrus d'un geste ignore les insultes. « Oui, il est trop jeune, bien trop jeune. Peut-être qu'un jour il la mariera, mais pas tout de suite. Moi, je vais la marier.

– Marier qui ?

– Je vais marier Lucy. »

Il n'en croit pas ses oreilles. C'est là qu'il voulait en venir avec sa boxe à vide : la voilà son enchère, le direct du droit ! Et il est là, Petrus, inébranlable, il tire sur sa pipe vide, il attend la riposte.

« Vous voulez épouser Lucy, dit-il en pesant ses mots. Expliquez-moi un peu ce que vous voulez dire. Non. Attendez. Ne m'expliquez rien du tout. Ce n'est pas quelque chose que j'ai envie d'entendre. Ce n'est pas comme ça que nous faisons les choses. »

Nous ; il dit presque : *Nous, les Occidentaux.*

« Oui, je vois bien, je vois bien », dit Petrus. Et il rit, sans essayer de se retenir. « Mais je vous le dis à vous, et vous vous le dites à Lucy. Et puis c'est fini, tout ce qu'il y a de mauvais.

– Lucy ne veut pas se marier. Elle ne veut pas se marier avec un homme. C'est une solution qu'elle ne voudra même pas considérer. Je ne peux pas vous dire les choses plus clairement. Elle veut vivre sa vie, sans personne.

– Oui, je sais », dit Petrus. Et peut-être il le sait bien. Ce serait de la bêtise de sous-estimer Petrus. « Mais ici, dit Petrus, c'est dangereux, trop dangereux pour une femme. Il lui faut un mari. »

« J'ai essayé de prendre la chose en douceur, dit-il à Lucy un peu plus tard. Mais j'avais peine à croire ce que j'entendais. C'était du chantage, pur et simple.

– Ce n'était pas du chantage. Tu te trompes là-dessus. J'espère que tu as gardé ton calme.

– Oui, j'ai gardé mon calme. J'ai dit que je te communiquerais son offre, c'est tout. J'ai dit que je doutais fort que cela t'intéresse.

– Tu t'es senti offensé ?

– Offensé à la perspective de devenir le beau-père de Petrus ? Non. J'ai été déconcerté, étonné, abasourdi, mais pas offensé, accorde-moi au moins ça.

– Parce qu'il faut que je te le dise, ce n'est pas la première fois. Cela fait déjà quelque temps que Petrus fait des allusions pour me faire comprendre que je me sentirais bien plus en sécurité si je faisais partie de sa maison. Ce n'est ni une plaisanterie, ni une menace. A un certain niveau, il est sérieux.

– Je ne doute pas une seconde qu'il soit sérieux, dans un certain sens. Reste à savoir dans quel sens ? Est-il au courant de... ?

– Tu veux dire, est-il au courant de mon état ? Je ne lui en ai pas fait part. Mais je suis sûre que sa femme et lui auront fait le rapprochement.

– Et cela ne va pas le faire changer d'avis ?

– Pourquoi changerait-il d'avis ? Je ferai d'autant plus partie de la famille. De toute façon, ce n'est pas après moi qu'il en a. C'est la ferme qu'il veut. La ferme, c'est ma dot.

– Mais tout cela est grotesque, Lucy ! Il est déjà marié. En fait, tu m'as dit qu'il y avait déjà deux femmes. Comment peux-tu même envisager cette situation ?

– Je crois que tu ne comprends pas de quoi il s'agit, David. Petrus ne m'offre pas un mariage à l'église et un voyage de noces sur la Côte sauvage. Il offre une alliance, un contrat. J'apporte la terre, et en contrepartie je suis autorisée à me glisser sous son aile. Autrement, c'est ce qu'il me rappelle, je suis sans protection, une proie toute désignée.

– Et ce n'est pas du chantage, ça, peut-être ? Et pour le côté personnel ? Il n'y a pas de côté personnel dans son offre ?

– Tu veux dire, est-ce que Petrus attend de moi que je couche avec lui ? Je ne suis pas sûre que Petrus voudrait coucher avec moi, sauf pour être sûr que je comprends bien ce qu'il a à me dire. Mais, franchement, non. Je ne veux pas coucher avec Petrus. Absolument pas.

– Dans ce cas, ce n'est pas la peine de continuer à discuter. Est-ce que je fais part de ta décision à Petrus – son offre n'est pas acceptée, et je ne dis pas pourquoi.

– Non. Attends. Avant que tu montes sur tes grands chevaux avec Petrus, prends le temps de considérer ma situation objectivement. Objectivement, je suis une femme seule. Je n'ai pas de frère. J'ai un père, mais il est loin, et de toute façon, pour ce qui compte ici, il est impuissant. Vers qui est-ce que je peux me tourner pour trouver protection ou appui ? Vers Ettinger ? Un jour ou l'autre, on retrouvera Ettinger avec une balle dans le dos ; ce n'est qu'une question de temps. Pratiquement, il ne reste que Petrus. Petrus n'est peut-être pas un homme de poids, mais il pèse assez lourd pour quelqu'un de petit, comme moi. Et Petrus au moins je le connais. Je n'ai aucune illusion à son sujet. Je sais dans quoi je m'embarque.

– Lucy, je suis en pourparlers pour vendre la maison au Cap. Je suis disposé à t'envoyer en Hollande. Ou bien, je suis disposé à te donner ce qu'il te faut pour que tu te réinstalles ailleurs, dans un coin plus sûr qu'ici. Réfléchis à ce que je te propose. »

On dirait qu'elle ne l'a pas entendu. « Retourne voir Petrus, dit-elle. Fais-lui la proposition suivante. Dis-lui que j'accepte sa protection. Dis-lui qu'il peut raconter ce qu'il veut sur nos relations. Je ne contredirai pas ses dires. S'il veut qu'on me considère comme sa troisième femme, soit. Comme sa concubine, ça va aussi. Mais alors, l'enfant est aussi le sien. L'enfant devient un membre de sa famille. Pour ce qui est de la terre, dis-lui que je signerai les papiers, elle sera à lui, à condition que la maison reste à moi. Je deviendrai sa locataire, sur sa propriété.

– Une *bywoner*.

– Une *bywoner*. Mais la maison reste à moi, je le répète. Personne n'entre dans cette maison sans mon autorisation. Y compris lui. Et je conserve les chenils.

– Ça ne peut pas marcher, Lucy. Légalement, ce n'est pas faisable. Tu le sais bien.

– Alors, qu'est-ce que tu proposes ? »

Elle est en robe de chambre et en pantoufles, assise avec le journal d'hier sur les genoux. Elle a le cheveu terne et gras ; elle est trop grosse, de la mauvaise graisse, sans muscle. De plus en plus, elle prend l'allure de ces femmes qui traînent les pieds en marmonnant toutes seules dans les couloirs des asiles psychiatriques. Pourquoi Petrus prendrait-il la peine de négocier ? Elle n'en a pas pour longtemps. Il n'y a qu'à la laisser tranquille, et elle finira par tomber comme un fruit blet.

« Je t'ai fait ma proposition. Deux propositions.

– Non, je ne pars pas d'ici. Va voir Petrus et transmets-lui ce que j'ai dit. Dis-lui que je renonce à la terre. Dis que la terre est à lui, avec titre de propriété et tout. Ça va lui plaire. »

Il y a entre eux un silence.

« Comme c'est humiliant, finit-il par dire. Avec tant de grandes espérances, et finir comme ça.

– Oui, je suis d'accord, c'est humiliant. Mais c'est peut-être un bon point de départ pour recommencer. C'est peut-être ce qu'il faut que j'apprenne à accepter. De repartir du ras du sol. Sans rien. Non, pas sans rien, sauf. Sans rien. Sans atouts, sans armes, sans propriété, sans droits, sans dignité.

– Comme un chien.

– Oui, comme un chien. »

Vingt-trois

C'EST LE MILIEU de la matinée. Il est sorti promener la chienne bouledogue Katy. De façon inattendue, Katy a réussi à le suivre, soit parce qu'il marche plus lentement qu'avant, ou parce c'est elle qui marche plus vite. Elle renifle toujours autant et a toujours le souffle court, mais on dirait que cela ne l'agace plus.

Comme ils approchent de la maison, il remarque le garçon, celui que Petrus appelle *un des miens*, debout, le visage tourné vers le mur de derrière. D'abord, il pense que le garçon est en train d'uriner; puis il se rend compte qu'il regarde par la fenêtre de la salle de bains, observant Lucy à la dérobée.

Katy s'est mise à grogner, mais le garçon est bien trop absorbé pour l'entendre. Quand il se retourne, ils sont arrivés sur lui. Le plat de sa main s'abat sur le visage du garçon. « *Salaud !* » crie-t-il, et il le frappe une deuxième fois au point que le garçon chancelle. « *Petit salaud !* »

Le garçon n'a pas grand mal, mais il est surpris; il essaie de se sauver mais il trébuche et s'étale. En un clin d'œil la chienne lui saute dessus. Ses mâchoires se referment sur son coude; arc-boutée sur ses pattes avant, elle tire de toutes ses forces en grognant. Le garçon jette un cri de douleur et essaie de se dégager, à coups de poing de son bras libre, mais il manque de force et la chienne n'est pas intimidée.

Le mot résonne encore : « *Salaud !* » Jamais de sa vie il n'a été en proie à une rage aussi élémentaire, aussi viscérale. Il a envie de donner au garçon ce qu'il mérite : une bonne raclée. Des expressions qu'il s'est gardé de prononcer toute sa vie, tout d'un coup semblent justes, appropriées : *Donne-lui une bonne leçon. Remets-le à sa place.* Voilà ce que c'est, se dit-il ! Voilà ce que c'est que d'être un sauvage !

Il décoche un bon coup de pied, bien envoyé, qui fait rouler le garçon sur le côté. Pollux ! Avec un nom pareil !

La chienne change de position ; elle grimpe sur le corps du garçon, continue à tirer sur son bras férocement, et déchire sa chemise. Le garçon essaie de la repousser, mais elle s'accroche. « Aïe ! Aïe ! Aïe ! crie-t-il de douleur. Je te tuerai. »

Et puis voilà Lucy qui arrive. « Katy ! » lance-t-elle avec autorité.

La chienne la regarde de biais, mais n'obéit pas.

Lucy se met à genoux, saisit le collier de la chienne, lui parle doucement, d'un ton pressant. Bon gré, mal gré, la chienne lâche prise.

« Ça va ? » demande-t-elle.

Le garçon gémit de douleur. La morve lui coule des narines. « Je te tuerai ! » dit-il dans un souffle. Il a l'air d'être au bord des larmes.

Lucy retrousse la manche de la chemise. Il y a sur la peau la marque des crocs de la chienne ; et le sang se met à perler sur la peau sombre.

« Viens, qu'on nettoie ça », dit-elle. Le garçon ravale sa morve et ses larmes, il secoue la tête.

Lucy n'a sur elle qu'une sorte de paréo. Comme elle se relève, l'étoffe glisse et lui découvre les seins.

La dernière fois qu'il a vu les seins de sa fille, c'étaient de timides boutons de rose sur le torse d'une enfant de six ans. Aujourd'hui, ses seins sont lourds, globuleux, comme gorgés de lait. Le silence tombe sur eux trois. Il fixe Lucy des yeux ; le garçon aussi, d'un regard éhonté. Il sent la rage monter en lui, lui brouiller la vue.

Lucy se détourne de l'un et l'autre, se rajuste. D'un seul coup de reins, le garçon se ramasse, se relève et s'esquive, hors d'atteinte. « On vous tuera tous ! » crie-t-il. Il leur tourne le dos ; il piétine délibérément les plants de pommes de terre, se baisse pour passer sous la clôture et bat en retraite vers la maison de Petrus. Il a retrouvé sa démarche de petit coq, bien qu'il ménage son bras blessé.

Lucy a raison. Il a quelque chose d'anormal, la tête dérangée. Un enfant violent dans le corps d'un jeune homme. Mais il y a autre chose, un autre aspect de cette affaire qu'il ne comprend pas. Qu'est-ce que fait Lucy à protéger le garçon ?

Lucy parle. « Ça ne peut pas continuer comme ça, David. Je peux supporter Petrus et ses *aanhangers*, tous autant qu'ils sont. Je peux te supporter, toi. Mais tous ensemble, je ne peux pas.

– Il te reluquait par la fenêtre de la salle de bains. Est-ce que tu t'en rends compte ?

– Il est perturbé. C'est un enfant perturbé.

– Est-ce que c'est une excuse ? Une excuse pour ce qu'il t'a fait ? »

Les lèvres de Lucy bougent, mais il n'entend pas ce qu'elle dit.

« Je ne lui fais pas confiance, poursuit-il, il n'est pas franc, il est comme un chacal qui vient flairer partout, à l'affût d'un mauvais coup. Autrefois, on disait des gens comme lui qu'ils étaient déficients, qu'ils souffraient de déficience mentale, de déficience morale. Il devrait être dans un établissement spécialisé.

– Tu dis n'importe quoi, David. Si c'est le raisonnement que tu tiens, garde-le pour toi, je t'en prie. De toute façon, peu importe ce que tu penses de lui. Il est là et bien là, il ne va pas s'évaporer comme par enchantement. Il fait partie des réalités de la vie. » Elle est plantée devant lui, clignant des yeux dans la lumière. Katy se laisse tomber à ses pieds, haletant un peu, contente d'elle, contente du devoir accompli. « David, on ne peut pas continuer comme ça. Tout avait repris son cours normal, on avait retrouvé la paix jusqu'à ce que tu reviennes. J'ai besoin de calme. Je ferais n'importe quoi, je suis prête à tous les sacrifices pour avoir la paix.

– Et je fais partie de ce que tu es prête à sacrifier ? »

Elle hausse les épaules. « Je ne te le fais pas dire.

– Dans ce cas, je plie bagage. »

Plusieurs heures après cet incident, les coups qu'il a assenés lui laissent encore des picotements dans la main. Quand il pense au garçon et aux menaces qu'il a proférées, il bout de rage. En même temps, il se sent honteux. Il se condamne sans réserve. A qui a-t-il donné une leçon ? Sûrement pas au garçon. Tout ce qu'il a fait, c'est de creuser le fossé qui le sépare de Lucy. Il s'est montré à elle en proie à une réaction passionnelle, et elle n'aime pas ça, c'est clair.

Il devrait s'excuser. Mais il ne peut pas. Il a perdu le contrôle de lui-même, semble-t-il. Il y a quelque chose chez Pollux qui le met hors de lui : ses horribles petits yeux opaques, son insolence, mais aussi l'idée que cette mauvaise herbe ait pu enchevêtrer ses racines avec Lucy, avec l'existence de Lucy.

Si Pollux fait de nouveau outrage à sa fille, il le frappera de nouveau. *Du musst dein Leben ändern :* il te faut changer de vie. Eh bien, il est trop vieux pour entendre ce message, trop vieux pour changer. Lucy peut-être peut ployer sous la tempête ; lui ne peut pas, pas en sauvant l'honneur.

C'est pour cela qu'il lui faut écouter Teresa. Teresa est peut-être bien la dernière encore capable de le sauver. Elle bombe la poitrine vers le soleil, elle joue du banjo devant les domestiques et, s'ils ricanent, elle s'en moque bien. Elle brûle du désir d'être immortelle et elle chante son désir. Elle se refuse à être une morte.

Il arrive au centre de la SPA au moment où Bev Shaw s'apprête à partir. Ils s'étreignent, avec hésitation, comme des étrangers. On a peine à croire que naguère ils étaient nus dans les bras l'un de l'autre.

« Tu ne fais que passer ou tu es là pour quelque temps ? demande-t-elle.

– Je suis revenu pour le temps qu'il faudra. Mais je ne vais pas m'installer chez Lucy. Ça ne marche pas entre elle et moi. Je vais chercher une chambre en ville.

– Navrée d'apprendre ça. Qu'est-ce qui ne va pas ?

– Entre Lucy et moi ? Rien, j'espère. Rien d'irrémédiable. Le problème, c'est les gens parmi lesquels elle vit. Quand je viens m'ajouter au nombre, nous sommes trop nombreux. Comme trop d'araignées dans un bocal. »

Il lui vient à l'esprit une image de *L'Enfer* de Dante : le vaste marais du Styx, dont la surface pullule d'âmes, comme des champignons. *Vedi l'anime di color cui vinse l'ira.* Des âmes terrassées par la colère, qui s'entre-déchirent à coups de dents. Un châtiment à la mesure de leur crime.

« Tu parles du garçon qui est venu habiter chez Petrus. Je dois dire que sa tête ne me revient pas. Mais tant que Petrus est là, il n'y a pas de danger pour Lucy. Il est peut-être temps, David, de prendre tes distances et de laisser Lucy se débrouiller toute seule. Les femmes savent s'adapter. Lucy est capable de s'adapter. Elle est jeune. Elle a les pieds sur terre, plus que toi ou moi. »

Lucy capable de s'adapter ? Ce n'est pas ce qu'il a vu.

« Tu me répètes qu'il faut que je prenne mes distances, dit-il. Si j'avais eu cette attitude depuis le début, où en serait Lucy à l'heure qu'il est ? »

Bev Shaw garde le silence. Y a-t-il quelque chose en lui que Bev Shaw perçoit, et lui pas ? Parce que les animaux lui font confiance, devrait-il lui aussi lui faire confiance, écouter ses leçons ? Les animaux lui font confiance, et elle en profite pour les liquider. Quelle leçon y a-t-il à apprendre là ?

« Si je prenais mes distances, poursuit-il maladroitement, et s'il devait se produire une nouvelle catastrophe à la ferme, comment pourrais-je jamais me le pardonner ? »

Elle a un haussement d'épaules. « Est-ce que c'est bien de ça qu'il s'agit, David ? demande-t-elle calmement.

– Je ne sais pas. Je ne sais plus de quoi il s'agit. Entre la génération de Lucy et la mienne, on dirait qu'un rideau est tombé. Et je ne m'en suis même pas rendu compte. »

Il y a entre eux un long moment de silence.

« De toute façon, dit-il, je ne peux pas habiter chez Lucy ; alors je cherche une chambre. Si par hasard tu entendais parler de quelque chose à Grahamstown, fais-moi signe. Mais je suis surtout venu pour dire que je suis disponible pour donner un coup de main au centre.

– On en a bien besoin », dit Bev Shaw.

Il achète une camionnette à un ami de Bill Shaw. En paiement, il donne un chèque de 1 000 rands et un autre chèque de 7 000 rands postdaté pour la fin du mois.

« Qu'est-ce que vous voulez faire avec cette camionnette ? lui demande le vendeur.

– Des animaux. Des chiens.

– Il va falloir fermer l'arrière pour les empêcher de sauter. Je connais quelqu'un qui peut vous mettre une rambarde et des barreaux.

– Mes chiens ne sautent pas. »

D'après les papiers, le véhicule a douze ans, mais le moteur tourne encore bien rond. Et de toute façon, se dit-il, ça n'a pas besoin de durer pour toujours. Rien n'a besoin de durer pour toujours.

Par une petite annonce dans le *Grocott's Mail*, il trouve une chambre à louer chez un particulier, pas loin de l'hôpital. Il donne le nom de Lourie, paie un mois de loyer d'avance et dit à la propriétaire qu'il est à Grahamstown pour se faire traiter comme malade de jour. Il ne donne pas de détails sur le traitement, mais il sait qu'elle pense que c'est un cancer.

Il dépense un argent fou. Peu importe.

Dans un magasin d'équipement de camping, il achète un petit chauffe-eau, un réchaud à gaz, un faitout en aluminium. Comme il rentre chargé de ces achats, il rencontre la propriétaire dans l'escalier. « Il est interdit de faire de la cuisine dans les chambres, monsieur Lourie, dit-elle. Ça pourrait mettre le feu, vous comprenez. »

La chambre est sombre, mal aérée, encombrée de meubles, le matelas plein de trous et de bosses. Mais il s'y habituera, comme il s'est habitué à d'autres choses.

Il y a un autre pensionnaire, un instituteur à la retraite. Ils se saluent au petit déjeuner, leurs échanges s'arrêtent là. Après le petit déjeuner, il part pour le centre où il passe la journée, tous les jours y compris le dimanche.

C'est au centre, plus qu'à la pension, qu'il se sent chez lui. Dans la cour, derrière le bâtiment, il se fait une sorte de nid, avec une table et un vieux fauteuil que lui donnent les Shaw, et un parasol pour se protéger du soleil aux heures les plus chaudes. Il apporte le réchaud à gaz pour se faire du thé ou réchauffer des boîtes de conserve : spaghetti aux boulettes de viande ou du poisson, du snoek aux oignons. Il nettoie les cages, il nourrit les animaux deux fois par jour ; et parfois il leur parle. Le reste du temps, il lit ou somnole ou, quand il est seul dans les lieux, il cherche sur le banjo de Lucy la musique pour Teresa Guiccioli.

Jusqu'à la naissance de l'enfant, il aura cette vie-là.

Un matin, il lève les yeux de son banjo pour trouver trois petits garçons qui l'observent par-dessus le mur de béton. Il se lève ; les chiens se mettent à aboyer ; les visages disparaissent derrière le mur et les gamins détalent avec des cris d'excitation. En voilà une histoire à raconter à la maison : un vieux fou, assis au milieu des chiens et qui chante tout seul !

Fou, c'est bien vrai. Comment pourrait-il jamais leur expliquer, expliquer à leurs parents, aux gens du Village D. ce que Teresa et son amant ont bien pu faire pour mériter d'être ramenés en ce monde ?

Vingt-quatre

DANS SA CHEMISE de nuit blanche, Teresa est à la fenêtre de la chambre. Elle ferme les yeux. C'est le plus noir de la nuit : elle respire profondément, elle inspire le bruissement du vent, le croassement des crapauds.

« *Che vuol dir* », chante-t-elle d'une voix qui n'est guère qu'un chuchotement – « *Che vuol dir questa solitudine immensa ? Ed io*, continue-t-elle, *che sono ?* »

Silence. La *solitudine immensa* n'offre pas de réponse. Même le trio dans son coin ne pipe pas.

« Viens ! chuchote-t-elle, viens vers moi, je t'en supplie, mon Byron ! » Elle ouvre grands les bras, étreignant les ténèbres, étreignant ce qu'elles vont lui apporter.

Elle voudrait qu'il vienne, porté par la brise, qu'il se love sur elle et l'enlace, qu'il enfouisse son visage entre ses seins. Ou alors, elle voudrait qu'il arrive porté par l'aurore, surgissant à l'horizon comme un dieu-soleil qui la baignerait dans sa chaleur radieuse. D'une manière ou d'une autre, elle veut qu'il lui revienne.

Installé à sa table dans la cour aux chiens, il prête l'oreille aux tristes courbes decrescendo de la supplication de Teresa face aux ténèbres. C'est le mauvais moment du mois pour Teresa, elle a mal, elle n'a pas fermé l'œil, elle n'en peut plus de désir. Elle veut qu'on vienne la secourir de la douleur, de l'été et de ses chaleurs, de la villa Gamba, de son père acariâtre, de tout en somme.

Elle va vers la chaise où est posée sa mandoline. Elle la prend et, la portant au creux de ses bras comme un enfant, elle revient vers la fenêtre. *Cling-clong* fait la mandoline dans ses bras, doucement pour ne pas réveiller le vieux père. Et le banjo fait ses couacs, *Cling-clong*, dans cette cour désolée au bout de l'Afrique.

C'est quelque chose pour passer le temps, rien de plus, avait-il dit à Rosalind. Il mentait. L'opéra n'est pas un passe-temps, il ne l'est plus. Il le consume nuit et jour.

Cependant, malgré quelques bons moments, la vérité est que *Byron en Italie* est dans une impasse. Il n'y a pas d'action, pas de développement ; tout se résume en une longue cantilène, hésitante, que Teresa projette dans les airs, dans le vide, scandée de temps à autre par les soupirs et les gémissements de Byron dans les coulisses. Le mari et l'autre maîtresse, la rivale, sont oubliés ; ils pourraient tout aussi bien ne pas exister du tout. L'élan lyrique en lui n'est peut-être pas mort, mais après des décennies de famine, il sort de sa caverne en se traînant, chétif, amoindri, contrefait. Il n'a pas les ressources musicales, il lui manque l'énergie nécessaire pour arracher *Byron en Italie* à la voie monotone sur laquelle il progresse depuis le début. C'est devenu le genre d'ouvrage que pourrait écrire un somnambule.

Il soupire. Il aurait été bon de revenir en triomphe au sein de la société comme l'auteur d'un petit opéra excentrique sur musique de chambre. Mais cela ne sera pas. Il faut qu'il mette la sourdine à ses espoirs : quelque part, du déchaînement sonore, jaillira, comme un oiseau, une seule note vraie d'immortel désir. Il laissera aux érudits de demain le soin de la reconnaître, si tant est qu'il y ait encore des érudits et des chercheurs d'ici là. Car lui-même ne l'entendra pas cette note quand elle viendra, si jamais elle vient – il en sait trop long sur l'art et ce qui arrive dans les œuvres d'art pour en espérer tant. Mais cela aurait été bien pour Lucy de son vivant d'entendre quelque preuve de sa valeur, et d'avoir de lui une opinion un peu meilleure.

Pauvre Teresa ! Pauvre petite qui souffre ! Il l'a tirée de la tombe, il lui a promis une autre vie, et voilà qu'il manque à sa promesse. Il espère qu'elle aura le cœur assez bon pour lui pardonner.

Parmi les chiens enfermés dans les cages, il y en a un auquel il s'est attaché plus qu'aux autres. C'est un chien jeune, un mâle, qui traîne la croupe, atrophiée sur le côté gauche. Il ne sait pas si l'animal est né avec cette infirmité. Parmi les visiteurs du centre, personne ne s'est intéressé à lui et n'a offert de l'adopter. Il est au bout de son sursis, et devra sous peu être piqué.

Parfois, quand il lit ou qu'il écrit, il le laisse sortir de son enclos et s'ébattre dans la cour, avec des mouvements grotesques, ou dormir à ses pieds. Le chien n'est pas du tout « son chien » ; il s'est bien gardé de lui donner un nom (bien que Bev Shaw l'appelle *Driepoot* – le bancal) ; néanmoins, il perçoit un élan d'affection généreuse qui émane du chien pour aller vers lui. De façon arbitraire, inconditionnelle, il a été adopté ; le chien se ferait tuer pour lui, il le sait.

Le chien est fasciné par le son du banjo. Quand il gratte les cordes de l'instrument, le chien se lève, dresse la tête, écoute. Quand il fredonne la mélodie de Teresa, et quand l'émotion enfle son chant (c'est comme si la glotte se rétrécissait, martelée par les battements de son pouls dans sa gorge), le chien se lèche les babines et semble prêt à chanter, ou à hurler.

Oserait-il aller jusque-là : inclure un chien dans l'œuvre, lui permettre de lâcher sa propre complainte vers les cieux entre les strophes de Teresa éperdue d'amour ? Pourquoi pas ? Tout est permis, sûrement, dans une œuvre qui ne sera jamais produite.

Le samedi matin, c'est entendu entre eux, il va à Donkin Square aider Lucy au marché. Ensuite, il l'emmène déjeuner.

Lucy commence à se mouvoir plus pesamment. Elle commence à prendre une expression placide, repliée sur elle-même. Il n'est pas encore absolument évident qu'elle est enceinte, mais si lui en perçoit les signes, cela n'échappera pas longtemps non plus à l'œil d'aigle des filles de Grahamstown.

« Et Petrus, comment ça va ? demande-t-il.

– La maison est construite. Il reste les plafonds et la plomberie à finir. Ils sont en train d'emménager.

– Et leur enfant ? La naissance n'est pas pour ces jours-ci ?

– Pour la semaine prochaine. La nouvelle maison, la naissance, tout s'arrange très bien.

– Est-ce que Petrus a fait d'autres allusions ?

– Des allusions ?

– A ta situation. A la place qu'il te réserve ?

– Non.

– Peut-être ce sera différent après la naissance – il fait un vague geste vers sa fille, vers son corps – de ton enfant. Après tout, ce sera un fils de cette terre. Ils ne pourront pas dire le contraire. »

Il tombe entre eux un long silence.

« Tu l'aimes déjà ? »

C'est bien lui qui prononce ces mots, ils sortent de sa bouche, et pourtant ils le surprennent.

« Tu parles de l'enfant ? Non, comment pourrais-je l'aimer déjà. Mais je l'aimerai. L'amour viendra, grandira, on peut faire confiance à la nature. Je suis bien décidée à être une bonne mère, David. Bonne mère, et aussi quelqu'un de bien, d'honnête. Tu devrais essayer de devenir quelqu'un de bien toi aussi.

– J'ai idée que c'est trop tard pour moi. Je ne suis qu'un vieux repris de justice qui purge sa peine. Mais toi, vas-y. Tu es en bonne voie. »

Devenir quelqu'un de bien. Ce n'est pas une mauvaise résolution à prendre quand on est dans des temps difficiles.

Par accord tacite, il ne se rend pas, pour l'instant, à la ferme de sa fille. Cependant, une fois par semaine, il prend la route de Kenton, laisse la camionnette à l'embranchement et continue à pied, sans suivre la piste, mais à travers le veld.

Du sommet des dernières collines il contemple l'étendue des terres de la ferme à ses pieds : la vieille maison, semblable à elle-même malgré le passage du temps, les étables, la nouvelle maison de Petrus, le vieux barrage sur lequel il perçoit de petites taches, qui doivent être les canards, et des taches plus grandes, sans doute les oies sauvages venues de loin rendre visite à Lucy.

A distance, les plants de fleurs forment des masses de couleurs compactes : rouge magenta, rouge orangé de cornaline, bleu cendré. Saison des floraisons. Les abeilles doivent être au septième ciel.

De Petrus, pas de trace, ni de sa femme, ni du jeune chacal qui a rejoint leur meute. Mais Lucy est occupée parmi les fleurs. Et comme il descend la colline, il distingue la chienne Katy, tache fauve posée sur le sentier près d'elle.

Il arrive jusqu'à la clôture et s'arrête. Lucy qui a le dos tourné ne l'a pas encore vu venir. Elle porte une robe d'été claire, des bottes et un grand chapeau de paille. Comme elle se penche pour couper, tailler, nettoyer les massifs avec son sécateur, il voit la peau laiteuse, veinée de bleu, et les puissants tendons, si vulnérables, à l'arrière des genoux : c'est sans doute la partie la plus dépourvue de beauté dans le corps d'une femme, la moins expressive, et pour cette raison peut-être la plus attendrissante.

Lucy se redresse, s'étire, se penche à nouveau. Travaux des champs : tâches de paysans, de temps immémoriaux. Sa fille est en train de devenir une paysanne.

Elle ne se rend toujours pas compte de sa présence. Quant au chien de garde, le chien de garde a tout l'air de somnoler.

Il en est ainsi : jadis elle ne fut qu'un petit têtard dans le ventre de sa mère, et la voici aujourd'hui, solidement enracinée dans son existence, plus solidement qu'il ne l'a jamais été. Avec de la chance, elle sera là pour longtemps encore, bien après lui. Lorsqu'il sera mort, elle, avec de la chance, sera là, occupée à ses tâches ordinaires dans les massifs de fleurs. Et d'elle sera issue une autre existence, qui, avec de la chance, sera aussi solidement enracinée, pour aussi longtemps. Et cela continuera ainsi, une suite d'existences dans lesquelles la part qu'il aura eue, ce qu'il aura donné, ira s'amoindrissant inexorablement, jusqu'à ce qu'on puisse tout aussi bien l'oublier.

Grand-père. Comme Joseph. Qui aurait cru ça ! Comment peut-il espérer qu'une jolie fille se laissera attirer dans le lit d'un grand-père ?

D'une voix douce, il dit son nom. « Lucy ! »

Elle ne l'entend pas.

En quoi cela consistera-t-il d'être grand-père ? Comme père, il n'a pas trop bien réussi, bien qu'il se soit appliqué plus que beaucoup d'autres. Comme grand-père, il sera sans doute aussi au-dessous de la moyenne. Il n'a pas les vertus de la vieillesse : l'équanimité, la douceur, la patience. Mais ces vertus lui viendront peut-être alors que d'autres vertus le quitteront, comme la vertu de la passion, par exemple. Il faut qu'il relise Victor Hugo, le chantre des grands-pères. Il y a peut-être quelque chose à apprendre dans ses vers.

Le vent tombe. Pendant quelques instants rien ne bouge, et il voudrait que ce moment de totale tranquillité dure toujours : la douce lumière, la tranquillité du milieu de l'après-midi, les abeilles qui s'affairent dans les champs de fleurs ; et au milieu de ce tableau, une jeune femme, *das ewig Weibliche*, légèrement enceinte, coiffée d'un chapeau de paille. Une scène parfaite pour un Sargent ou un Bonnard. Tous deux garçons de la ville, comme lui ; mais même les garçons de la ville perçoivent la beauté quand elle est sous leurs yeux, et ils peuvent en avoir le souffle coupé.

Mais à la vérité, il n'a jamais bien su regarder les scènes de la vie rurale, malgré tout ce qu'il a lu chez Wordsworth. Il n'a guère su regarder grand-chose d'ailleurs, sauf les jolies filles ; et où est-ce que cela l'a mené ? Est-il trop tard maintenant pour éduquer son regard ?

Il s'éclaircit la gorge. « Lucy », dit-il d'une voix plus forte.

Le charme est rompu. Lucy se redresse, se tourne à demi, sourit : « Bonjour, dit-elle, je ne t'avais pas entendu venir. »

Katy soulève la tête et tourne vers lui un regard myope.

Il enjambe la clôture. Katy se traîne jusqu'à lui, vient renifler ses chaussures.

« Où est la camionnette ? » demande Lucy. L'effort lui a fait monter le sang au visage et peut-être a-t-elle pris un léger coup de soleil. Il lui trouve, tout d'un coup, l'air d'une femme qui respire la santé.

« Je l'ai laissée plus bas et j'ai fini à pied.

– Tu veux entrer et prendre une tasse de thé ? »

Elle l'invite à prendre le thé comme quelqu'un qui lui rendrait visite. Bien. Une visite. Une visitation : cela établit de nouveaux rapports, c'est un nouveau départ.

C'est de nouveau dimanche. Lui et Bev Shaw tiennent une de leurs sessions de *Lösung*. Il amène les chats, l'un après l'autre, puis les chiens : les vieux, les aveugles, les handicapés, les infirmes, les mutilés, mais aussi des chiens jeunes, pleins de santé – tous ceux dont le sursis a expiré. Un à un, Bev les touche, leur parle, les réconforte, et les pique, puis se recule et le regarde tandis qu'il enferme leurs dépouilles dans le suaire de plastique noir.

Lui et Bev ne parlent pas. Il a appris avec elle à porter toute son attention à l'animal qu'ils tuent et à lui donner ce qu'il n'a plus de mal maintenant à appeler par son nom : de l'amour.

Il ferme le sac et l'emporte jusqu'à l'entrée. Vingt-trois. Il ne reste plus que le jeune chien, celui qui aime la musique, celui qui, si on l'avait laissé faire, se serait précipité en traînant la croupe dans le bâtiment, à la suite de ses camarades, jusque dans la salle d'opération avec sa table au-dessus en zinc, où se mélangent et s'attardent de riches odeurs, y compris une odeur qu'il n'a jamais sentie encore : celle du dernier souffle, l'odeur fugitive et douce de l'âme qui se libère.

Ce que le chien ne parviendra pas à comprendre (*qu'il ne pourrait jamais comprendre !* se dit-il), ce que son nez ne lui dira pas, c'est comment on peut entrer dans ce qui semble une pièce ordinaire et ne jamais en ressortir. Il se passe quelque chose dans cette pièce, quelque chose d'innommable : c'est ici que l'âme est arrachée au corps ; elle flotte quelques brefs instants dans l'air, se tord, se contorsionne ; puis elle est aspirée et soudain n'est plus là. Cela le dépassera, cette pièce qui n'est pas une pièce mais un trou, une fuite par laquelle l'existence s'échappe.

C'est de plus en plus dur, a dit un jour Bev Shaw. Plus dur, mais plus facile aussi. On s'habitue à voir les choses devenir de plus en plus dures ; on cesse d'être surpris de voir que ce qu'on croyait déjà terriblement dur à accomplir puisse devenir plus dur encore. Il peut sauver ce chien, s'il le souhaite, pour une semaine de plus. Mais l'heure viendra, sans échappatoire possible, l'heure où il devra l'amener à Bev Shaw dans sa salle d'opération (il le portera peut-être dans ses bras, il ira peut-être jusque-là pour lui) et devra le caresser, et rebrousser le poil pour que l'aiguille trouve la veine, et lui parler tout bas, et le soutenir au moment où, dans un mouvement stupéfiant, ses pattes s'affaisseront ; et puis, une fois l'âme partie, le ramasser et le fourrer dans son sac, et le lendemain pousser le chariot et le sac jusqu'aux flammes et s'assurer qu'il a brûlé, qu'il est consumé. Il fera tout cela pour lui quand son heure viendra. Ce sera peu de chose, pas grand-chose : rien du tout.

Il traverse la salle. « C'était le dernier ? demande Bev Shaw.

– Encore un. »

Il ouvre la porte de la cage. « Viens », dit-il. Il se penche, ouvre les bras. L'arrière-train à demi infirme frétille, le chien lui flaire le visage, lui lèche les joues, les lèvres, les oreilles. Il le laisse faire. « Viens. »

Il le porte dans ses bras comme un agneau et retourne dans la salle. « Je pensais que tu lui donnerais une semaine de grâce, dit Bev Shaw. Tu le largues ?

– Oui, je le largue. »

Du même auteur

Au cœur de ce pays
roman
Maurice Nadeau/Papyrus, 1981
rééd. Le Serpent à Plumes, 1999

Michaël K, sa vie, son temps
roman
Booker Prize, 1983
Prix Fémina étranger, 1985
Seuil, 1985
et « Points », n° P719

Terres de crépuscule
nouvelles
Seuil, 1987

En attendant les barbares
roman
Seuil, 1987
et « Points », n° P720

Foe
roman
Seuil, 1988
et « Points », n° P1097

L'Âge de fer
roman
Seuil, 1992
et « Points », n° P1036

Le Maître de Pétersbourg
roman
Seuil, 1995

Scènes de la vie d'un jeune garçon
récit
Seuil, 1999
et « Points », n° P947

Vers l'âge d'homme
Seuil, 2003

Édition exclusivement réservée
aux adhérents du Club
Le Grand Livre du Mois
15, rue des Sablons
75116 Paris
réalisée avec l'aimable autorisation des éditions du Seuil

RÉALISATION : PAO ÉDITIONS DU SEUIL
IMPRESSION SUR ROTO-PAGE PAR L'IMPRIMERIE FLOCH À MAYENNE (01-04)
DÉPÔT LÉGAL : SEPTEMBRE 2001 (59110).

ISBN : 2-7028-9248-5